一茶

高橋政光

邑書林

一茶

いっさ

装画
森　貘郎©Bakuro Mori（杏の里板画館主宰）
カバー表　今回のために彩色
その他　『一茶 おらが春 板画巻』（二千八年 信濃毎日新聞社刊）より採画

享和《きょうわ》元年（一八〇一）、一茶が三十九歳になった年のことである。晩春の北国街道を北上していた一茶は、善光寺平を過ぎて牟礼《むれ》まで来ると、胸の内にある強い思いが込み上げてきた。二十四年前の春、江戸に出稼ぎに行く村の衆と連れ立って故郷を出たとき、見送りについてきた父の弥五兵衛とここで別れた。あのとき、一茶は何も言わず、振り返りもせず、一行の先頭に立ってずんずん歩いていった。長男の自分が江戸に出稼ぎに出、後妻の子である十歳年下の仙六が家に残るというのはどう考えても理不尽なことであった。それを承知の上で父は息子を出稼ぎに出したのだ。出稼ぎといっても、もはや故郷には戻れない。自分は体よく故郷から追放されたのだ。そう思うと、一茶の胸中に望郷の念と家族への怨恨が突き上げてくるのである。

十五歳で江戸に出た一茶は、米搗きや風呂屋の薪割り、油絞り、火事のあと始末、道普請《みちぶしん》と、さまざまな荒仕事をしているうちに、ふとした縁で俳諧の道に入り、椋鳥《むくどり》と呼ばれて蔑《さげす》まれる出稼ぎの身から、富裕な旦那衆と交わる俳諧師になった。すると、しだいに父や継母《ままはは》への恨みが薄れていき、郷愁がつのっていった。そして、故郷を出てから十四年が経った年に柏原《かしわばら》に帰った。そのときは、父も継母も表向きは喜んで一茶を迎えた。弟の仙六は成人になって、一家を支える働き手になっていた。一茶を駆り立てたものは年々つのっていく望郷の思いだったから、実家に戻って家督の地位を取り戻そうなどという下心はいささかもなかった。

それから七年後、一茶はふたたびその思いに駆られて帰省した。先の帰省のときは長く故郷を離れていたこともあり、村の人々はみなうとかった。だが、二度目の帰郷になると、一茶が江戸で名の通った俳諧師になっているということが知られることとなり、幾人かの者と近づきになった。招かれてもてなしを受けたりもした。そうしているうちに、一茶の望郷の思いは故郷に対する愛着へと変っていった。

二度目の帰省から三年が経った今、一茶はみたび故郷柏原に向っている。北上するにつれて故郷の山が大きく見えてくる。飯綱山《いいづなやま》、戸隠山《とがくしやま》、黒姫山《くろひめやま》、そして妙高山《みょうこうさん》。子供の頃に見慣れた残雪の山々が、大きな懐を広げて迎えているようだ。街道沿いに広がる畑は菜の花が咲き、その上を揚雲雀がのどかに鳴いている。田んぼでは牛が大きく首を上下させながら黙々と犂《すき》を引いている。春の風景も、田畑に繰り広げられる人々の営みも、道の辺の一木一草までもが懐かしい。

一茶は、日が沈む前に柏原宿の入口に差しかかった。街道の左側に鎮座する諏訪神社の森は、夕陽を背に受けて黒々と天をついている。一茶は、そこで立ち止まり、諏訪神社の森を見上げた。それから参道に足を踏み入れて社殿に向って歩いていった。この境内は宿場の子供たちの遊び場だった。上空を覆う杉の大木に錚々《そうそう》と吹く風の音。鼻をくすぐるような境内の土の匂い。それらとともに、子供の頃の思い出が甦る。あの頃と同じように、境内ではまだ宿場の子供たちが集まって遊んでいる。一茶はしばし子供らの遊びを眺めていた。子供たちが興じているのはかつて一茶も夢中になって遊んだ子取《ことろ》だ。親が先頭にいて、その後ろに子がつながっている。前には鬼がいて、子をつかまえようと狙っている。親の後ろに隠れている子供たちが、つかまるまいとして必死でかまえている。鬼がつかみかかると、親が力づくで後ろの子を守ろうとする。一茶は、思わず力が入って声を上げた。

「それ、捕まるぞ、早く右に動くんだ、だめだ、左だ。ああ、いけない、つかまっちまう。それ、もっとすばやく逃げるんだ。ああ、そら、つかまっちまった」

つかまった子が今度は鬼になって、親の後ろに連なっている子を捕まえようとする。一茶の声はますます熱を帯びてくる。すると、餓鬼大将らしき子供が一茶に言った。

「おじさん、鬼をやってよ」

「鬼かい。いいよ。さあ、おじさんの鬼は怖いぞ。みんな捕まえちまうぞ」

一茶が怖そうな顔をすると、小さな子供たちが悲鳴を上げた。

「泣くな。おらが守ってやるから。さあ、どこからでもかかって来い」

餓鬼大将が親になって真剣な顔をして構えた。餓鬼大将はなかなか手ごわいので一茶はつい本気になった。それからしばらく鬼になったり子になったりして遊びに夢中になった。いつの間にか空に星が出て、子供たちは家に帰っていった。一茶は境内に一人取り残されると、社殿の前まで行ってお参りをした。

参拝を終えてふたたび街道に戻り、実家のある方に向って歩いていった。夕暮れの宿場は宿を求める旅人がせわしく行き交う。往来する人々をよけながら歩いていくと、前から歩いてきた男が一茶に声を掛けた。

「先生、一茶先生ではありませんか」

男は、本陣中村家の四郎兵衛だった。

「おや、勧国さん」

勧国というのは四郎兵衛の俳号である。中村家の者はみな俳諧をたしなみ、先代の六左衛門は新甫《しんぽ》、長男は桂国、次男は勧国という号を持つ。長く柏原を離れているため、中村家の詳細は分からないが、長男は当然のことながら六左衛門の名を襲《おそ》った。しかし、どういう事情があったのか父の命により廃嫡《はいちゃく》され、田畑と宅地を与えられて分家し、次男の四郎兵衛が家督を継いでいる。

「お久しゅうございます。今日お着きになられたのですか」

「今、着いたところです」

「それはそれは、お疲れさまでございます。こちらへは長く逗留なさるのですか」

「ええ、しばらくいるつもりです」

「それは嬉しゅうございます。ぜひ、いろいろとご教示をお願いしたく存じます。急いでおりますので、のちほどまた。ごめんなすって」

勧国は、そう言うとさっさと反対の方へ歩いていった。

一茶が実家に着いた時、弟の仙六が納屋《なや》の前で何かの片付けをしていた。

「仙六、仕事は上がったのか」

一茶が声を掛けると、仙六は驚いて振り向いた。

「兄《あに》さ、兄さでねえか。お帰りなさいまし。お父《とう》もお母《かあ》ももう上がっているで、上がってゆっくりしなせえ」

一茶は、開け放してある戸口の敷居を越えて中に入り、大きな声で言った。

「弥太郎が帰ってまいりました」

土間で夕飯の支度をしていた継母のさつと、居間の囲炉裏の火に当って煙草を吸っている父の弥五兵衛が同時に振り向いた。

「弥太郎か」

「弥太郎さかえ」

前触れもなく弥太郎が帰ってきたことで、二人とも驚いて一茶を見つめた。さつは、すぐに外に出て井戸から水を汲んできて盥《たらい》に移した。一茶はそれで足を洗って居間に上がった。

「よく帰ってきたな。うん、よく帰ってきた」

弥五兵衛は、煙管《きせる》を囲炉裏の縁にぽんと叩いて吸い殻を落とし、何度も頷きながら嬉しそうに言った。

「長い旅で、さぞ疲れなすったろ。ご苦労さんでしたな」

さつも目を細めて一茶をねぎらった。

すっかり日が暮れた頃になってようやく仙六が家に入ってきた。仙六もさつと同様に機嫌がよい。

「またどこぞ行脚《あんぎゃ》をしているのか」

父の弥五兵衛が言った。

「行脚というわけでもないが」

「江戸からこちらへ来ただか」

仙六が聞いた。

「まあ、そうだ」

「なんぞ用があってか」

弥五兵衛が言う。

「いや、用というほどのことは特にないが。ただ、妙に柏原が恋しくなって」

それを聞くと、これまで機嫌のよかったさつの顔が曇った。用もないのに柏原に帰ってきたという弥太郎には何か魂胆があるのではないかという疑いが湧いたからだった。

「それで、いつまでこちらにいるつもりかえ」

さつが聞いた。

「しばらく逗留することになるかもしれん」

「用もないのに長逗留をしなさるのかえ」

さつの言葉にしだいに角《かど》が立ってきた。

「まあいいではないか。いつまでなりと、ゆっくりするがいい」

弥五兵衛がとりなすように言った。

翌朝、弥五兵衛と仙六は明けきらないうちに起きて仕事に出ていった。さつも早く起きて土間で飯を炊いている。日が昇ってほどなく弥五兵衛と仙六が戻ってきて、あわただしく稗飯《ひえめし》をかきこむと、また仕事に出ていった。

早く起きても何もすることのない一茶は、日が昇るまで床の中にいた。起きて囲炉裏の間に出ると、さつも仕事に出て家の中には誰もいなかった。一茶は、あくびを一つして外に出た。裏の井戸水で顔を洗い、辺りを見回した。空は浅葱色《あさぎいろ》に晴れ渡っている。屋根の上では雀が賑やかに鳴いて遊んでいる。庭には水仙や山吹が咲き、蕗《ふき》が大きな葉を茂らせている。雪国の奥信濃にようやく若葉の季節が巡ってきていた。

一茶は、故郷の朝の空気をいっぱい吸い込んでから家に戻り、さつが用意しておいた稗飯と漬物を食った。それから日の当たる縁側に出てぼんやりと外を眺めていたが、一時《ひととき》ほど経って外へ出た。向ったのは小丸山《こまるやま》にある小林家の墓だった。そこには母くにと祖母かなが眠っている。くには一茶が三歳の時に死んだから何も記憶に残っていない。だが、母の胎内にいた時のぬくもりのある浮遊感と、生れて母の懐に抱かれたときの甘酸っぱい匂いが一茶の本能の中に残っている。祖母のかなは一茶にとって忘れえぬ恩人だ。早世した母に代って一茶を育てたのがかなだったからだ。それぱかりではない。後妻のさつが一茶につらく当ったときはいつも盾《たて》になり、一茶を守り、慰めてくれた。

「母《かか》さま、婆《ばば》さま、弥太郎が帰ってきましたぞ」

一茶は、墓石を撫でながら話しかけた。墓参を済ませると、その足で本陣の中村家に向った。問屋《といや》を営む中村家の前は、荷物の上げ下ろしをする馬や車でごった返していた。勧国への取次ぎを頼むと、奥座敷に通されてしばらく待たされた。ややあって勧国が現れた。

「お待たせをして申し訳ございません」

勧国は、客を待たせたことに恐縮して肩をすぼめて入ってきた。

「お忙しいところ、お邪魔でしたかな」

「いいえ、そのようなことは。ほんとうに、お久しゅうございます。先生がこちらにいらっしゃったのは、たしか三、四年前でしたでしょうかな」

「三年前です」

「さようでございましたね。先生のような高名な江戸の宗匠《そうしょう》にご指導を賜ることができれば、わたくしども田舎者にとりましてはこの上もない僥倖《ぎょうこう》でございます」

勧国は、一茶を迎えた喜びを満面の笑みで表した。

「高名だなどと、滅相もない」

「いえ、今や、江戸で押しも押されもせぬ俳諧宗匠であられる一茶先生は、わが郷土の誇りでございます。願わくば、一茶先生が故郷に帰られて、わたくしども俳諧を愛好する者たちをご指導いただければ、これに勝る幸せはございません。ですが、先生はやはり花のお江戸でご活躍なさるお方、このような田舎に籠られるのはもったいのうございますね」

勧国はそう言って笑った。

「わたしは、陸奥《みちのく》へも西国《さいごく》へも行きました。江戸の暮らしも長くなりました。ですが、魂はどこにいても、いつでも、故郷柏原に戻っていくのです」

一茶が言った。

「なるほど。そういうものですかねえ。わたくしは故郷を思う心がどういうものか分かりかねます。草枕の上で故郷を思う。遠く離れるほど、長く離れるほど、望郷の思いはいっそう風流が増すのでございましょうね」

勧国の言葉は屈託がない。一茶は、己の望郷の思いを風流という一語で片づけられたことが不本意であった。だが、宿場の名家中村家の当主の前ではそのようなことを曖《おくび》にも出してはならない。

「さようでございます。転蓬のように、風に吹かれてどこへでも転がっていくのがわたしの宿命でございます。しかし、転蓬の身もなかなか風流で乙なものでございます。天人は霞を食って生きていると申しますが、わたしは風流を食って生きております」

一茶は、勧国に負けじと屈託を装って言う。

「算盤《そろばん》をはじいて生きている身にとってはうらやましいかぎりですなあ。ほんとうの風流の味とはどのようなものでしょうか」

勧国は本気でうらやましがる。そのため、一茶はあやうく自分のほうが果報者であるかのような錯覚を覚えそうになる。

それから江戸の話や旅の話をして時が過ぎた。勧国が忙しそうなので、一茶は頃合いを見て中村家を辞した。帰りぎわに、勧国が紙に包んだ金子《きんす》と手土産を差し出した。

「またいつでもお越しください。何かお困りのことがございましたら、何なりとおっしゃってくださいまし。わたくしにできることでしたら、お力になりますから」

「ありがとうございます。桂国さんのところへはこれから伺おうと思っております」

「さようですか。兄は先生のお越しを鶴首《かくしゅ》の思いで待っておりますからきっと喜びましょう」

一茶は、その足で桂国のもとを訪れた。桂国の屋敷は街道から少しそれたところにあった。母屋を訪ねると大年増《おおどしま》の女中が出てきて、旦那さまは離れにいると言った。一茶は勝手を知っているので、母屋の西側の庭にある離れに向った。桂国はちょうど外に出ていてすぐに一茶に気づき、大きな声を上げた。

「一茶先生ではありませんか」

一茶は、足早に歩いたために、飛び石を踏み外した。

「さあさ、まずはお上がりになって」

桂国に促されて、一茶は離れに上がった。喧騒に包まれた本陣と違って、桂国邸は静かだった。桂国が三十九歳で廃嫡されたのは七年前のことである。廃嫡の理由は定かではないが、妻が病弱で子がないということも理由の一つかもしれないと一茶は思う。廃嫡されたとはいえ、田畑と家屋敷を与えられたのだから、暮らしに不自由はない。当の桂国は、廃嫡の身を嘆いているようには見えない。むしろ、本陣と問屋を兼ねる家業の煩わしさから解放されたことを喜んでいるように見える。月中庵と名づけたこの離れを建て、ほとんどそこに籠って風流を楽しみ、悠々自適の暮らしをしている。

月中庵は二間続きになっており、手前が居間で奥の部屋が書院である。

「いつこちらへ」

居間に客を招き入れると桂国が聞いた。

「昨日着きました」

「さようですか、それでこの度は長くご滞在なさるおつもりで」

桂国も勧国と同じように、一茶がいつまで滞在するのかを気にしている。

「そのつもりでおります」

「それはよかった。三年前にいらっしゃったときはゆっくりお話を伺うことも叶いませんで、ずっと心残りでございました」

二度目の帰省のときは、やはり月中庵を訪ねてもてなしを受けた。桂国は一茶と話をするのが楽しくて、容易に離さなかった。一茶も自由の身である桂国の月中庵に来ると落ち着くことができたので、つい長居をした。そして、請われるままに旅で見聞きしたことを話したり、俳諧のことを話したりした。それでも心残りだったと桂国は言う。

その日も、桂国は多くのことを聞き、一茶は多くのことを語った。

「ところで、先生は陸奥《みちのく》にもいらっしゃったとおっしゃいましたね」

桂国が思い出したように言った。それを話したのは二度目の訪問のときだったが、一茶はおもに六年に及んだ西国《さいごく》の旅の話をし、陸奥の話まではしていなかった。

「芭蕉の道をたどられたのですか」

桂国が聞いた。

「俳諧師たるものは奥の細道を踏まないことには恰好がつきませんから」

「それで、一茶先生は、どこがお気に召されましたか」

「松島もさることながら、やはり象潟《きさかた》ですね」

「芭蕉もことのほか気に入った景勝地ですからね。で、先生はどのような句をお詠みになりましたか」

「〈象潟や嶋隠れゆく刈穂船《かりほぶね》〉。それから、こんな句も。〈象潟や朝日ながらの秋の暮〉」

桂国は、口の中で何度か一茶の句を転がして玩味した。

「なるほど、先生がいらっしゃったのは秋だったのですね。象潟の秋の佳景がはっきり見えてきます」

「あとになってからですが、このような句も作りました。〈象潟もけふは恨まず花の春〉」

「芭蕉の句は、〈象潟や雨に西施《せいし》がねぶの花〉でしたね。その句を踏んでおられる。ですが、芭蕉の句は夏で雨、先生の句は春で晴れですね。一双の屏風絵を見ているような趣がありますな」

桂国はしきりに感心する。ややあって、桂国が思いついたように言った。

「その句のご揮毫《きごう》をお願いいたします」

桂国は、そう言って短冊と筆硯《ひっけん》を用意した。それを受け取ると、一茶は、すらすらと軽快な筆致で揮毫した。

「味わい深い水茎《みずぐき》の跡ですなあ。やはり、広い世界を見てきた人にしか出せない趣がありますなあ。これは、そこの床に掛けさせていただきます」

桂国は、拝むようにして短冊を受け取り、満足そうに眺めた。一茶は、月中庵で半日ほど過ごして実家に戻った。

やがて、夕方になるとさつの声がし、茶の間から父の声がし、ほどなく仙六の声がした。一茶は、夕食の頃合いを見計らって茶の間に出て、家の者と一緒に食事をした。さつが食後の片付けをして茶の間に座ると、一茶は懐から包みを出してさつに差し出した。

「しばらく厄介になるから、これを受け取ってくれ」

さつがそれを受け取って包みを開いた。

「あれ、一両。こんな大金をどこで稼ぎなさったのかえ」

さつが素っ頓狂な声をあげた。

「本陣にご挨拶にあがって、その時に頂戴した金だ」

「へえ、ご挨拶しに行って、それだけでこんな大金がもらえるのかえ」

さつが目を白黒させて一両小判を眺めている。

「それだけということはないさ。兄さが短冊を書いて与えたり、俳諧のことを教えたりした、その礼金としてもらったものさよ」

仙六がさつに言い聞かせる。

「へえ、人さまに字を書いて与えたり、何か知らねえが、話をしたりするだけでこんな大金がもらえるのかえ」

さつは、初めて手にする小判をなでまわしたりこすったりしている。

「弥太郎も一人前の俳諧宗匠になったということよ。大したもんだ」

弥五兵衛は、煙管《きせる》の掃除をしながら一人で嬉しそうにうなずいている。

「兄さはうらやましい。おれら百姓は、暗いうちに起きて、暗くなるまで汗水たらして働いても、銭金なんど金輪際入ってきやしねえ」

仙六が節くれだった手をしきりにこすりながら言う。

「おめえらには弥太郎の苦労が見えないだけだ。弥太郎は、十五で国を出たんだ。それからどんだけ苦労をしたことか」

弥五兵衛には、十五歳の息子を出稼ぎに出したという自責の念がまだくすぶっている。

「そいでも、こうして立派な俳諧宗匠になられたんだから、やっぱり江戸に出てよかったということでねえか」

さつは、小判を大事そうに懐にしまった。一茶が実家を出て江戸に行かざるを得なかったのはさつのせいだと言えなくもない。一茶も弥五兵衛も腹の底では今もそう思っている。だが、さつにはその思いはさらさらない。むしろ、一茶が立派な俳諧宗匠になれたのは自分のお陰だから感謝されてしかるべきだとさえ思っている。だから、小判をもらったことも得をしたと思いこそすれ、ありがたいとは思わない。

「何はともあれ、弥太郎が立派になって帰ってきたのは、小林家の誉れだ。わしら百姓には無縁じゃが、この村には俳諧の教えを請いたいと思っている旦那衆はいくらでもおる。江戸風の俳諧が学べるとあれば、みながさぞかし喜ぶことじゃろ。まあ、腰を据えて、この村に江戸の俳諧を広めるがいい」

弥五兵衛は、年端のいかない弥太郎を江戸に追いやったという自責はあるものの、ひとかどの俳諧師になった息子の姿を見ると誇らしい思いになる。

「腰を据えるだなんて。弥太郎さは、こんな田舎の旦那衆より、江戸のお大尽さまを相手にしているほうがよっぽどましさよ」

さつが、厄介なものを振り払おうとするように言う。

「江戸は、おもしれえ所なんだろな。一度でいいから行ってみてえもんだ」

若い仙六は、江戸帰りの一茶が眩しく、羨ましくてならない。

「来ればいいさ。いつでも来て、江戸見物すればいい。案内なら引き受ける」

一茶が言った。

「それなら心強い。花のお江戸、行ってみてえなあ」

仙六は夢見心地で言う。

「何たわけたこと言ってるだよ。汝《うぬ》にはそんな金も暇もねえよ」

さつが仙六を睨みつけて言った。

それから数日後、中村与右衛門が一茶のもとを訪ねてきた。与右衛門は柏原の造り酒屋桂屋の主で、俳号を平湖という。

「桂国さんから先生が帰省なさっていることをうかがいましたが、野暮用がありまして、ご挨拶が遅くなり相済みません。これは、新酒でございます。どうぞお納めになって下さいまし」

平湖は、腰を折って遅参を詫び、持参した大徳利《おおどっくり》を差し出した。

「これはこれは、結構なものを頂戴して恐れ入ります。こちらこそご挨拶にも上がらずご無礼いたしました」

桂屋は一茶の家から四五軒隔たった所にある酒屋で、一茶は小さい頃から酒を買いに行かされたりしていたので馴染みの家である。道中のことなどあれこれ一茶に尋ねた後で、平湖が急に声を低めて言った。

「ところで、太三郎はどうしておりましょうか。もしや路頭に迷っていることなどありませんでしょうかな」

「ご心配には及びません」

一茶が平湖の心労を振り払うように手を振った。

「何かあればお力になりますから」

「それを聞いて安心いたしました。それにしても、あれは不憫《ふびん》なやつじゃ。あんなことさえなければ、桂屋の後継ぎとなって、この柏原で後顧《こうこ》の憂いなく暮らせたものを」

平湖は、そう言って目頭を押さえた。

桂屋の長男太三郎が江戸に出ているのにはいささか複雑な事情があった。小林家の菩提寺でもある明専寺《みょうせんじ》の住職が若くして死んだあと、太三郎は未亡人のもとにひそかに通うようになった。それが露見すると檀家内に騒動が起った。未亡人を寺から追い出して太三郎と結婚させようとする勢力と、未亡人に新たに聟を迎えさせようとする勢力とに分裂してしまった。さんざんもめた挙句、未亡人は遠くの某寺の僧を迎えて再婚した。騒動の張本人と村人から後ろ指を指されるようになった太三郎は、その直後に江戸に出奔し、一茶のもとに転がり込んだ。二年前のことである。

「野垂れ死にせずに、どうにか江戸で暮らしていると伺って安堵《あんど》いたしました。それもこれもひとえに先生のお陰です。何とぞ、今後ともよろしゅうお願いいたします」

平湖は、そう言って涙をぬぐった。

「とにかく、太三郎さんは心配に及びませんので、どうぞご安心ください」

平湖は、何度も頭を下げて息子のことを頼み、懐から紙包みを二つ取り出して一茶に差し出した。

「不躾《ぶしつけ》なお願いですが、これは太三郎にお渡しください。それから、これは些少《さしょう》ではございますが、先生のお手元にお納めください」

「恐れ入ります。ありがたく頂戴いたします。こちらの方は、たしかに太三郎さんにお届けいたします」

一茶は、受け取った金包みを懐に入れた。

「わたくしが達者でいることと、家業は惣介が精出してやっているから何も心配はいらないとお伝えください」

惣介は、桂屋の次男で、太三郎が出奔したあと兄に代って桂屋を継いでいる。平湖はやっと顔が晴れて、奥信濃の俳諧連衆のことなどを話した。

「野尻に湖光さんと関之《かんし》さんがおります。湖光さんはわたくしの家とは親戚筋に当ります。湖光さんも関之さんも旅籠屋《はたごや》をやっておられますが、この二人は旅が好きでして、あちこちに連れ立って出かけられます。柏原にもよく来られます。三年前に先生が柏原に来られたとき、あとでそのことを話しましたところ、先生にお会いできなかったことをとても残念がっておられました。先生がお見えになられたときはぜひ知らせてほしいと、きつく申しつけられております」

平湖がもみ手をしながら言う。

「そういうことでしたら、わたしのほうからお訪ねいたしましょう」

「それはありがたいことで。二人ともきっと喜びましょう」

平湖は、半時ほど話し込んで帰っていった。

その日の夜、一茶は父と弟と三人で、平湖からもらった新酒を飲んだ。

「ああ、うめえ、新酒はやっぱりうめえ」

弥五兵衛がぐいぐい酒をあおり、しびれたように頭を振った。

「ほんにうめえ。こんなうめえ酒は初めてだ。極上だなあ」

仙六は、ちびりちびり飲んでは盃の酒をしみじみ眺める。

酒が飲めないさつは、うまそうに酒を飲む男たちが忌々しいと言わんばかりに顔をしかめている。

「おめえも飲みゃあいいでねえか。うめえぞ」

不機嫌そうなさつを見て弥五兵衛が言った。

「へっ、酒なんて飲まねえわさ」

実際さつは酒が飲めないのだが、男たちがうまいうまいといって酒を飲んでいるのが腹立たしくてならない。

「弥太郎さは結構なご身分だわな。何にも苦労しないで金も酒も手に入ってくるんだから」

さつが当てつけがましく言う。

「何を言うだ。弥太郎は旦那衆を相手にするのが仕事だわな。遊んでいるのとは訳が違う」

弥五兵衛がまた酒を注いであおる。

「おらには遊んでいるとしか見えねえがのう」

一茶が来てから、うまいものが口に入り、酒まで飲めるとあって弥五兵衛も仙六もありがたかったが、日が経つにつれてさつには一茶が目ざわりになってくる。

「嬶《かか》はああ言っているが、金を出しているのだから何も気にするこたあねえ。ここはおめえの実家だ、気遣いなど無用だ」

弥五兵衛は、さつがいなくなったときに小声で一茶に言った。

一茶が野尻宿を訪ねたのはそれから三日後のことだった。

湖光の家は脇本陣を務める家柄であった。旅籠の前に出ていた番頭風の男に取次ぎを頼むと、主の湖光がすぐに出てきた。

「これはこれは、一茶先生、ようこそおいでくださいました。手前は石田津右衛門《つえもん》と申します」

湖光が腰を折って挨拶した。

「平湖さんから湖光さんと関之さんのことを伺いまして、ぜひお会いしたく参ったしだいです」

一茶は、新しく人と出会うのが楽しく、心がおどる。

「さようですか。わざわざお越しくださいましてまことに恐縮でございます。お使いを立てていただければこちらから伺いましたものを。そうそう、関之さんをお呼びしましょう。すぐ鼻の先ですから」

湖光は旅籠屋の前に出ていた丁稚《でっち》に言いつけて関之の家に走らせた。

「さあさ、お上がりになって」

湖光は自ら一茶を奥座敷に案内した。明るい奥座敷からは野尻湖の景色が一望できた。湖は、初夏の日差しを受けて眩しく光り、その彼方には残雪を頂いた山々が連なっている。

「結構な眺めですなあ」

一茶が立ったまま目前の佳景を誉めた。

「湖光というのは、ここからの景をそのまま号にしたものですね」

「さようでございます。ここからの景そのままで、変哲もない号でございます」

湖光がそう言って頭を掻いた。

「なかなかどうして。格調高い号ですよ」

「そのように誉めていただければ嬉しゅうございます。さあさ、どうぞお座りになって。ごゆるりとなさってくださいまし」

湖光はさっさと下座に座って一茶を促す。

「一日眺めていても飽きない景色ですな」

「このようなむさ苦しいところでよろしければ、いつまでなりとお泊りくださいまし」

そこへばたばたと男が駆け込んできた。

「やあ、関之さん。よかった、留守でなくて。さあさ、こちらへ」

湖光に促されて一茶と関之が座った。

「叶屋《かのや》十郎平《じゅうろうべい》と申します。先生のことは柏原の方々からいろいろと伺って存じあげております。今や江戸で押しも押されもせぬ宗匠におなりだと」

関之は、江戸の俳諧宗匠に会えた喜びで感極まったという様子である。湖光も関之も、一茶との対面があまりにも突然なため、心が整わず、思いだけがあふれて何を話せばいいか分からない。

「先生は蕎麦切りはお口に合いますでしょうか」

そわそわと落ち着かない湖光がうわずった声で聞いた。

「蕎麦切りならわたしの大好物です」

「それはようございました。ただいま、用意をさせてまいりますので、少しお待ちくださいまし」

湖光は、ぺこぺこ頭を下げて出ていった。

「ずいぶん早くお出でになりましたね」

一茶が関之に言った。

「ええ、わたくしの家は湖光さんの筋向いですので」

「すぐ近くに連衆《れんじゅ》がいるというのは、互いに心強くて結構ですな」

「おっしゃるとおりでございます。しかしながら、わたくしの方が湖光さんから教わることが多いのですが」

いかにも人のよさそうな関之と向き合っていると、一茶は何とはなしにこの男と歌仙を巻いてみたいという思いに駆られた。ほどなく湖光が戻ってきた。

「失礼いたしました。それにしても、こうして一茶先生のお顔を拝むことができるとは夢のようでございますな」

湖光が関之に向って笑った。

「まことに。なにしろ、田舎者だけで俳諧をやっておりましても、所詮田舎俳諧の域を抜け出すことはかないません」

関之もしきりに頭を下げながら言う。

「江戸に発句を送ってくだされば点を付けてさしあげますよ」

一茶が言った。

「いつでも発句をお送りしてもよろしいのですか」

湖光と関之が同時に同じことを聞いた。

「お望みとあらば、いつでも結構です」

湖光も関之も俳諧に熱心で、日頃不審に思っていることをあれこれ訊ねた。それに対する一茶の教えを聞いているうちに豁然《かつぜん》と前が開けていく気がした。

「先生のご指導を仰ぎながら歌仙を巻いてみたいものですなあ」

関之がしみじみと言った。

「そうそう、いちどまっとうな歌仙を巻いてみたいものですな。なにしろ田舎の連衆は付け合いの作法などろくに呑み込めていないのですから、締まりがないといいますか、そりゃあ支離滅裂なのでございますよ」

湖光が笑って言った。

「湖光さんと関之さんとなら、さぞかしよい歌仙が巻けましょう」

一茶が目を細くして言う。

「まことでございますか。それではあらためて座を設けさせていただきます」

湖光が目を光らせて言う。

「先生が江戸にお帰りになる前にぜひ」

関之も湖光に劣らず前のめりだ。

やがて昼時になって蕎麦が運ばれてきた。

「ここは米はろくにできませんが、蕎麦はどこにも負けないものができます」

湖光が胸を張って自慢したが、それはほんとうだった。

「うむ、信州の蕎麦はやはり格別ですな。江戸の蕎麦より、香りもいいし、甘みが感じられますな。それに腰が強い」

蕎麦好きな一茶が舌鼓を打った。蕎麦を食べたあともしばらく俳諧談義をし、一茶は湖光宅を辞した。野尻から柏原までは一里ほどの距離である。柏原に着いてもまだ十分に日が高かった。宿場の街道を歩いていくと、道いっぱいに子供が広がって遊んでいた。一方の軒下に集まっている子供たちに向って、もう一方の軒下に集まっている子供たちが囃し立てる。

「むこーのおばさん、ちょとおいでー」

「おにーがこわくて、ゆかれませーん」

他方の子供が答える。一茶は立ち止まり、子供の遊びを眺める。

「そんならむかえにまいりましょー」

そう言って子供たちが駆け出す。すると道の真ん中にいた鬼が捕まえようとして追いかける。一茶は、子供の遊びを眺めるのが好きである。通りがかりに子供が遊んでいると、いつまでも飽かず眺める。だから、いつの間にか宿場中の子供に知られるようになり、一茶のおじちゃんと呼ばれている。

「一茶のおじちゃん、鬼になってよ」

一茶を見つけた子供たちが言う。一茶は待ってましたとばかりに子供たちの中に入っていく。

「さあ、一茶のおじちゃんの鬼はこわいんだぞ。つかまえたら食っちまうぞ」

一茶が笑いながら怖い顔をして道の真ん中に仁王立ちになる。すると、子どもたちが囃し立てる。むこーのおばさんちょとおいでー、おにーがこわくてゆかれませーん、そんならむかえにまいりましょー、わーい。子供たちが蜘蛛の子を散らしたように走る。一茶は、鬼になったり、逃げるほうに回ったりして子供と一緒に遊び呆け、時が経つのを忘れた。

一茶が故郷に帰ってから、二十日あまりが過ぎたある日のことである。その日はよく晴れていて、朝方、時鳥《ほととぎす》の初音が聞こえた。さつと仙六は畑仕事に出ていった。弥五兵衛は屋敷内の畑の手入れをしていた。家の庭続きにちょっとした畑がある。弥五兵衛は、先日そこに茄子の苗を植えつけた。このところ雨が降らず苗が萎《しお》れかけている。そこで、弥五兵衛は家の横を流れている用水から水を汲んできて茄子苗に水をやっている。

一茶は、下座敷で書き物をしていた。しばらくそれに没頭していたが、一休みしようとしてふと外に目をやった。すると、弥五兵衛が畑の畝《うね》に覆いかぶさるようにしてうずくまっているのが見えた。不審に思って呼びかけてみたが返事がない。一茶は急いで外に出て弥五兵衛を抱き起した。弥五兵衛の体は骸《むくろ》のように動かず重い。一茶は、弥五兵衛を負ぶって家の中に担ぎ込み、床を敷いて寝かせた。弥五兵衛は、目をつむり、苦しげにあえいでふるえている。額に手を当てるとまるで焼けた石のように熱い。一茶はあわてふためいたが、とりあえず井戸から水を汲んできて手拭いを濡らし、弥五兵衛の額にのせた。それでもふるえは止まらない。一茶はなすすべを知らず、弥五兵衛の体をさすり続けた。

夕方になってさつと仙六が戻ってきた。一茶が弥五兵衛が倒れた旨を話すと、さつはあからさまに顔をしかめた。

「この忙しい時に、なにのんきなことを言っておるだか」

さつがぶつくさ言う。

「のんきなことではないんだ。体がとんでもなく熱い。それに、水を少し飲んだだけで、何も食っていない」

「おおかた、油断して風邪でも引いたんだろ」

さつは、一茶に八つ当たりするように冷淡な物言いをする。

「いや、風邪とは思えない。ずっとふるえが止まらないんだから」

さつはしぶしぶ弥五兵衛の寝所にいって額に手を当てた。さすがに異常な熱さに驚いた様子だったが、またさっきの顔に戻り、厄介ものを振り払うように首を振った。

「しょうがないね、まったく」

弥五兵衛は、さつに邪険にされても言い返すことができず、目をつむったままあえいでいる。

「二三日臥せばよくなるだろうよ。早う治しておくれよ。田植が近いんだから。田植の日に主《あるじ》が寝ていたんじゃ、結《ゆい》の衆に申し訳がたたねえ」

さつはそう言ってさっさと寝所を出ていってしまった。ほどなく仙六も家に上がってきた。土間の方でさつが声高に仙六に何か言っているのが聞こえてくる。すぐに仙六が寝所に入ってきた。

「具合が悪いってか。どうしただね」

仙六も不機嫌である。

「庭の畑で仕事をしていたんだが、気がついたら倒れていた」

「畑仕事で。なんで畑仕事で倒れたりするものか」

仙六があきれたというように弥五兵衛の顔をのぞきこむ。

「霍乱《かくらん》かもしれん。今日は暑かったから」

「みんな暑い中で仕事をしている。暑いからって霍乱になっていたら百姓はやっていけねえ。早くなおさねえと。猫の手も借りてえくらい忙しいときなんだから」

仙六はぶつぶつ言いながら出ていった。

近くの薬種屋で薬を買って飲ませたが、弥五兵衛は三日経っても快方に向かうどころか、いっそう症状が重くなっていった。なお悪いことに、重湯《おもゆ》さえものどを通らないので目に見えて弱っていく。高熱にあえいでいるのを見ていると、一茶は、自分が病気をしているよりもつらく、たえがたくなる。

「桂屋まで行ってくる。すぐに戻るからな」

一茶は、弥五兵衛の耳元でそう言うと部屋を出た。外はよく晴れていたが、一茶は脇目も振らず桂屋まで急ぎ足で行き、店先にいる丁稚に主への取次ぎを頼んだ。平湖はすぐに出てきた。

「これはこれは一茶先生、ようこそおいでくださいました。さあさ、どうぞお上がりになってください」

平湖は、一茶が何かいい話を持ってきたのだと勘違いして満面の笑みを浮かべて一茶を迎えた。

「平湖さん、一つ頼みがあって伺いました」

一茶が切り出した。

「先生のお頼みとあらば、何なりと」

平湖は、一茶の深刻そうな顔を見て、何やら力になれそうなことを予感して嬉しそうに言う。

「じつは、三日前に父が倒れまして、今日になっても容体がよくないのです」

平湖は、びっくりして身をのけぞらせた。

「弥五兵衛さんが。それはたいへんですな。医者にお診せになりましたか」

平湖は顔を曇らせて言う。

「頼みというのはそのことでして。迅碩《じんせき》先生に診てもらいたいのですが、父から目を離すことができませんので家を空けられないのです」

迅碩は野尻宿の評判のいい医者で、柏原にも頼りにしている者が多い。

「そういうことでしたら、もっと早くお出でになればいいものを」

平湖は一茶を叱るように言うと、すぐに丁稚を呼びつけて野尻まで走らせた。

「先生は、すぐにお戻りなさいませ。弥五兵衛さんが心配ですから」

平湖は、また叱るように一茶に言った。

それから一時半《ひとときはん》ほど経って、迅碩がやってきた。迅碩は、熱を測ったり、脈を取ったりして弥五兵衛を診た。やがて、見立てが終ったところで、一茶は医者を茶の間に導いた。迅碩は、茶の間に座ると一呼吸おいてから告げた。

「ひどく脈が乱れておりますな。間違いなく傷寒《しょうかん》です」

「傷寒」

一茶は絶句した。

「さよう。なかなか厄介な病でして、まあ、快気は万に一つと言わなければなりません」

迅碩が帰っていくと、一茶は弥五兵衛の枕辺《まくらべ》に戻った。弥五兵衛は、口を半分開けて眠っていた。一茶は思わず父の口もとに耳を近づけた。かすかに息をしていたが、それはいかにも弱々しかった。

「父《とと》さま、生きてくだされ。父さまがいなくなれば、弥太郎の故郷もなくなってしまいます」

一茶は、すがる思いで父に呼びかけた。

夕方になってさつが帰ってきて寝所を覗いた。

「医者は来ただかね」

「ああ、来たよ」

「なんて言ってただね」

「傷寒だと」

「傷寒、またとんでもねえ病気になってしまっただな。どうしてそんな厄介な病気になっただか」

さつは、顔をしかめて弥五兵衛の顔を覗きこむ。弥五兵衛は、相変わらず苦しげにあえいで目をつむったままだ。一茶は、快気は万に一つだと言った迅碩の言葉をさつに言えなかった。さつは、託言《かごと》を言いながら寝所を出ていった。やがて仙六が戻ってきて、さつが大きな声でわめくのが聞こえてくる。すぐに仙六が寝所に入ってきた。

「傷寒だってか。えらい病気になったもんだな」

仙六は、泣き出しそうな顔で言う。

「助かるんだろうか、兄さ」

仙六が一茶の耳元でささやいた。

「快気は万に一つだと迅碩先生は言っていた」

一茶は、弥五兵衛に聞かれないように声をひそめてほんとうのことを言った。

「お父《とう》、しっかりしてくれろ。お父」

仙六は、しがみつくようにして弥五兵衛の体を揺すった。

「静かに休ませてやるんだ。お父のことだ。きっとよくなるさ」

一茶は、自分に言い聞かせるように言った。

その日の夜、野尻の叔母がやってきた。野尻に嫁いだ弥五兵衛の妹である。迅碩から弥五兵衛の病気のことを聞かされ、驚いて駆けつけたのだった。

「まあまあ、こんな夜中に、ご苦労さんでしたな」

さつは、夜道を押してやってきた叔母にひととおりのねぎらいの言葉をかけた。

「迅碩先生から聞いてな、びっくりして飛んできただよ。兄さはどんな具合かね」

「ほんに、この忙しいときに遠いところをわざわざ来てもろうて悪いねえ」

さつの言葉には、叔母をねぎらうというよりぐちがにじむ。叔母はさっさと弥五兵衛の寝所に入った。一茶は、弥五兵衛が倒れてから枕辺を離れずにいた。

「どうかね、具合は」

叔母が聞いた。

「水を口にするだけで、重湯も口にしない」

叔母が耳元に口を近づけて二三度呼びかけると、弥五兵衛は薄目を開けて妹を見た。

「気を確かにしいや。兄さ」

弥五兵衛は妹の声を聞いて目を覚ました。だが、朦朧としていて話を交わすことはなかった。叔母はその夜泊まって、翌朝早く帰っていった。

数日後の朝、弥五兵衛が突然声を発した。

「今日は何日だ」

「二十八日だよ」

一茶がそう言うと、弥五兵衛はのろのろと起きだした。

「厠《かわや》か」

一茶が聞いた。

「いや、口をすすぐ。今日は、祖師さまの忌日《きにち》じゃから」

一茶が体に障るからと止めたが、弥五兵衛は聞かず、湯呑の水で口をすすいでから仏間に行き、持仏《じぶつ》に向って手を合わせ、読経を始めた。弥五兵衛の声はか細く、痩身の後ろ姿が痛々しい。弥五兵衛は読経を終えると、寝所に戻って重湯を食べた。それから何か考え事をしているようだったが、ぽつりと一茶に話しかけた。

「おめえ、戻りてえだろうな」

「何を言いなさる。急いで戻る必要なんてないさ。江戸に待っている者がいるわけでもないし、仕事があるわけでもないんだから」

一茶は、自分のことを気づかう父の心がうれしかった。

「そうではねえ」

弥五兵衛が首を振った。

「おれが言うのはそういうことではねえ。おめえはここに戻りたくはねえかってことだ」

一茶は、父の言葉をいぶかしく思った。

「どうだ」

黙っている一茶に父が言う。

「それは戻りたい気持ちがないこともないさ。しかし、ここはもうおれが戻る所ではないさ」

父の言葉が唐突なため、一茶の心が乱れた。

「そうか。そうだろうな」

弥五兵衛の言葉はそれっきりだった。

その夜、弥五兵衛はさつと仙六を呼んだ。三人が枕辺に座ったのを確かめると切り出した。

「みな、よく聞け。死ぬ前に言っておきてえことがある」

思いのほかしっかりした口調だ。

「何さ、縁起でもねえことを言って」

さつは嫌そうな顔をしてそっぽ向いた。

「よく聞けと言ってるでねえか」

弥五兵衛が語気を荒らげた。

「死ぬ前に土地を弥太郎と仙六に二分して与える。まず、仙六には、中島の田と川原の田を与える」

弥五兵衛がそう言うやいなや、さつと仙六がすごい形相になって遮った。

「何を言うだね」

「お父、何と言うことを」

一茶は、弥五兵衛の思いがけない言葉に頭の中が混乱して言葉が出なかった。

「弥太郎さは、おらたちが野良に出ているうちに、病気の者を相手にとんでもねえ相談をして、あんまりでねえか」

さつが食ってかからんばかりに一茶をにらみつけた。

「そうさ。二人だけでそんな相談をするとはひどいでねえか、兄さ」

仙六も一緒になって食ってかかる。

「待ってくれ。おれはそんな話はしていない」

一茶は、身に覚えのないことながら、二人を説得できるだけの言葉が思いつかずうろたえた。その慌てぶりがさつと仙六の怒りを助長した。

「勘違いするな。弥太郎と相談したわけではねえ。これはおれの一存で決めたことだ」

弥五兵衛が言った。

「そんなことを言ったって、弥太郎さは、江戸にいるでねえか。田んぼをもらってもどうにもなるまいさ」

さつが息巻く。

「土地があれば、弥太郎はこの地で暮らせる」

「弥太郎さがここに戻ってもしょうがねえら。俳諧をやめて野良仕事をしようとでもいうのかえ。いい旦那衆を相手に遊んでいる人が、いまさらその手に鍬《くわ》など持てやしめえによ」

さつの言葉が毒づいてくる。

「自分の手で耕さずとも、小作にやらせればいい。弥太郎は、この地で宗匠として立派な仕事ができる」

弥五兵衛もかたくなになる。

「待ってくれ、お父。おれは汗水流して田畑を広げてきたんだ。その土地をなんで兄さと分けなければなんねえだ。おらは納得がいかねえ」

仙六が必死で父に食い下がる。

「それに中島と川原の田はどっちも湿地でねえか。いちばん苦労してきたおれが、なんで貧乏籤を引かなければなんねえだ。おらは絶対にその話は呑めねえ」

一茶には、泣き出しそうな顔で父親に逆らう仙六に同情しつつも、どこかで父の言葉を冷静に聞いているもう一人の自分がいた。

「たしかに、おめえはよく働いてくれた。おめえのお陰で田畑が増えたことも事実だ。だが、土地はおれの名義じゃ。これをどうするかはこのおれが決める」

弥五兵衛はひかない。

「名義がどうのこうのって、わけの分からぬことを言うでねえよ。とにかく、今ある土地は、おめえさだけではなく、このおらと仙六が汗水たらして広げてきたものだ。弥太郎さは一鍬だって入れたこたあねえんだから、土地をもらう道理はねえ」

さつが弥五兵衛に目をむく。

「弥太郎はこの家の総領だ。ほんとうはこの家を継ぐのは弥太郎だ」

弥五兵衛は力をふりしぼって言う。

「弥太郎さを江戸に出したのはおめえさだに」

さつが言い返す。

「おれがなぜ弥太郎を江戸に出したかはおめえも分かっているだろ。おれは弥太郎をこの家から追い出したわけではねえ。いずれ、おめえらと仲よく暮らせることもあろう、その日が来たら、弥太郎をこの家に呼び戻そうと、そう思って江戸へ出したんだ」

弥五兵衛の声がふるえた。

「今さらそんなこと言ったってしょうがあるめえよ。弥太郎さはもうすっかり江戸の人だし、仙六は、弥太郎さに代ってこの家の総領としてやってきたんだ。この家を継ぐのは仙六に決まっているさ、なあ、仙六」

さつが仙六に加勢をうながす。

「そうだよ、お父、おれは兄さがなぜ江戸に出たかは知らねえども、兄さに代ってこの家を守ろうと汗水たらしてきたんだ。それなのに田畑を二分されるのはあまりにもひどい仕打ちでねえか。兄さはどう思うだか。柏原に帰るつもりはあるだか」

仙六が、黙っている一茶をじれったそうににらんで聞いた。

「おれは、お父の気持ちがよく分かる。おれだって喜んで江戸に出たわけではない。たしかに江戸に出て十年余りになるが、柏原に帰りたいという思いはいつも心の中にある。帰れるものなら帰りたいさ」

一茶は、自分の意思とは別なところからふいに出た自分の言葉にうろたえ、冷や汗が出た。

「それなら、なんでもっと早く戻ってこなかっただね。おらほうがさんざん苦労して田畑を増やしてから戻ってきて、その半分を取るというのでは虫がよすぎる」

さつが一茶を責めた。

「もういい。とにかく、おれは死ぬ前にはっきり言っておく。この家の田畑は弥太郎と仙六に半分ずつにして残す」

弥五兵衛はそう言って布団をかぶって寝てしまった。

「おれは、お父の遺言だとしても、それは呑めねえ」

仙六はこぶしを固く握って言い返した。

「おらも同じだ」

さつは捨てぜりふを言って寝所を出ていった。弥五兵衛は、家族と激しく言い合いをしたせいか息が荒くなった。一茶は心配になって弥五兵衛の脈を取った。脈はひどく乱れていた。

五月になった。どこの家も田植を迎えて忙しい。だが、弥五兵衛は起きあがることができなかった。先日のいさかいのせいで、さつも仙六も弥五兵衛と口をきかない。一茶は、やむなく一人で父に付きっきりで世話をしなければならなかった。一茶は、弥五兵衛の病状がいっこうに快方に向かう様子がないので、もう一度迅碩《じんせき》の往診を頼んだ。しかし、弥五兵衛を診た迅碩は、もはや自分の手には負えない旨を告げた。一茶は、また平湖のもとに走った。

「弥五兵衛さんの容体はどうですか、先生」

平湖は、温顔を曇らせて言う。

「迅碩先生にいま一度診てもらったのですが、もう自分の手には負えないと言われてしまいました。しかし、諦めるわけにいきません。重ねての頼みで恐縮ですが、善光寺のよい医者を知りませんか」

一茶は藁をもつかむ思いでたずねた。

「いい医者がおりますよ。道有先生といいます。道有先生は乗り物医者ですから信用できます。きっと何とかしてくださいますよ。すぐに迎えに行かせますからおまかせください」

平湖は、そう言って店先に一茶を待たせて奥に入っていったがすぐに戻ってきた。

「これは鯖《さば》のなまり節《ぶし》です。弥五兵衛さんに少しでも滋養のあるものをあげてやってくださいまし」

一茶は、なまり節をもらって急いで家に戻った。

日が沈んで家々に灯がともるころになって道有を乗せた駕籠が着いた。善光寺抱えの医者でもある道有は、身なりもよく威風堂々として見えた。念入りに弥五兵衛を診たあとで道有が家人に向って言った。

「傷寒ですな。ご愁傷さまながら、万が一にも助かる見込みは難しいと言わざるをえません。こうして息をしているのが不思議なほどですな」

やはり名医の見立ても迅碩の見立てと違わなかったことに一茶は落胆した。

「しかしながら、出来るだけのことはいたしましょう。ところで、もう遅い刻限ですし、今夜にも急変があるやもしれませんので、よろしければこちらに泊らせていただいて、ようすをみましょうかな」

道有が言った。むろん、家人にとってそれは願ってもないことであった。道有は、持参した薬箱からおもむろに薬を取り出した。

「これを飲ませなされ。もし、薬を飲み下す力がありますれば、もしかしたら助かることもあるやもしれません」

さつは、きれいな紙に包まれたいかにも高価そうな薬を見て目を丸くした。言われるままに、一茶は弥五兵衛に薬を飲ませた。さいわい少しずつではあるが、弥五兵衛はそれを飲んだ。それから一茶は中座敷に道有を案内し、しばらく四方山話をした。ひとしきり話しこんだあと、一茶は弥五兵衛の寝間に戻った。仙六も父の横に寝ていたが高いびきをかいて寝入っていた。一茶は、弥五兵衛の枕元に座ってまんじりともせず夜を明かした。

夜が明けた。日が昇って明るくなると、弥五兵衛の顔には昨日と打って変って血の気が差していた。驚いたことに、弥五兵衛ははっきりした声で言った。

「腹が減った。何ぞ食いてえ」

中座敷にいる道有に知らせると、弥五兵衛の顔色を見て信じがたいという風に目を見開いた。

「薬が効いたようですな。片栗を練ったものなら、咽喉《のど》の通りもいいし、精もつきましょう」

一茶がさっそく片栗を湯で解いて与えると、弥五兵衛は起き上がってうまそうにすすった。二杯、三杯とした。その日は雨雲がきれいに去り、空が青々と澄みきって、時鳥の声が高らかに響きわたっていた。

道有はそう言うと、また駕籠に乗って帰っていった。一茶は、隣村の古間《ふるま》まで駕籠に付き添って見送りを

「このようすなら大丈夫でしょう。このまま急変することがなければ、ほどなく快気に向いましょう」

所望してとうとう四杯もすすった。

時鳥我も気《き》相《あひ》のよき日也

その日は、小林家の田植日であった。仙六は朝早くから田んぼに出ていった。田んぼには結《ゆい》の人と雇人《やといにん》が集まり、一日がかりで田植をする。さつは近所の婦人二人を頼んで夕方から行われる早苗饗《さなぶり》の準備に取りかかっている。一茶は、一人で弥五兵衛の寝所に付き添った。弥五兵衛はいくぶん生気が戻りはしたものの、起き上がるほどの元気はなく、臥したきりだった。夕方になると結の衆と雇人が上がってきて早苗饗が始まった。酒も出て茶の間は大賑わいだが、誰も寝所に顔を出す者はいなかった。傷寒は人に嫌われる病のため、さつが人を弥五兵衛の寝所に入れなかったのである。

弥五兵衛が土地分与の話を切り出してから、家の中がすっかり険悪な雰囲気になってしまった。さつは弥五兵衛に邪険になり、一茶とは口もきかなかった。仙六とて同じであった。だが、一茶自身もあの日を境に変った。どろどろした執念が際限もなく噴き出してくる。それはひどく厄介なもので、己の意思ではとうてい制御できないほどであった。一茶の中には、それにおののく自分とそれを煽《あお》る自分がいる。

それから数日、弥五兵衛は小康を保った。その日はよく晴れていた。一茶は、弥五兵衛を起き上がらせ、布団を畳んでそれに寄り掛かかるようにして座らせた。弥五兵衛は、二三度大きく息をついた。

「気分はどうだ」

一茶が聞いた。

「うむ、少しいいようだ」

弥五兵衛がうなずく。それから伸びた髭を手の平でごしごしこすっていたが、ぽつりぽつり話し始めた。

「おめえが三つのときに嬶《かか》あが死んだ。それでさつがここに来て仙六が生まれた。それからというもの、さつがおめえにつらく当って、おめえが不憫でならなかった。おめえがここにいるかぎり苦しまなければならんねえ。ならば、ひとまず家から出そうと、おれは考えた。そいうわけでおめえが十五になった春に江戸に出した。おれは、けっしておめえをこの家から追い出したのではねえ。いつかおめえがここに戻れるようにする。おれはそう考えていたんだ」

一茶は、あの日のことを忘れない。十五歳になった春に、江戸に出稼ぎに出る村の者と一緒に故郷を出た。弥五兵衛は牟礼《むれ》まで送った。別れぎわに、十五になったばかりの息子の行く末を案じ、年端《としは》の行かない息子よりもうろたえて言い含めた。

「いいか、体に悪いものを食うでないぞ。けっして人に悪く思われるようなことをするでないぞ。それから、国のことを忘れるでないぞ。いつかきっと帰ってきて、元気な顔を見せておくれよ」

一茶は、村の衆の前も憚らずに、すがるように言う父から顔を背けて黙っていた。胸中にはわだかまりがあったし、人の前で子供のようにこんこんと親から説諭されていることが体裁悪くもあった。一茶は、父の顔を見ようとはしなかった。振り返ることもなく、村の衆の先頭に立ってさっさと街道を歩いて行った。

「さぞ冷てえ親と思っただろう。だが、これも因縁だと思って諦めてくれろ」

弥五兵衛が切なそうにわびた。

「分かっているよ、お父。おれは少しも恨んでなどいないさ」

一茶が言った。

「それにしても、こういう時におめえがけえっていて、こうして看病してくれるとは、これもやはり浅からぬ縁《えにし》なればこそだろうな。たとい今すぐに往生を遂げたとしても悔いはねえ」

弥五兵衛はそう言うとはらはらと涙を流した。

「何を言うだ、お父。きっと良くなるさ。そうだ、良くなって、諏訪神社の狂言を見よう。お父は、いちどでいいから桟敷《さじき》で狂言を見たいと言っていたじゃないか。桟敷代はこの弥太郎が持つ。だから、きっと良くなって今年の狂言を一緒に見るんだ」

諏訪神社の秋祭には相撲と狂言の興行がある。狂言とは歌舞伎芝居のことで、境内に組まれた桟敷席で観る。この桟敷料は高額で、村の有力者や富家でなければ求めることはかなわず、並の人々にとっては高嶺の花である。

「狂言か。見てえなあ」

弥五兵衛は、束の間夢見顔になった。

「見られるさ。早く良くなって、鍬でも鎌でも持って、元気で働いて、秋にはきっと狂言を見よう、お父」

一茶は、穏やかになった弥五兵衛の顔を見ていくぶん心が軽くなった。

それから十日ほど経った。弥五兵衛の顔がしだいにむくんできて、痰もひどくなった。痰を切るために砂糖水を飲ませたが、さつは砂糖代がかさむと小言を言った。その砂糖水でも痰が切れなくなったので、一茶は野尻の迅碩《じんせき》を呼んだ。迅碩は、脈はいいようだと言い、むくみと痰の薬を処方してくれた。一茶がそれを煎《せん》じて弥五兵衛に飲ませると、尿が頻繁に出た。すると、楽になったのか、弥五兵衛はすやすやと寝入った。

一茶は、弥五兵衛のむくんだ足をもみ続けた。しばらくもんでいると、弥五兵衛が目を覚ました。

「おめえも、昼夜の介抱で難儀だろう」

弥五兵衛は、うつろな目で天井を見つめたまま言う。

「何を言うだ、お父。弥太郎は、こうしてお父の側にいられるだけでも幸せだ。とにかく、気を強く持って、早く元のように達者になっておくれ」

一茶は、足をもむ手を休めて言った。

「おれもそうしてえ。だが、病気が病気だから、いつ死ぬか分からぬ。もしおれが死んだら、おれが言ったとおりに嫁を取ってこの家で暮らすのだ。ここを出てまた遠くに行くでねえぞ。けっしてこの言葉に背くでねえ」

弥五兵衛は、病が重くなるにつれて同じことを口にするようになった。

「お父が達者になったら、おれは百姓の弥太郎になって草刈もし、土を耕すこともする。お父の望みどおり嫁をもらってここで暮らす」

一茶も同じ言葉を弥五兵衛に返した。その言葉に込められた弥五兵衛の思いは変らなかったが、一茶の思いは微妙に変っていった。始めのうちは父を安心させたい一心であった。だから、その言葉は必ずしも真意を表したものではなかったし、強固な意志があったわけでもなかった。だが、繰り返し口にしているうちに、それがしだいに現実味を帯びてきた。この地に戻って俳諧宗匠として生きる。柏原や野尻の人々と会って話をしているときは、それがいとも簡単に実現できそうに思われた。だが、抜き差しならぬ家の事情が容赦なくそれを打ち砕いた。いちどは消えかかった一茶の願望を甦生させたのが、弥五兵衛の財産分与の話と柏原に帰れという遺命であった。さらに、はからずも父の看病のため長居することになったことも一茶の心を変える大きな要因の一つになった。弥五兵衛は、一茶を江戸に出したことを悔い、かつ詫びた。

その弥五兵衛は、もはや自分の命が助からないことを悟っている。一茶にはそう見える。一茶は、しだいに焦燥感に駆られてきた。自分は、元来この家の総領なのだ。したがってこの家に入ってはいけないという道理はない。むしろ、自分がこの家を継ぐことこそが道理なのだ。死に臨んで、父が懸命にそれを実現させようとしている。まさに今が千載一遇の好機なのだ。この機を逃せば、自分は永遠に故郷を失う。一茶はそう思う。

弥五兵衛の病状はいよいよ重くなっていった。そんなある日、弥五兵衛が一茶に起してくれと言った。一茶はいつものように布団をたたんで弥五兵衛をそれに寄りかからせて座らせた。弥五兵衛は、この世の名残を惜しむかのように、宙を見つめたまま座っている。しばらくそうしていたが、にわかに思いついたように言った。

「弥太郎、紙と筆を用意しろ」

一茶は、珍しいことを言うものだといぶかしく思ったが、言われるままに墨をすり、弥五兵衛の前に文台を置いた。弥五兵衛はふるえる手で筆を持ったが、迷うことなく筆を走らせた。その文字に乱れはなかった。

「これでいいだろう。これがあれば、あいつらも勝手なことはできまい」

それは遺言状だった。弥五兵衛が先日家の者に通告したとおり、一茶と仙六に土地を二分して与える旨のことが書かれている。さらに、家も二分して二人に与える旨のことが書いてある。一茶は、それを読むと胸がつまり、嗚咽《おえつ》を漏らした。父に末期《まつご》が迫っていると思うと悲しみに打ちひしがれるが、一方では霧が晴れていくように将来が見えてきた。

「お父、ありがとう。これで弥太郎はこの家で暮らしていける。お父の言うとおり、きっといい嫁を迎えて、ここで暮らす」

弥五兵衛は一茶のその言葉を聞くと、目をつむったまま何度もうなずいた。

それから数日後の夜中のことであった。弥五兵衛の側に付き添って横になっていた一茶は、父が何か言っているのを夢の中で聞いて目を覚ました。

「どうした、お父」

一茶が起き上がって弥五兵衛の顔をのぞきこんだ。弥五兵衛が顔をゆがめている。一茶が額に手を当てると、焼けるように熱かった。

「お父、苦しいか」

一茶が声をかけた。すると、弥五兵衛はあえぎながら冷たい水を飲みたいと言った。

「分かったよ、お父。今汲んでくるから」

一茶は、枕元の水差しを持って水汲みに出た。すると、後ろから弥五兵衛が大きな声で言った。

「気いつけるんだぞ。井戸に落ちるなよ」

隣室で寝ているさつがそれを聞きつけ、弥五兵衛に罵声を浴びせるように言った。

「へっ、お前さんの宝息子、そんなにかわいいかえ」

さつは、一茶と弥五兵衛が四六時中一緒なのが癪《しゃく》にさわる。一茶が弥五兵衛にやさしくするのも、弥五兵衛が一茶にやさしくするのも妬ましくてならない。

弥五兵衛が急変したのはその翌日の未明だった。痰が咽喉に詰まって何度も息が止まった。一茶が大きな声で弥五兵衛に呼びかけると、さつと仙六が飛んできた。さつが弥五兵衛に覆いかぶさるようにしてわめきながら激しく揺すった。仙六は乱暴に弥五兵衛の頬を叩きつづけた。だが、弥五兵衛はほどなく事切れた。

さつと仙六は弥五兵衛にすがりついて大声をあげて泣いた。一茶は、泣きじゃくる二人を茫然と見つめていた。外が白んできて雀の声が聞こえてきた。

生残る我にかゝるや草の露

通夜と葬式の間は、村の人々が集ったので一茶と家人との仲は表面的には平穏を保った。だが、それらが一通り終ると、三人はまた同じ屋根の下で顔を突き合わせることとなった。とはいえ、三人が顔を合わせるのは、朝と夕の食事の時だけだった。仙六とさつはまれに仕事の話をした。だが、一茶には何も話をすることがなかった。さつも仙六もあたかも無言の圧力で追い出そうとするかのように一茶に対して無言を通した。

一茶にとってさすがにそれはたえがたいことであった。

一茶が家を出てから二十四年になる。思えばあまりにも長い年月が流れた。やはり自分は行脚俳諧師として遊行《ゆぎょう》に生きるのが宿命なのかもしれない。一茶はふとそう思う。だが、そう考えた後ですぐにまたもう一人の自分が反駁《はんばく》する。漂泊は宿命ではない。自分は追放されただけのことだ。自分がここに戻ってはならないという道理はない。そう考えると父の遺言が脳裏をかすめる。さつと仙六は土地分割の話を容易に呑まないだろう。しかし、父が書き残した遺言状をさつと仙六にしかと見せ、然るうえで談判をしよう。一茶はそう考えた。

初七日を過ぎて数日後の夜、一茶は例の件を談判すべく茶の間に座った。仙六は囲炉裏端に寝転んでいびきをかいていた。さつは風呂から上がって囲炉裏端に座ったところだった。さつは、一茶の顔を見ようとはせず、口を閉ざしたままだ。

「仙六、起きてくれ」

一茶が仙六の体を揺すった。

「話がある」

仙六は起き上がり、眠そうに目をこすった。

「これを見てくれ。お父の遺言状だ」

一茶が懐から書面を出して仙六に見せた。それを見ると、仙六はたちまち怒りにふるえた。さつが仙六の手から書面を奪い取るようにして見た。今にも書面を破り捨てんばかりの形相《ぎょうそう》なので一茶はさつの手から書面を取り戻した。

「兄さ、先にも言ったとおり、これは絶対に呑めねえ」

仙六はそう言って唇をかんだ。

「しかし、これはお父の遺志だ。お前の一存でどうのこうのできるものではない」

一茶は、出来るだけ冷静に言った。

「お父の遺志だというのはうそだろ。あきれたもんだ。土地ばかりかこの家まで半分にするってか。おおかた、おめえがお父に書かせたんだろうよ。そんなうそっぱちの紙きれなど何の役にも立たねえよ」

さつがののしるように言う。

「これはおれが書かせたものではない。お父が自分から言い出して書いたものだ」

「誰も見ていた者はいねえのだから、どんなうそでもつけるわな。あん人が正気なら、こんなめちゃくちゃなことなど書くわけがねえよ」

「そうさや、兄さ、いくら何でもこれはひどすぎる。お父が自分からこれを書くわけがねえ」

仙六も激昂《げっこう》する。

「聞いてくれ、仙六。お父は、けっしておれをこの家から追い出したわけではないんだ。だから、死ぬ前に、おれがここで暮らせるようにしてやりたいと言って、これを書いて残したのだ。これはほんとうだ。おれだって、柏原に帰りたい。柏原で暮らしたい。頼むからお父の言うとおりにしてくれ」

一茶は、石のようにかたくなになった仙六をできるだけ刺激しないように、声を抑えて言った。

「おれは、嫁をもらって、子供を四五人、いや五六人作って、この家で親子でむつまじく暮らしてえ。そう思って、どんなにつらいことでも我慢して働いてきたんだ。兄さのいうことは、おれのこの望みをかなぐり捨てろと言っていることと同じだ。たとい兄さの言葉だとしても、おれが汗水たらして手にした土地はおれのものだ。おれの望みは誰が何と言おうと捨てねえ」

仙六はますますかたくなになっていく。

「仙六、根無し草の身のつらさはお前には分かるまい。お前の気持ちも分からないではないが、このおれだって同じだ。この家に落ち着いて妻子とつつましく暮らしたい。たしかに、増えた土地はお前が汗水たらして手にしたものだ。だが、おれが江戸に出されることさえなかったら、おれだってそれくらいの土地は手にできたはずだ」

一茶は、自分の言い分は筋が通らないということをどこかで意識しながら、怒り狂う仙六に対抗すべく、しだいに理性を失っていった。

「仙六、おめえが何と言おうと、おれはお父の遺志の通りにするからな」

一茶は、仙六と話せば話すほどに自分の意思に反してかたくなになる。

「それなら、なぜもっと早く帰ってこなかったんだ。おらたちが苦労して働いているあいだ江戸で好き放題に暮らしていて、今頃になって帰ってきて土地も家も半分よこせとは、とんだ料簡違いというものだ」

さつも輪をかけて食ってかかる。それからしばらく言いあって堂々巡りをした後で仙六が言った。

「こうして話しあっていても埒《らち》が開かねえ。本家に中に入ってもらおう、兄さ」

一茶もそれには異論がなかった。

翌日の夜、弥市がやってきた。弥市は本家の長男で当主である。

「弥五兵衛さがいなくなって、寂しくなったなあ。あの達者な弥五兵衛さがこんなに早く逝ってしまうとは夢にも思わなったよ」

喪中であるうえに、家の中に張りつめている言いようのない緊迫した気配に弥市は当惑した。使いに来た仙六からあらましのことは聞いているだけに、弥市が緊張するのも無理がない。

「しかし、弥五兵衛さは果報者だ。倒れたときに弥太郎さが戻っておられたんだから。きっと阿弥陀さまが弥太郎さを呼び寄せてくだすったにちがいない。弥五兵衛さは信心深かったからなあ」

黙っているのがこらえらきれずにしゃべり続けている弥市に、さつと仙六の視線が針のように突き刺さってくる。弥市がなおも当たりさわりのないことを話していると、さつが痺《しび》れを切らして言った。

「弥市さ、あん人が、土地も家屋敷も仙六と弥太郎さに半分ずつ分けてやると言い残すはずはねえよな」

さつは弥市にすがるように訴える。

「そんなことはない。これはお父みずからが書いて残したものです」

弥太郎は、弥五兵衛の遺言状を懐から出して弥市に見せた。

「それは、弥太郎さが書かせたものに決まっている。お父がそんな無下なことを言うはずがねえもの。おおかた、病気でほうけているときに、言うとおりに書かせたんだろうよ」

さつが一茶をにらみつける。

「そうではないと言っただろ。これを見ればよく分かる。これがほうけた者の書いた文字《もんじ》か」

一茶もにらみ返す。

「たといお父の遺言状だとしても、おれはそれには従わねえ。弥市さ、どう考えても、それは正気だとは思えねえだろ。おれらが苦労して手にした田畑の半分を、どうして取られなければなんねえだ」

三人が弥市の前で堂々巡りをしたはてにさつが言った。

「なあ、弥太郎さ、頼むから、おらたちから土地と家屋敷を取らないでくれろ。弥太郎さは、田畑がなくても生きていけるだろうが、おらたちは田畑がなければ生きてはいけねえ。なあ、弥太郎さ、頼む、このとおりだ」

さつが一茶に向って両手を合わせた。

「おれも頼む、兄さ。田畑を半分にされたらおれらはやっていけねえから」

仙六も手を合わせて頭を下げた。

「どうだ、弥太郎さ。二人ともこうして頭を下げている。弥太郎さは、もはや江戸でも名のある俳諧宗匠なんだから、江戸にいても何の不自由もないだろう。こんな鄙《ひな》びた田舎に引っこむよりも、江戸にいたほうが立派に活躍できるというものだ」

一茶は、弥市がさつと仙六の肩を持つと見るや、たちまち敵愾心《てきがいしん》が湧いてきた。このままでは、ふたたび故郷から追放される。そうだとしたら、今度こそ永遠に故郷を失う。

「弥市さん、弥太郎は、お父の遺志を重んじたいのです。お父は、この家のことを十分考えたうえで遺言状を書いたのです。それに、この弥太郎も柏原で暮らしたい。故郷を思う心は誰にも負けない。そのことを分かっていただきたい」

一茶がそう言うと、さつはまた邪険になったり、卑屈な態度に出て同情をかおうとしたりした。仙六は兄をののしるようなことはしなかったが、遺産分割については梃子《てこ》でも動かないかたくなさだった。とりなす術を失った弥市が言った。

「今日のところは、ひとまずこの弥市に預けるということにしておくれ」

結局、弥市は役目をはたせずに帰っていった。

その翌日、一茶は本陣の中村家を訪ねた。問屋《といや》でもある中村家は相変わらず多くの人が出入りして賑わっていた。勧国が喜んで一茶を迎えた。

「初七日も無事すみましたか」

「いろいろと大変でしたなあ。さぞかしお寂しいことでしょうが、少しは落ち着かれましたか」

「初七日も無事すみましたので、ようやく落ち着きました。この度は何から何までお世話になり、ほんとうに助かりました」

一茶は、頭を下げて礼を述べた。

「先生、そんなお気遣いは無用でございます。お困りの折には、何なりとこの六左衛門に仰せつけくださいまし。それにしても傷寒に罹《かか》るとは、弥五兵衛さんも因果なことでしたなあ。あれほど達者なお人でしたのに、惜しいことでございました」

「医者から万が一にも助からないと言われながら、それでもよく持ちこたえたと思います。何度か小康を保ちましたのでもしかしたらと思ったのですが、やはり傷寒の病には勝てませんでした」

「まことにご愁傷さまでございました。それでも、弥五兵衛さんは、最後まで先生の介護をお受けになられたのですから、それは本望でしたろう」

「わたしもそう思います。この度は無性に故郷が恋しくなって戻ってきたのですが、これも阿弥陀さまが呼び寄せてくれたものと思えてなりません」

「まことですなあ。このような奇蹟は滅多におこりえませんからなあ。ところで、先生はこの先どうなさるおつもりで」

勧国にとってはそれが気になるところであった。

「そのことですが、目下のっぴきならぬ事態になっておりましてね、頭が痛いのですよ」

一茶がそう言ってこぶしで頭をたたいた。

「何をそのように頭を悩ませていられるのですか。わたくしにできることなら、何なりとお力になります」

勧国が前のめりになって一茶の顔をうかがう。

「実は、父が亡くなる前に、わたしと仙六に土地と家を半分ずつにして与えるという遺言状を残したのです。ところが、仙六も母もがんとしてそれを受け入れようとしないのです」

勧国は、腕組みをして難しい顔でうなった。

「それを受け入れられないという仙六さんのお気持ちも分かりますなあ」

すると、一茶がいくぶん不機嫌な顔をした。

「先生は、やはり柏原にお戻りになりたいお考えで」

勧国はまた前のめりになって言った。

「これまでは、柏原に戻ろうとは考えなかったのです。けれども、長く家にいるうちに、自分が落ち着くべきはこの地だ、この家だと、そう思うようになったのです」

一茶のその言葉を聞くと、勧国はわけもなくうれしくなった。

「そうですとも。柏原は先生の故郷です。先生を生んだのはこの柏原です。江戸で名のある俳諧宗匠になられた先生がこの地にお戻りになれば、俳諧を志す奥信濃の衆にとって、それはどんなに喜ばしいことでしょう」

勧国が心をはずませて言う。

「このままここに留まりたいのは山々です。しかし、仙六と決着をつけるのは容易ではありません。おそらく長くかかると思われます。それでもわたしはあきらめません。何年かかってでも、この柏原に戻ります」

一茶が決然と言った。

「そうなさいませ。それで、先生はまた江戸にお戻りになるおつもりで」

勧国が顔をくもらせて言う。

「ひとまずそうしようかと」

本陣の当主である勧国も、一茶が抱え込んだ抜き差しならぬ事態にはなすすべがなかった。

土地家屋の分割の件は本家預かりとなったため、一茶にとってはむしろ面倒なことになった。唯一のよりどころである父の遺言状が棚上げにされてしまったからだ。こうなった以上は、本家と談判してどうにかして突破口を開かないことには埒《らち》が開かない。一茶は本家を訪れた。

本家も昼は仕事で忙しいから訪れたのは夜である。本家の弥市は根っからの百姓で、俳諧には無縁の男だ。それに一茶が早く江戸に出たこともあって疎遠であった。その夜の弥市もどことなくそっけない感じで、突然の一茶の来訪をいぶかしみ、一茶の腹の底を探るような目で見た。むろん、弥市には一茶の来訪の意図は察しがついている。

「それにしても、斧右衛門《おのえもん》さも迷惑なことをしてくれたもんさなあ。人が死んでも、村には頼りになる住職がいなくなってしまったんだからなあ。弥太郎さも難儀しただろ」

弥市は、故意に話題をそらして斧右衛門に対する不満を言いはじめた。小林家は柏原の明専寺《みょうせんじ》の檀家であった。その明専寺の住職が若くして死ぬと、その後継者を巡って訴訟沙汰にまでおよんだ。桂屋の長男太三郎はそのいざこざに巻き込まれて江戸に出奔したが、一茶も思わぬ形でその余波のあおりを食う羽目になった。訴訟の張本人は檀家総代の斧右衛門であった。斧右衛門は、飯山藩、中野代官所、そして江戸幕府にまで訴え出た。だがそれでも埒が開かなかったため、京都の本山西本願寺まで訴え出た。だがそこでも訴えは通らなかった。すると、斧右衛門は同志の檀家を伴って明専寺の檀家から脱退した。そのとき小林家も脱退したので弥五兵衛が死んでも明専寺の住職を呼ぶわけにはいかず、九里も離れた塩崎から住職を呼んだのであった。そういうわけで葬儀に際して何かと支障はあったものの、一茶にとって当面それはどうでもよいことである。

「しかし、桂屋の太三郎さは江戸に出ても弥太郎さがいるで、何も苦労はないだろうな。かえって、江戸に出てよかったかもしれねえ。江戸はきれいな女子《おなご》がいて、うまいものがたんと食えて、いいところなんだろうから。雨降って地固まるというのは、このことだろうな」

弥市はなおも話をそらす。一茶は、生返事《なまへんじ》をしながらしばらく相づちを打って話を聞いていたが、とうとうしびれを切らした。

「ところで、この度は父の遺言のことではなはだ厄介なことを押しつけることになり、弥市さんには申し訳なく思っております」

一茶はそう言って頭を下げた。弥市の饒舌がぷつんと切れて、にわかに顔がくもった。

「うむ」

弥市は、言うべき言葉をさぐりかねて口をつぐんだ。

「わたしは、柏原に戻りたい。いや、戻ろうと決めました。父が、ようやくそれを可能にしてくれたのです。これだけは分かっていただきたいのですが、わたしは初めからそう思って戻ってきたわけではないのです。また、父にそう頼んだわけでもありません。財産分与については、父の一存で決めたことです。そして、それは父の遺志です。わたしは父と約束しました。この地に戻り、嫁をもらい、人並に一家を構えると。ですから、ぜひ、弥市さんのお力添えをいただきたい」

弥市はいっそう顔をしかめて、うん、うんとうなるだけだ。

「遺言状も、父がみずから書いたものです」

一茶の言葉にはさらに力がこもる。

「弥太郎さの言うことも分からぬではないが、しかし、この件に関しては、塵芥《ちりあくた》を取り除いた堰《せき》みたいには容易に流れてはいかないだろうよ」

弥市は腕組をして天井をあおいだ。

「分家を継ぐのは誰か、よく考えてみなされ。弥五兵衛さは、お前さを江戸に出した時点で、分家を継ぐのは仙六だと決めたんだ。仙六もそう思ってこれまで苦労してきた。弥太郎さだってそれを受け入れてこれまで江戸で暮らしてきたんだろ。それを、今になって気が変ったと言って土地を半分にするというのは、どう考えても筋違いというものだ」

一茶は、弥市が本家面《ほんけづら》をして高飛車な物言いをすることに腹が立ってきた。仙六があのようにかたくなになるのは弥市が糸を引いているのではないかと疑った。

「父は、わたしを江戸に出したのは本意ではなかったとはっきり言いました。ほんとうはわたしに家を継がせたかったと。死に臨んでその悔いを晴らそうとして、自らの意思でこの遺書を書いたのです」

一茶は、本家に来る際にも、後生大事に弥五兵衛の遺言状を懐中に忍ばせていた。

「そりゃあ、誰だって死ぬときゃあ情に絆《ほだ》される。まして、弥太郎さが毎日付きっきりで側にいたんじゃあ、そういう気にもなるわさ。だが、それは正気とは思えねえ。そうでなけりゃあ、こんな無茶なことを書くはずがねえもの」

これ以上話しても埒は開かぬと一茶は覚った。

「弥市さ、これだけは言っておきます。わたしは小林家分家のれっきとした総領だ。総領のわたしが柏原にいてはならないわけは一つもないと」

一茶はそれだけ言うと本家を辞した。

その翌日、一茶は桂屋の平湖のもとを訪ねた。弥五兵衛が病気になってから何かと世話になったのがこの桂屋だった。一茶は、あらためてその礼を述べた。

「先生、そんな水臭いことをおっしゃらないでくださいまし」

平湖は、大仰《おおぎょう》に手を横に振った。ひととおりの挨拶を終えたあとで、平湖が声を低めて言った。

「ところで、まことに申しあげにくうございますが、弥五兵衛さんがお亡くなりになって面倒なことになっているというのは、まことでございますか」

「どうしてそれを」

一茶が驚いて聞いた。

「実は、家内がよそで聞いてきましてね。先生が遺産を強引に奪おうとしていると、さつさが言いふらしているようなのですよ」

平湖が言いにくそうに眉をひそめて言う。一茶は、平湖の言葉をすぐには呑みこみかねた。自分にはまるで関わりのない空言のように聞こえたからである。ややあって、自分の知らないところでとんでもない事態が起っているということに気がついた。事実無根の噂が村中に広がりつつある。そしてそれは、自分にとってはなはだ不都合な内容なのだ。なお悪いことに、それが動かしがたい事実として村人に浸透しつつある。

平湖でさえそれをほんとうのことだと受け止めている節がある。

「遺産を奪うなどと、滅相もない」

一茶はそう言ったものの、自分の言葉がまるで説得力がなく、無力に思われた。

「いえ、わたくしは、先生がそのようなことをなさるはずがないと思っておりますよ。そんなことは、あるはずがありませんですよね」

平静さを失った一茶を見て、平湖もうろたえた。物言えば言うほどに一茶の恥部をほじくるような気がする。

「それで、先生はこの先どうなさるおつもりですか」

平湖が腫物《はれもの》にさわるようにして言う。そう聞かれると一茶は頭の中が混乱してきた。勧国には、いったん江戸に戻ってしかるべき時が来たら柏原に戻ると言った。だが、平湖の話を聞いて身動きが取れなくなった。柏原に残れば遺産略奪の汚名を着せられる。江戸に帰れば永久に故郷を失う。

「ひとまず江戸に帰る」

一茶は、平湖がくれた酒徳利をぶら下げて桂屋を出た。

それ以来、一茶は、宿場を歩いていると、会う人がみな目をそらすような気がした。さらに、村中の者が後ろ指をさしているような気がしてならなかった。

ある日、一茶は柏原から逃れるように隣村の野尻に出かけ、湖光のもとを訪れた。だが、湖光は留守で二三日戻らないとのことだったので、筋向いの関之《かんし》宅を訪れた。

「湖光さんのところにうかがったのですがお留守でしてね、二三日戻らないようです」

「さようですか、それはお生憎《あいにく》さまで」

関之は少しも生憎とは思わず、湖光の留守を喜んだ。

「実は、江戸に帰ろうと思いましてな」

一茶のその言葉を聞くと、関之はあからさまに落胆して肩を落とした。

「さようでございますか。ご出立はいつに」

「数日うちにと思っております」

関之はいよいよ落ち込んで力が抜けた。

「江戸に帰る前に、お二人と歌仙を巻きたいと思いまして参ったしだいなのですが」

湖光が留守だというので、一茶もまた落ち込んでいた。目算が一つふいになったからである。一茶は、江戸に帰る路銀が必要であった。

「先生、まことに厚かましいお願いとは存じますが、もしよろしければ両吟で歌仙を巻いてはいただけないでしょうか」

関之が言いにくそうに肩をすぼめて言った。

「関之さんさえご都合がよろしければ」

それは一茶にとって願ってもないことであった。

「都合などどうにでも。それでは歌仙は昼食のあとにいたしましょう。昼までにはすこし間がございますので、先生はここでごゆるりとなさってくださいまし。昼は蕎麦切りをご用意いたします。平湖さんの蕎麦切りは極上ですが、手前どもの蕎麦切りも負けてはいませんよ」

関之は急に気持ちが大きくなって言葉に力が入ってきた。

関之の豪語にいつわりはなく、叶屋《かのや》の蕎麦切りは上等であった。昼食を終えて落ち着いたところで一茶と関之は対坐して両吟の歌仙に臨んだ。一茶は、座に直ると外の景に目をやった。梅雨はまだ明けていないが空は晴れていて野尻湖が明るく輝き、深緑の山々が美しい。それから室内に目を転じると、床に掛けてある軸が一茶の目に入った。笹藪を背景に、親子の鹿が立っている。慈愛に満ちた親鹿の眼差しと無邪気な子鹿の目が愛らしい。一茶は、その景の中に一陣の風を吹かせた。そうして発句がなった。

鹿の親笹吹く風にもどりけり　一茶

やや案じて関之が脇を付けた。

淋しきほどに清水汲みほす　関之

一呼吸おいて一茶が第三を詠んだ。

元結《もとひ》こく《扱》杭のつかく秋立ちて　茶

関之が虚を突かれたように固まった。うなるようにしてひねり出そうとするがなかなか付句《つけく》が出てこない。

それを見て一茶が言った。

「考えすぎると句は出てこないものです。付句は、軽く、おのずから付くように詠むのがよい。ことさらに付けるようにに詠もうとすると重くなる」

一茶の言葉を聞いたとたん関之の目の前が開け、さらりと句ができた。

坂を越《こゆ》ればかゞしなき里　之

それから一茶と関之は、二人で街道を旅するかのような心持で歌仙を詠みついでいった。関之は時折つまづいて難渋することもあったが、一茶の悠揚迫らぬ捌《さばき》を得て、一時半《ひとときはん》ほどで満尾に辿り着くことができた。

「まことに楽しゅうございました。連句がこれほどに面白いとはついぞ知りませんでした。これまでは、ただただ句を付けるのが難儀で、苦行そのものでしたから」

関之がさも満足そうに言った。

「いやいや、関之さんの付けはなかなかのものでしたよ」

関之は、一茶からほめられたことで歌仙の余韻があおられて火照《ほて》ってきた。

「やはり、恋の句はことさらに高揚するものですね」

初裏《しょうら》の三句目に一茶が恋の句を入れた。

御車にあはじ〳〵と薄かづき　茶

東の山を夢に見残す　之

あちこちに餅つく菖蒲《あやめ》咲《さき》にけり　茶

きのふの胞衣《えな》をほぜるにはとり　之

「恋の句は何と言っても一巻の華ですからな。それにしても、胞衣を出されたのには驚きましたな」

「やはりその言葉は俳諧には忌《い》むべきものでしょうか」

関之はいささか自尊心が損なわれて声を落とした。

「いや、そのようなことはありません。一巻の中にはこれくらいの薬味が効いているほうが面白い」

それを聞いて関之はまた余韻に火がついた。

「高安《たかやす》の句もなかなか面白い付けでしたよ」

一茶がまた関之の付句をほめた。一茶が誉めたのは名残《なごり》の表《おもて》で関之が付けた恋の句である。

かざしにかざす撫子《なでしこ》の花　茶
高安の帰りかり狩衣《ぎぬ》ぬぎ替て　之
なべの中まで初雪のふる　茶

「業平《なりひら》の河内通《かわちがよい》の俤《おもかげ》がいい。このような句が入ると句に幽玄が加わる」

一茶のほめ言葉に、関之は天にも昇るような思いになり、俳諧のあれこれについて一茶に訊ねた。

一茶は、それから数日後に江戸へ戻ることにしたが、その前夜仙六に向って言った。

「おれはいったん江戸に帰る。だが、遠からずきっと柏原に戻るつもりだ。父が言い残したのだから、この家の半分はおれのものだ。だから、その分の伝馬役金《てんまやくきん》はおれの方で払っていく」

仙六とさつはそれに口答えすることはなく黙っていた。ぼんやりした不安はあったが、とりあえず一茶と同じ屋根の下で暮らさなくてもいいということで、何となく安堵したからだ。

それから二年後の春のことである。一茶は、勝智院《しょうちいん》の方丈で住職の栄順《えいじゅん》と対坐していた。勝智院は、江戸深川の大島にある真言宗の寺である。栄順は俳号を白布《はくふ》といい、一茶と同じ俳諧宗匠に師事した仲である。不惑を過ぎた一茶は、江戸で少しは名が知られる俳諧師になったものの、まだ所帯を持つこともなく、定住する住まいも持たない。そのような一茶に温情をかけ、寺の一室を提供してくれたのが白布だった。

「下総《しもうさ》といいますと、やはり斗囿《とゆう》さんのところですか」

白布が聞いた。

「とりあえず斗囿さんのところに行きます。ですが、これからはもっと広く下総を歩こうと思います」

斗囿は、下総馬橋《まばし》の油屋の主、大川吉右衛門である。一茶はしばしばこの大川家を訪れている。というのは、かつてここに奉公していたことがあるからである。

大川家の先代平右衛門は号を立砂《りゅうさ》といい、一茶にとっては大の恩人である。一茶が立砂と出会ったのは江戸の油搾《あぶらしぼ》り屋で働いていたときのことである。ある日、そこの親方が、仕事の都合で来ていた立砂に、一茶のことを「この椋鳥《むくどり》は俳諧をたしなむ」と笑って話した。立砂は、誰に俳諧を教わったのかと一茶に聞いた。一茶は、村に来た若翁《じゃくおう》先生から教わったと答えた。若翁は全国を行脚して回っている俳諧師で、江戸でもその名が知られていた。親方と立砂との詳しいやり取りは分からなかったが、一茶はその日のうちに立砂に伴われて馬橋に移った。こうして一茶は大川家に奉公する身となったのだが、立砂は一茶の才能を見抜き、物見遊山《ものみゆさん》に連れて行ったり、俳席に連れて行ったりした。一茶が俳諧の道に入り、ひとかどの俳諧師になることができたのは、ひとえに立砂のお陰なのである。

「一所不住というわけですな。それもいいでしょう。西国行脚は六年に及んだと言われましたな。また、長い行脚を考えておられるのでございますか」

白布が聞いた。

「いえ、長途《ちょうと》の旅というほどでも。江戸を離れたくはありませんから。とにかく、下総あたりを回ろうと思っております。田舎修業に出る覚悟です」

一茶が笑って答えた。

「田舎修業。なるほど。芭蕉翁は、自ら俳諧乞食《はいかいこつじき》と称されましたが、一茶さんもそのような覚悟をなさったわけですな」

温和な白布は、人の心中を悪意をもってあれこれ穿鑿《せんさく》することはしない。白布にとって、田舎修業といえばひたすら他郷の地を踏み、人と交わり、俳諧の道を追求する、まことに崇高な営みにほかならない。だが、一茶には下総回りをせざるを得ないのっぴきならぬ事情がある。執筆《しゅひつ》となって身を寄せていた俳諧宗匠元夢《げんむ》が死んでしまったのである。これからは、自力で俳諧師として世を渡っていかなければならない。そのためには自らの勢力圏を開拓していかなければならない。江戸は名だたる宗匠が犇《ひし》きあっているので、そこに参入していくことは容易なことではない。そこで一茶は、大川家との縁もあったことから、まずは下総に勢力圏を広げようと考えたのであった。そして、ゆくゆくは上総《かずさ》方面まで勢力圏を広げようとの思いがある。

一方、一茶の心には依然として強い望郷の思いがあった。叶うことなら今すぐにでも帰郷したい。そして、自分を生み、育んでくれた信濃の地で、信濃の人とともに俳諧の道を突き進みたい。一茶は、つよくそう思う。しかし、遺産相続の問題が暗礁に乗り上げているため、当面帰れそうにない。

「芭蕉翁の行脚は行ですが、わたしのそれは遊山《ゆさん》みたいなものです」

一茶が笑って言った。芭蕉は雲の上の人である。その芭蕉が口にすれば俳諧乞食はきびしい自己鍛錬を意味するが、俗塵にまみれて生きている自分が口にすれば単なる物乞いを意味することになる。一茶はそのことを自覚しているので大見得を切って俳諧乞食を名乗ることはできない。そこでひねり出したのが田舎修業という言葉である。その言葉は超俗や崇高といった匂いがなく、それでいて俳諧の道を邁進するかのような印象を与えるので、一茶はこの言葉を得たことに満足であった。

その翌日、一茶は本所の成美《せいび》亭を訪れた。夏目成美は、浅草の札差《ふださし》井筒屋の五代目八郎右衛門である。成美は号で、随斎《ずいさい》という別号も持っている。江戸で三本の指に入るほどの俳諧の大家であったが、いずれの流派にも属することなく、みずから「俳諧独行《はいかいどっこう》の旅人」を標榜《ひょうぼう》していた。本所に別邸を構え、そこに起居して随斎会と称する月並会を開いている。随斎会には成美を慕う多くの者が集る。一茶もその中の一人である。随斎会は七のつく日に月並会を行う。一茶が俳諧の指導を仰いできた竹阿《ちくあ》、素丸《そまる》、元夢の三人の宗匠が死んだあと、一茶は随斎会に通い、成美の指導を受けている。昨日は四月の二十七日だから大勢の連衆《れんじゅ》が集った。だが、今日は訪れる者もなく、成美亭は静かだ。一茶は、月並会にかぎらずしばしば成美亭を訪れる。有り体に言えば、食にありつくためという事情がある。成美亭は深川にあるので、そのことも一茶にとって好都合であった。

「実は、明日からしばらく江戸を離れます」

一茶が言った。

「また信濃へ」

成美が茶を飲みさして聞いた。

「いえ、下総を回ってきます」

「下総とな。斗囿さんのところですか」

「そのほかにもいろいろ回ろうと思っております。木更津とか富津《ふっつ》とかも」

「なるほど、新天地を回られるおつもりですな」

「やはり未踏の地に惹かれますから」

「どこへでも行ける一茶さんがうらやましい」

成美がことさらにわびしさを託《かこ》つふうを装ってそう言うと、飲みさしていた茶を飲んだ。成美は、十八の時に痛風を患い、右足が不自由になった。しだいに歩行が困難になり、初老のころから杖にすがって歩行するようになった。だから、旅行などはとうてい叶うことではない。

「下総。いいですなあ。木更津へは船で」

成美は、まるで自分が旅に出るかのように心が浮いてくる。

「ええ、木更津はやはり船がいいかと」

成美はしきりに船旅をうらやましがる。それからしばらく、旅の話や前日の月並会のことなどを話したあとで成美が言った。

「今日は、両吟で歌仙を巻きましょうか」

「よろしゅうございますね。ぜひ」

一茶も喜んで成美の提案を受けた。成美亭には絶えず人が訪れるので、歌仙を巻く場合は五吟六吟と大勢で巻くことがほとんどである。今日はさいわい客人がいないので、じっくり二人だけで歌仙が巻けるのを一茶も成美も喜んだ。

発句《ほっく》は成美が詠んだ。

朝飯の又おもしろや更衣《ころもがへ》　成美
葎《むぐら》のわか葉かくてあれかし　一茶
大竹を引きずる足の跡見えて　美
月よ〳〵に兀《はげ》し片山　茶
蕎麦刈ればうれしいとなく蛬《きりぎりす》　美
破《やれ》ほうろくに秋風の吹く　茶

成美が詠めば一茶が付け、一茶が付ければ成美が付けて、よどみなく歌仙が成っていった。蔵前札差の成美は高潔の人で、その作風も清廉である。だが、成美はその対極にあるような俗臭の強い一茶の人となりと作風を愛している。今日はいつもと違って両吟だから、ずんぶんに一茶の調子に合わせて詠むことができるので、成美は楽しくてしょうがない。歌仙は、普段よりも格段に快調に進み、早くも名残《なごり》の表《おもて》まできた。そこへ随斎会の常連の梅夫《ばいふ》がやってきた。一茶との両吟を楽しんでいた成美であったが、客人を青眼をもって迎え、歌仙の連衆に加えた。そこから三吟になったが、そのことでむしろ流れに変化が生まれ、それはそれで面白くなった。

歌仙が満尾したところで一茶と梅夫は昼食の馳走に与《あずか》った。一茶が成美亭を辞するとき、成美はいつもそうするように餞別として金子《きんす》を包んだ。

一茶が新たな旅に出たのは四月の末であった。まず向ったのは一茶がかつて奉公したことのある馬橋の大川家である。一茶は、早朝に深川を出立して昼頃に馬橋に着いた。斗囿《とゆう》は、あらかじめ手紙で下総巡遊のことを知らせてあるので、首を長くして一茶が来るのを待っていた。数年間奉公した大川家は、一茶にとっては故郷の実家よりも気が置けない場所である。

「お久しぶりでございます。このところ江戸に行くついでもなく、ついご無沙汰いたしまして」

斗囿が無音《ぶいん》を詫びた。

「いや、わたしのほうこそ、すっかりご無沙汰をいたしました」

「ほんとうにお懐かしゅうございます。何年ぶりになりましょうか」

斗囿は眩しそうに一茶を見つめた。

「先代がお亡くなりになって以来ですから、四年ぶりになりましょうか」

「さようでございますね。月日の流れるのはまこと早いものでございます」

斗囿が感慨深げに言う。

「失礼して、先代にお線香を上げさせていただきましょうかな」

一茶が言うと、斗囿は仏壇のある奥の間に案内した。惜しげもなく金箔を貼った立派な仏壇であった。瞑目して拝んでいると、在りし日の立砂の温顔が髣髴として、すぐ耳元で声が聞こえるような気がする。もし立砂に出会うことがなかったなら、自分は今もどこかの場末で信濃の椋鳥としてしがない生き方をしていたことだろう。今こうしてひとかどの俳諧師として世を渡ることができるのは、ひとえに立砂のお陰なのだ。そう思うと、一茶は胸が熱くなっていつまでも合掌したまま首を垂れていた。一茶が長い瞑目のあと目を開いて斗囿と向き合うと、斗囿はまた感慨深げに言う。

「それにしても、先生が甲斐と越路《こしじ》の旅からお帰りになられて、拙宅にお越しになられたその日に父が亡くなったのは、どう考えても偶然のこととは思えません」

「先代は、わたしが越路の旅から戻るのを待っていてくださったとしか思えません」

それは四年前のことである。一茶は、その年の晩春から初冬にかけて甲斐と越の国を旅した。ある事情から、わざわざ下総《しもうさ》の馬橋に行き、そこから甲斐に向って旅立った。その事情というのは、言うまでもなく路銀の調達であった。立砂は、十分な路銀を提供したうえに、竹の花まで見送った。

今さらに別《わかれ》ともなし春がすみ　一茶

又の花見も命也けり　立砂

これはその時の二人の唱和である。一茶は、七か月余にわたる旅を終えてふたたび馬橋の大川家を訪れた。立砂は、また生きて会えたのが嬉しいと、ことのほか喜んで一茶の旅の話に耳を傾けた。だが、顔を合わせて半時《はんとき》ほど経ったところで立砂は急死したのだった。

「きっとそうに違いありません。父は、先生のご無事なお顔を拝見して、思い残すことなく旅立っていったのです」

斗囿《とゆう》がしみじみと言う。

「もしかしたら、先代のご臨終に立ち会うことができましたのは、御仏《みほとけ》のお引合せかもしれません。越路の旅を終えて江戸に帰ろうとしたのですが、何かが、下総の馬橋に行けとわたしを駆り立てたのです」

それはけっして一茶の虚言《きょげん》ではなかった。

「なるほど。御仏の思し召しと考えますと合点がいきます」

斗囿がうなずいた。それからその後の消息を尋ねあい、たがいにそれに答えた。一茶は、立砂が存命のころはふらりと馬橋にやってきては逗留した。だから、この度もしばらく逗留するつもりなのだろうと斗囿は思った。また、そうあってほしいと願った。

「一茶先生、どうぞいつまでなりともごゆるりとご逗留なさってくださいまし」

父同様に俳諧を嗜んでいる斗囿は、一茶から直に指導を受ける機会が得られたことで有頂天であった。

「この度下総に参りましたのには、いささか事情がありまして」

わけありげな一茶の口ぶりに、斗囿は一瞬顔をくもらせた。

「事情と申しますと」

「実は、しばらく下総を巡って俳諧修業をしようと思いましてな。わたしにとっては、下総は故郷みたいなものですから、ここをわたしの修業の地にしようと決めたのです」

「それはわたくしどもにとりましてもこの上もなくありがたいことでございます」

斗囿の顔がまたはじけるように明るくなった。

「もちろん、わたしにとりましては、大川家は大恩がございますから、憚りながらこちらを拠点とさせていただいて、広く下総を開拓していきたいと考えたわけでございます」

「それはそれは」

斗囿はいよいよ顔をほころばせる。

世の俳諧宗匠は、日常の活動をとおして門人を獲得し、自らの勢力圏を拡張していく。その勢力圏の上に俳諧が成るのは言うまでもないが、生業《なりわい》もまたその上に成り立っている。むろん、斗囿はそのことは十分に承知している。一茶が下総を地盤として選んでくれたからには、自分にできることならどんなことでも力を惜しむまい。斗囿はそう思う。

「どこに行かれましても、下総の人々は先生を歓迎することは必定です。そうそう、流山《ながれやま》に秋元家の五代目三左衛門という方がいらっしゃいます。醸造を家業とされている方ですが、新しい味醂《みりん》を開発されまして、それが江戸の料理人に大いに珍重されております」

「新しい味醂とな」

「はい。なんでもその味醂を使いますと、どんな料理もこくと言いましょうか、丸やかさと言いましょうか、得も言われぬうまみを作り出すといいます」

「白味醂というのは聞いたことがありますが、それはその人が創出されたものでしたか」

「それはともかく、その方は俳諧にはことのほかご執心ですから、先生がいらっしゃればきっと喜ばれましょう。俳号は双樹《そうじゅ》と申されます。二十四の時にすでに伊勢派の撰集に入集したほどですから、たいした才能の持ち主であられます」

一茶は、新しい味醂を作り出して、今や江戸の台所を席捲《せっけん》しているという話にも興味をそそられたが、若くして伊勢派の撰集に入集したということに大いに刺激された。伊勢派と言えば、正風《しょうふう》をもって天明の俳諧を牽引した一派である。一茶は、下総の田舎修業の初めに、思いがけずこのような傑物《けつぶつ》に出会えることに胸が高鳴った。

一茶は、大川家に数日泊ったあとさっそく流山の双樹を訪ねた。醸造業を営む秋元家は、広大な敷地に煙出しのある建物や蔵、それに商いを営む帳場を兼ねた母屋など、おびただしい建物が立ち並び、多くの使用人が忙しそうに立ち働いていた。屋根付きの塀を巡らした敷地に入ったとたん、芳醇な香りがして酔ってしまいそうだ。一茶は、通りかかった手代風の男に帳場への案内を請うた。男は、人品を検分するように一茶の姿を一瞥した。

「わたしは、俳諧行脚をして諸国を回っている者でございます。馬橋の大川家のご当主から、こちらのご当主のお話を伺いまして、ぜひお目にかかりたく、お取次ぎのほどお願い申しあげます」

一茶がそう言うと、男は腰を低くして母屋へと案内した。手代風の男から知らせを受けた帳場の番頭は奥へ入っていったが、すぐに戻ってきて手代の男に一茶を離れ座敷へと案内させた。瀟洒《しょうしゃ》な離れ座敷は母屋の東側にあり、その前にはいくつもの名石を配した庭があった。

一茶が庭を眺めながら待っていると、ほどなくして主の双樹が現れた。四十半ばと思《おぼ》しき、恰幅のいい男だった。

「本日はようこそおいでくださいました。秋元三左衛門と申します」

双樹は、丁重に頭を下げて挨拶した。

「小林一茶と申します。わたしは、諸国をめぐって俳諧修業をいたしております。馬橋の斗囿さんから、双樹さんのことをお聞きしまして、ぜひお目にかかりたく伺いました」

一茶が言った。

「それはそれは、光栄に存じます。先生のことは存じあげております。実は、わたくし、仕事の関係でしょっちゅう江戸に出ております。そちらにも俳諧の仲間がおりますゆえ、先生のことは聞き及んでおります。たしか、成美先生の月並会の常連でいらっしゃるとか」

双樹が自分のことを知っているということが分かって、一茶はいっそう双樹に親しみを覚えた。

「一茶先生は、信州のご出身でいらっしゃいましたね。先生の御句は独特な土の匂いがすると、そのように評した人がおりました」

双樹の言葉は、あながち世辞ではなさそうで、一茶の来訪を心から喜んでいるようだ。

「わたしは椋鳥でして、椋鳥には所詮椋鳥の句しかさえずることが叶いません」

一茶は気をよくしてことさらに椋鳥ぶりを演じた。

「その椋鳥のさえずりが独特で面白うございます」

双樹は、いよいよ椋鳥一茶を誉め称える。

「斗囿さんとはどのようなご縁で」

「わたしは、かつて正真正銘の椋鳥でして、江戸に出て働いておりました。ふとした縁で、斗囿さんの親御さんに拾われまして、大川家に奉公することになったのでございます」

「斗囿さんの親御さんといいますと、元夢先生門の立砂さんですね。わたくしも元夢先生門の端くれでございまして」

元夢は森田氏で、布川《ふかわ》出身の武士であったが、四十五歳のころに俳諧に専念すべく江戸へ出た。下総出身ということから、江戸川、利根川べりに門人が多かった。立砂も元夢の高弟であった。一茶が元夢門に入ったのもその縁による。

「わたしも元夢門の端くれでして、はばかりながら執筆《しゅひつ》を務めておりました」

「それはそれは」

双樹は、一茶の話にいちいち驚嘆する。

「この度下総を訪ねましたのは、俳諧修業のためでございます。わたしにとりましては、下総はいろいろと縁の多いところでございますので、これからはしばらくこちらを巡遊するつもりでおります」

「それは嬉しゅうございます。元夢先生がお亡くなりになって、たいそう心細い思いをしておりました。一茶先生にお会いできましたのは、盲亀《もうき》の浮木《ふぼく》、闇夜の灯りでございます。ところで、元夢先生は布川ご出身でしたな」

「さようです。布川へは、一度行ったことがあります。もう十年以上も前のことですが」

「布川に、月船《げっせん》さんというお方がいらっしゃいますが、ご存知ですか」

双樹が聞いた。

「存じません。十年前に訪れた時は、馬泉《ばせん》さんのところに泊りましたから」

「さようですか。月船さんは、伊勢屋という廻船問屋のご主人でして、名を善兵衛と申されます。布川を訪れなさったときにはぜひお立ち寄りになられるといいですよ」

それからしばらく四方山話をした後で双樹が言った。

「せっかくですので、一つ歌仙をお願いできませんでしょうか」

そう言うと双樹は筆硯と懐紙を用意した。一茶が挨拶の発句を詠んだ。すると、双樹は間を置かずに脇を付けた。双樹は時に付けあぐむことがあったが、おおむね順調に付句を詠んだ。その付句は、衒《てら》いや作意が感じられず、平易さの中におおらかさがあった。それは双樹自身の持つ特性でもあったが、それ以上に一茶の句調に触発された結果でもあった。歌仙は、一時《ひととき》も経たずして満尾《まんび》した。

「いやあ、面白うございました。何と申しましょうか、舟に揺られて川を下っていくような、夢を見ているような、えも言われぬ楽しびを味わうことができました」

双樹は、法悦の体《てい》で顔を上気させている。一茶のほうも、打てば響くように付句を詠む双樹に感心し、久方ぶりに歌仙の醍醐味を味わうことができた。歌仙の妙味に酔った双樹は、翌日も一茶に両吟歌仙を請うた。

一茶は、三日ほど双樹宅に泊り、月船のいる布川へと向った。五月雨を思わせる空模様だった。広い空は一面に重い雲が垂れこめて、なにやら不吉な感じがした。ついこの間大地震があり、しばらく余震が続いたこともあり、一茶は過敏になってちょっとしたことにも不安を覚えるようになっている。

街道の両側には、はてしなく早苗田が広がっている。伸びはじめた稲が風に吹かれて波のようにうねるのを見ても何とはなしに不安になる。

しばらく歩いていくと、道端に黒く長いものが横たわっているのが目に入った。一茶は、一瞬肝を潰した。怖々《おずおず》近づいて見ると、それは朽ちた縄だった。そうと分かると、一茶はすっかり臆病風に吹かれてしまった自分を笑った。一茶が臆病になったのは、昨日の恐怖感がまだ残っているからだ。双樹《そうじゅ》が仕事で忙しかったので、一人で近場を歩き回った。すると、道端に大きな蛇がとぐろを巻いていた。人影に気づくと、蛇は素早く身をくねらせて道を横切り、反対側の茂みに消えた。一茶は、稀にみる大蛇《おおへび》に恐怖のあまり動けなくなった。それからは、棒きれであれ、朽ちた縄であれ、長いものが目に入るとみな蛇に見えてその度に肝を冷やした。一茶は、一日経ってもまだ蛇の幻に怯えている自分にあきれ、長いものを見ても金輪際驚くまいと自戒した。

しばらく行くと、道端の草むらにまた長いものが見えた。どうせ朽ちた縄に決まっていると高をくくって近づいて見た。すると、それは紛れもなく蛇だった。じっとして動かない。様子が変だ。一茶は、恐る恐る覗き込んだ。蛇が動かないのは蛙を呑みこもうとしているからだった。蛙は半身ほどを呑みこまれているが、大きな目を見開いて空を見上げ、ちょうど万歳の格好で前足を伸ばしている。蛇は、一茶に気づくと、慌ててしゃくるようにして蛙を呑みこみ始めた。すると、蛙が二三度まばたいた。蛇は容赦なく蛙を呑みこんでいく。目のあたりまで呑み込まれて頭が消えそうになったとき、一茶は思わず手を伸ばして蛇の尻尾をつかむと、思いきり地面にたたきつけた。そのはずみで、うまい具合に蛙が蛇の口から飛び出し、元気よく飛び跳ねて田んぼに飛び込んだ。蛇はしばらく動かず、黒い舌をぺろぺろ出して一茶を睨みつけた。その目は、不当に獲物を奪われたことに対する恨みに満ちており、今にも襲いかからんばかりの形相であった。一茶は、その剣幕に気圧されて謝ることもできず、そそくさとその場をあとにした。

前方の空が行くにしたがって暗くなり、やがて雷が鳴りだした。一茶は道を急いだ。すると、雷鳴がいよいよ大きくなり、すぐ頭の上で稲妻が走った。空腹のためか、雷鳴が腹に響いてたえがたい。やがて利根川が見えてきた。道はそれに沿って続いていた。しばらく行くと布川の村にたどり着いた。村の入口に古びた社があった。一茶は、一休みしようと狛犬《こまいぬ》のすぐそばにある石に腰かけた。するとどこからともなく声が聞こえた。

「降ってきそうですな」

一茶は驚いて辺りを見回したがどこにも人影はない。空耳だろうと思い、疲れを吐き出すようにふうっと息をついた。

「今日は、布川にお泊りで」

また声がする。一茶がきょろきょろ見回すと、狛犬の背後からぬっと男の顔が現れた。見すぼらしい僧形《そうぎょう》の男だった。

「そのつもりですが」

男は、一茶の身なりを確かめるように、じろりと見ながら言う。

「布川は初めてですか」

「以前一度通りかかったことがあります」

「こちらにお知り合いがおありで」

「知り合いと言えば知合いですが」

「うらやましいですな」

人にうらやましがられるほどの身ではない一茶は、自分のどこがうらやましいのかといぶかしがって男を見た。坊主頭ではあるが毬《いが》のように髪が伸びている。無精髭を生やした顔は真っ黒に日焼けしている。着ているものは襤褸《ぼろ》だし、草鞋《わらじ》も穴があいている。

「拙僧はちくりと申す旅の者です。先般この布川にやって参りましてしばらくこの辺りを回っております」

男は、そう言うと側に落ちていた木の枝を拾って地面に竹裡と書いた。法名《ほうみょう》には似つかわしくない名だと一茶は思った。身なりは見すぼらしいが、言葉や目つきなどから卑しい身分の者とは思えない。とはいえ、こちらから名乗るほどの者には見えない。

「わたしもしばらくは下総《しもうさ》の地を回るつもりです」

「もしや、俳諧行脚のお方では」

男に素性を見破られた一茶は、わけもなく不快感を覚えた。

「まあ、田舎修業といったところですが」

男に卑屈めいた言い方をした自分が腹立たしかった。

「それはおうらやましいことで。わたしは、どこに行っても追われるばかりで、蚊の湧く草を寝所とするほかはありません」

男はそう言うと歯を見せて笑った。黒い顔に似合わず白くて並びのいい歯だった。歯があまりよくない一茶にはそれがいまいましかった。一茶は、男に背を向けて村のほうに向って歩き出した。後ろから、「どうぞよい旅を」という男の言葉が聞こえたが、一茶は振り返らなかった。

船問屋の伊勢屋は利根川沿いにあり、屋敷の前が河岸《かし》になっていた。そこには五大力船《ごだいりきせん》が泊っており、大勢の人夫が荷を積み込んでいた。一茶は、しばらくそのようすを眺めてから月船邸を訪れた。客間に案内されて待ったが主《あるじ》はなかなか現れなかった。一茶は、無聊《ぶりょう》をまぎらわせるために、矢立《やたて》と句帳を取り出して道の途中で浮かんだ句を書き留めた。さらに、まだ句にならずに模糊としているものを句にすべく想を練った。半時ほど経ってようやく主が現れた。一茶は、あわてて手に持っていた筆を矢立に戻した。

「すっかりお待たせいたしまして、ご無礼いたしました。ただいま江戸への荷積みで取り込んでおりまして」

月船は急いできたらしく息が乱れている。一茶は、型通りの挨拶をしたあとで付け加えた。

「流山《ながれやま》の双樹さんより、月船さんをお訪ねすることをお勧めいただきましたのでお伺いしたしだいです」

月船は双樹とは面識がなかったが、醸造業の秋元家のことは知っていた。

「一茶先生のお名前は存じあげております。先生が拙宅を訪れてくださるなど夢にも思いませんでした。稀《まれ》なる僥倖《ぎょうこう》と感極まる思いがいたします」

月船は、一茶の訪れがよほど嬉しいらしく、破顔のままである。ひととおり挨拶を終えたところで、月船が一茶の横にあるものに目をつけて言った。

「その冊子は旅の記でございますか」

一茶は、矢立を仕舞いはしたが、月船の出現が急だったので句帳を仕舞い損ねて横に置いたままだった。

「思いつくままに句を書きつけている句帳でございます」

「ぜひ、拝見したいですな」

月船が垂涎《すいぜん》の体《てい》で言う。

「いや、これは控えでございまして、人にお見せするようなものではございません」

「いえ、それがよろしゅうございます。先生のお句がどのようにして成るのかが分かって、大いに参考にさせていただけましょうから」

月船がつよく望むので、一茶は句帳を差し出した。月船は、それをうやうやしく受け取ってさっそく読み始めた。読みながら、うなずいたり、うなったり、笑ったりした。

「〈大蛇《おほへび》の二日目につく茂り哉〉」

月船が声を出して句を読みあげたあとで言った。

「先生は蛇がお嫌いで」

「蛇はどうも。彼奴《かやつ》は、いつもぬっと現れて、黒い舌をぺろぺろ出して睨みつけるところが気味が悪い」

一茶が眉をひそめて言う。

「それが二日も続けて出くわされたのですから、不運でございましたなあ」

月船は少しも同情するようすなどなく、さもおかしそうに笑う。

「二日目に出くわした蛇は、何と蛙を呑みこんでいる最中でした」

「それはそれは椿事《ちんじ》を目撃されましたな」

月船はうらやましげに言う。

「蛇も大きいが、呑み込まれている蛙もまた大きいものでして。蛙は、両手をこんなふうに万歳するみたいに伸ばして、もう首のあたりまで呑み込まれておりましたよ」

一茶は、身振りを交えて語る。

「蛙に首はありますかな」

月船が首をかしげる。

「首はないかもしれないが、まあ、人に譬えれば首のあたりまで呑み込まれているわけですよ」

「ふむふむ」

月船がうなずく。

「蛇の奴は、わたしに気づいてあわてて呑み込もうとする。すると、蛙は苦しげにまばたきをして助けを求めるかのような目つきをするので、とっさに蛇の尻尾をつかんで地面にたたきつけました。すると、そのはずみで蛙が蛇の口から飛び出して、元気よく田んぼに飛び込んでいきました」

あの時の興奮が甦ってきて、一茶は一気に話した。

「ううむ。蛙にとっては万々歳ですが、蛇にとってはとんだ災難でしたなあ」

それまで一茶の内部にくすぶっていた蛇に対する後ろめたさが、月船の言葉によって勢いを増した。さらに罪悪感までが疼《うず》いてきた。

「たしかに蛙を助けることにはなったが、餓えた蛇から獲物を奪った罪は免れない。やはり、わたしの行いは間違っていたのでしょうかな」

一茶が意気消沈すると、月船がにわかに哄笑した。

「先生は、判官贔屓《ほうがんびいき》がことのほかつよいようですな。弱い者がやられていたら看過できない。もしその時に蛙を助けなかったとしたら、もっと後悔なさったでしょうな」

「月船さんならどうしていたでしょうか」

「わたしでしたら、蛇の口を裂いてでも蛙を助けたでしょう」

月船は、そう言ってまた哄笑した。

「ところで、あの坊さんに会われたんですな」

月船がそう言ったのは、句帳にこの句があったからだ。

竹裡といへる僧の久しく布川辺をさまよふ

追はれ〳〵蚊の湧く艸を寝所哉

「何か曰《いわく》ありげな僧ですが、何者ですか」

一茶が聞いた。

「乞食坊主ですよ。一か月ほど前にこの村にふらりとやって来て居ついています。どこかの武家に仕えていたとか言っていますが、それも怪しいものです」

一茶には、あの言葉づかいや挙止からすると武家に仕えていたというのはほんとうのように思えてきた。そうだとすれば、よほどの事情があるに違いない。何か抜き差しならぬことで追われる身になって僧になったのだろう。そう思うと一茶の身をうらやましいと言った僧の寂しげな目を思い出し、冷淡にあしらったことを後悔した。

「そうそう、お腹に雷が響いてさぞかし難儀でしたでしょう。すぐに食事の用意をさせましょう」

月船が笑いながらそう言って部屋を出ていった。月船がそう言ったのは、句帳にこのような句がしたためてあったからだ。

空腹に雷ひゞく夏野哉

ほどなく座敷に膳が運ばれてきた。膳には、煮合《にあい》と和《あ》え物《もの》、それに漬物が載っている。白米の飯も天こ盛りだった。一茶は、心尽くしの膳を眺めながら、何とはなしに竹裡のことが思い出された。そして何とはなしに後ろめたさを感じつつ馳走に与《あずか》った。

月船は忙しい身だったが、暇を見ては一茶のいる部屋に来て話しこんだ。一茶といるのが楽しくてならないというようすだ。一茶は、月船が忙しい時は布川の村を歩き回った。ことさらに竹裡を探しているわけではないが、やはり気になった。だが、竹裡と会うことはなかった。念のため神社に行ってみたが竹裡はいなかった。

数日経ったことである。月船はその夜、一茶と一緒に酒を飲んだ。膳には鯉の洗いと煮付、それに旬《しゅん》のものが揃っていた。

「毎日おいしいご馳走に与りましてこの上ない幸せでございます。わたしには毎日が祭のような気がいたします」

一茶は美しい膳に目を見張った。

「粗膳で恐縮でございます。当地は鯉の本場でして、これだけはどこにも引けを取りません。どうぞお召し上がりくださいまし」

月船が手を伸ばして料理を勧める。酒も美酒だった。

「先生、拙宅を我家と思ってくださいまし。こちらにお越しの節は、いつでも、幾日でもお泊りになってくださいまし。ちょうど離れを建てようと考えていたところでございます。わたしもそろそろ家業を倅《せがれ》に譲って、のんびり俳諧にいそしみたいと思っているところでございます。離れができましたら、それは先生のものとお考えいただいて結構でございます」

月船は、出来れば一茶を離したくない思いである。

「ありがとうございます。そのようにおっしゃっていただけますとまことに心強うございます。下総《しもうさ》を俳諧修業の地と覚悟を決めて江戸を発ったのですが、やはりその覚悟は間違ってはおりませんでした。下総はいいところでございます。ことに布川の利根川の風景が気に入りました」

一茶は、勧められるままに酒を飲み、贅沢な馳走に舌鼓を打った。

月船のもてなしに甘えて、一茶はつい長居をしてしまった。だが、一所に留まれば心が淀む。一茶はそれを恐れて伊勢屋を辞した。

「八月には琴平神社《ことひらじんじゃ》で子供相撲があります。その頃にぜひお越しくださいまし」

月船は、そう言って一茶を見送った。月船邸を出た一茶は、船で木更津《きさらづ》に渡り、そこから上総《かずさ》の地を巡った。

一茶は、一月半ほどかけて下総と上総を巡って江戸に戻った。その間の田舎修業によって、多くの門人を獲得することができた。門人にかぎらず、俳友や知己、生計の後ろ盾となる富者にも巡り合った。ことに、流山の双樹と布川の月船を知ったことは大きな成果であった。富津の大乗寺の住職徳阿《とくあ》を知ったことも心強かった。表向きは俳諧行脚であったが、内実は生業を立てることであったから、所期の目的が達成されたことで一茶は満足であった。

「下総の旅はいかがでしたかな」

一茶が帰宅の挨拶に行くと白布が訊ねた。

「田舎修業をしようと思って出かけたのですが、下総も上総もなかなかの風流人がそろっておりました。そこを修業の地に選んだのは間違いではありませんでした」

一茶が満ち足りた顔で答えた。

「それはようございましたな。下総も上総も江戸から近からず遠からずで、その点でも最良の修業の地でしょうな」

温和な人柄の白布は、心から一茶の成果を祝福する。一茶は、白布と話をしていると、わけもなく後ろめたくなる。白布の心は純粋だ。人の心の中を穿鑿《せんさく》することは毛頭ない。だから、白布に対していると、曇りのない鏡に映るように、おのれの内面が見えてくる。

「やはり木更津へは船で」

「ええ、布川から船で利根川を経て江戸川に出まして、そこから海を渡って木更津まで行きました」

「やはり船旅の方が楽でいいでしょうな」

「さいわい海が静かでしたので快適な旅になりました」

白布は、何か言おうとしてにわかに咳きこんだ。一茶が驚いて白布の顔を見つめた。それまでは気づかなかったが、白布の顔は青ざめていた。面窶《おもやつ》れしているようにも見える。

「ご住職、いかがなされましたか。お顔の色がよろしくないようですが」

白布が息を整えてから言った。

「このところ少々気分がすぐれませんでな。不摂生が祟ったのでしょうかな」

白布は無理に笑顔を作った。おのれにきびしい白布が不摂生をするはずなどない。一茶は、白布のことが気になった。

白布の部屋を辞したあと、一茶は下部屋《しもべや》に向った。そこには飯炊き女のかやと子どものさよが住んでいる。かやは、近くの裏長屋に住んでいたが、二年前大工の夫を亡くして路頭に迷っていた。白布はそれを憐れんで飯炊き女として子どもと一緒に寺に住まわせている。

「おさよちゃん、いるかい」

一茶が声をかけると、さよが部屋から飛び出してきた。足元には猫がまとわりついている。寺で飼っている猫である。

「とらと遊んでいるのかい」

「うん、そうだよ。とらはすごいよ。きのう大きな鼠をつかまえたんだよ。それをね、さよに見せに来たよ。とっても大きな鼠だったよ」

「そうかい。とらは鼠取りの名人だからね」

「おじさんはいつ帰ったの」

「先ほど帰ったばかりだよ。ほら、おさよちゃんにお土産だよ」

一茶が懐から土産物を取り出してさよの手に載せてやった。

「わあ、かわいい。うさぎさんだ」

「土鈴だよ。振ってごらん」

さよが小さな手で土鈴を振った。

「いい音がする。おじさん、ありがとう」

さよは、二三度土鈴を振ると、大事そうに両手に包んだ。

「それは土でできているから落とさないようにね。割れちゃうとたいへんだからね」

「うん、たいせつにする。誰にも見せないで、たいせつにしまっておく。だって、さよの宝物だもの」

「でも、時々振って音を聞くといいよ」

「お母さんに見せてくる」

そう言うとさよは厨《くりや》のほうに駆けていった。

一茶は、それから成美亭を訪ねた。成美は、一茶の帰りを鶴首して待っていた。成美には多くの門人がおり、月並会はいつも賑わうが、そのほかにも同業者や風流人がひっきりなしに訪れる。だが、成美は、一茶がいないのが寂しかった。下総方面を行脚すると言って出かけたのだから、せいぜい十日かそこらで帰るだろうと思っていたが、一月経っても帰らないのでいささか恨む気持ちが出てきていた。

「ずいぶん長い旅になりましたな。どこぞいい場所が見つかって、もう江戸には戻らないのかと案じておりましたよ」

成美は、笑って恨みを押し殺した。

「わたしも十日ほどで帰るつもりでおりましたが、つい先へ先へと足を延ばしてしまいました」

一茶は、そのことになんの悪びれるようすもないので、成美はまた恨む気持ちが出てきた。

「それで、いったいどこまで」

成美は、ぐちりたいところであったが、旅の余韻に浸っている一茶には成美の思いは伝わらなかった。一茶は、旅の行程やら出会った人のことやらを逐一話した。

「ほう、上総の金谷《かなや》から元名《もとな》までとな。それはまたずいぶんと遠いところまで行かれたものですな」

脚病《きゃくびょう》に侵されている成美には、遠くを旅してきた一茶がまぶしく見えてくる。

「何ぞ面白いことがありましたかな」

成美は、羨望しながらも一茶の旅の話を聞くのが楽しみである。

「流山を旅しているときに蛙を助けました」

「ほう、蛙を」

成美が身を乗り出した。

「道を歩いていきますと、大きな蛇が蛙を呑みこんでいたのです。蛙もまたすこぶる大きな蛙でして」

一茶は、蛙を助けた武勇伝の一部始終を身振りを交えて話した。

「一茶さんらしいですなあ」

講談でも聞くように聞き入っていた成美が感心して言った。

「ですが、わたしはあの蛇の目が忘れられないのです。たしかに蛙は命が助かったが、蛇は命をつなぐためにせっかくつかまえた獲物を奪われたわけですから」

一茶は、まだそこに拘っていた。

「はたして、わたしの行為は善なのか悪なのか」

蛙のことを考えれば善だが、蛇のことを考えれば悪である。一茶の考えはそこで混乱してどうにも収まりがつかない。

「それが惻隠《そくいん》の情《じょう》というものでしょう。惻隠の情には善も悪もありません。忍び難い心は純粋なものです。理屈も何もありませんでしょう。しかし、妙ですな。じつは、わたしも同じようなことがありましてな」

今度は、成美が話し手に回った。

「昨年の夏のことです。外の木で、蟬がけたたましく鳴く声が聞こえるのですよ。それが尋常でない鳴きかたでしてな、わめくといいますか、助けを求めると言いますか、とにかくかん高い声がやまないのです。さすがに聞き捨てならず、外に出て声のするほうを見ると、なんと柘榴《ざくろ》の木の枝の先で蟷螂《かまきり》が蟬を捕まえていたのですよ。蟬は必死に暴れて逃れようとするのですが、蟷螂はがっちりつかんで身じろぎもしないのです。めすの蟷螂だったのでしょうな。腹がはちきれんばかりに膨らんでおりましたからな。わたしは、この脚ですからどうにもならず、ただ見ておりました。いつまでたっても蟷螂が動かないので家に戻りました。そのうちに蟬の声が聞こえなくなった。しばらくして外に出てみると、蟷螂の姿はどこにも見えず、蟬の羽だけが地面に落ちておりました」

成美は、落胆したように声を落とした。不甲斐ない自分を恥じているように見えた。

「わたしは、ただ傍観するのみでしたが、一茶さんなら蟷螂をとっつかまえて、蟬を助けてやったことでしょうな」

成美は、気を取りなおして笑った。

「いや、成美先生こそ惻隠《そくいん》の情《じょう》をお持ちだと思います。もし、蟷螂から蟬を奪ったとしたら、腹の中の卵は育たないわけですから、やはりそのままにしておくのが慈悲の心というべきでしょう。それに比べれば、わたしの行動はいかにも衝動的で、天意というものを知らない愚挙というべきものです」

一茶が神妙になって言った。

「いや、天意というより、自然《じねん》というべきでしょうな。万事は、儘《まま》に運行する。蟷螂が蝉を食うのも儘、蝉が蟷螂に食われるのも儘」

「蛇が蛙を食うのも、蛙が蛇に食われるのも儘ということになりますね。そうしますと、わたしが蛇から蛙を救ったのは、わたしの恣意《しい》で自然《じねん》を破ったということになりませんか」

一茶は、頭の中が混乱してきた。

「いや、惻隠の情も儘の心です。蛙が蛇に呑みこまれるのを見ていられない。それも立派な儘ですよ。まあ、自分の非を許さないという一茶さんのお心は、それはそれで美しい」

成美が真顔でそう言った。一茶は、成美にそう言われると救われた気がした。

それから一茶は、旅の道中に見聞したあれこれを語ったり、道中に詠んだ句を披露したりした。身辺のことを詠むのが常である成美にとっては、奔放に外を歩き、異郷の風に吹かれて詠む一茶の句は新鮮で面白い。

一茶は、成美亭で一日を過ごした。成美亭にはよく客がやってきたが、その多くは俳人だった。一茶は、それらの人々と俳諧を論じたり、四方山話をしたりした。宵のころになっても帰ることなく、二三人の客と一緒に酒と馳走のもてなしを受けた。

一茶は、勝智院に間借りしているが、食事は自分で用意しなければならなかった。時には白布の、時にはかやの厚意でご馳走になることもある。だが、外に出ることの多い一茶は、外で食べることが多い。食事を供されるのは、近いこともあり、成美亭がほとんどである。一茶が成美亭に入り浸っているのは、むろん俳諧の指導を受けるためであるが、もう一つは食事を当てにしているからである。

その日は、帰るのが夜になった。自室に戻って灯をともすと、障子の外で声がした。

「先生、ただいまお帰りでしたか。かやでございます」

「やあ、かやさん。どうぞお入りなさい」

かやは、障子を開けると廊下に座ったまま両の手をついて言った。

「さよに結構なお土産をいただき、ありがとうございました。いつもお心に懸けていただき、申し訳ございません」

かやは、額を板敷にこすりつけるようにして礼を言う。

「なんのなんの。おさよちゃんに気に入ってもらえましたかな」

「それはそれは、親にも手を触れさせせません」

かやはそう言って笑った。

「洗い物などございましたら、お預かりさせていただきます」

一茶は、かやの厚意に甘えて旅で使った衣類を出した。

翌日、一茶のもとに太三郎がやってきた。柏原の造り酒屋の長男でありながら、出奔同然に江戸に出てから四年が経っている。二竹という俳号を持ち、一茶を頼る一方、如才なく商家の旦那衆に取り入って世を渡っている。近頃は米穀商越前屋の喜兵衛に気に入られ、半ば食客となって入り浸っている。喜兵衛は数寄《すき》者《もの》で、俳諧のほかに芝居や遊郭通いに入れ込んでいる。太三郎は、喜兵衛の行く先々に太鼓持ちとして供をする。

「先生、長の旅、お疲れさまでございました」

太三郎が一茶の長旅をねぎらった。

「思いがけず長旅になってしまった」

「いったいどのあたりまでいらっしゃったのですか」

「下総は布川、上総は富津の先、元名まで行った」

「それはまたたいそうな旅ですね」

「そなたも俳諧の道を志すなら旅をしたらどうだ」

一茶が諭すように言う。

「わたしは、どうも俳諧行脚なるものを好みません」

太三郎は、いっこうに旅の話に乗ってこない。

「昨日、中村座で芝居を観てきました。五代目松本幸四郎の伽羅先代萩《めいぼくせんだいはぎ》です。やはり、仁木弾正《にっきだんじょう》は幸四郎の当り役ですね。あの高い鼻と鋭い眼光を利かした大見得が何といっても凄みがありますよ」

太三郎は、一茶の説教などどこ吹く風で、昨日観てきた歌舞伎芝居の余韻がまだ冷めやらぬという様子で、役者や芝居の見せ場などを話す。

「相変らず芝居見物三昧か。芝居もいいが、俳諧にはやはり異郷の風物に接することが肝要だ」

一茶は、逸脱していく太三郎を引き戻すべく言う。

「わざわざ旅に出ずとも、江戸市中には面白いところがいっぱいあります。山に登りたければ待乳山《まっちやま》、愛宕山。花を見たければ亀戸の梅と藤、隅田川堤と上野の桜。月見なら日本橋の上から眺めるのがいちばん」

一茶はあきれたというように首を振って言う。

「いったいそなたはどのような俳諧を志すというのだ」

太三郎は平然と答える。

「其角《きかく》のように、市中にあって破天荒な生きかたをして、破天荒な俳諧を詠むのがおもしろいと思います」

「其角も旅をしている。そなたのように上辺だけの華やかさに惑わされて、深奥にある本意を知らないのはあやうい。旅をしてこそ知る本意というものがある」

一茶が眉をひそめて言う。

「そうだ、ちょっとおさよちゃんに会ってくる」

一茶が不機嫌そうな顔をするので、太三郎はその場を退散した。厨に行くと、かやは洗い物をしており、そのそばでさよが遊んでいる。

「おさよちゃん、元気でいるかい」

太三郎が大きな声をかけた。

「あっ、太三郎さんだ」

さよが振り返ってはじけるような笑顔を見せた。

「いいもの見せてあげる」

さよが駆け寄ってきて、両手で隠したものを差し出した。

「どれどれ、何かな」

太三郎が腰をかがめて覗きこむ。

「なあんだ。当ててごらん」

「うーん、おさよちゃんの大切なものだね」

「そうだよ」

「何だろうな」

太三郎が大仰に腕を組んで考える素振りをする。

「もしかして、おさよちゃんの好きなあめ玉かい」

「違うよ、あめ玉よりもっといいものだよ」

「えっ、あめ玉よりいいものかい。じつは、おさよちゃんが喜ぶだろうと思って、あめ玉を持ってきたんだけど、欲しくないのか。仕方がないから食べちゃおうかな」

太三郎が懐のあめ玉の袋を取り出して言う。

「だめ。あめ玉ほしい」

「それなら、その手の中のものを見せてくれるかい」

さよがそっと両手を開く。

「おや、かわいいうさぎだ」

「これ、とってもいい音がするんだよ」

さよが土鈴を振って見せた。

「土鈴か。いいものだね」

「一茶のおじちゃんからもらったの。見せてあげたんだから、ちょうだい」

さよは、片手に土鈴を握りしめてもう一方の手を出す。

「はい、はい」

太三郎が、差し伸べられたさよの手にあめ玉の袋を握らせてやった。

「いつもすみませんねえ。さよ、しっかりお礼を言いなさい」

かやが振り返って言う。

「ありがとう」

さよが大きな声で言う。

「かやさんにもあるんだ」

太三郎はそう言って懐《ふところ》から包みを取り出してかやに差し出した。

「羊羹《ようかん》だよ」

「まあ、そのようなお高いものを」

「気にすることはないよ」

太三郎は、遠慮するかやに乱暴に押しつけた。

「太三郎さん、お外で遊ぼうよ」

さよが太三郎のそばに来てせがむ。

「おさよ、太三郎さんにむりを言っちゃだめよ」

かやがさよをたしなめた。

「分かったよ。何して遊ぼうか」

太三郎が嬉しそうに応じる。

「おままごと」

「おままごとかい。いいよ。どこでやるの」

「お外の木の下だよ」

さよが太三郎の手を引っぱる。

「しょうがないねえ、この子は。太三郎さん、すみませんねえ」

かやが洗い物を手に持ったまま二人を見送った。外に出ると、太三郎はさよの言うとおりに、納屋《なや》から筵《むしろ》を持ち出してもみじの木の下に敷いた。

「太三郎さんはお客さんだから、そこに座っているんですよ。さやは、今からごちそうを作るから、お行儀よく待っていてね」

そう言うと、さやは周りから木の葉や草の花を集めてきた。それから納屋から持ち出した板の上で切るまねをしたり、花をちぎったりして葉に盛った。

「はい、できました。どうぞ食べてください」

さよが木の枝の箸を添えて太三郎の前に差し出す。太三郎は、ことさらに声をあげて食べるまねをした。

「うまいよ。とてもうまいよ」

「よかった。どんどんお代りしてね」

さよの笑顔が、かやの笑顔によく似ていると太三郎は思う。さよの言うがままに、太三郎は何度もお代りをした。そうしているうちに、太三郎の心の中に夢ともうつともつかぬ甘い思いが広がっていった。

毎月二十七日は、成美の別宅で月並会が行われる。その日は六月の月並会で、大勢の常連が集った。主宰の成美が正面の席に座り、その横に執筆《しゅひつ》が座った。連衆《れんじゅ》は、持参した兼題句を執筆に提出した。その日の兼題は「扇」と「萍《うきくさ》」の二題である。執筆は、めいめいが提出した切短冊《きりたんざく》を整理して成美に差し出した。成美はその場で選句し、長点句を決める。選句を終えるまでは時間がかかるため、連衆は四方山話をしながら待つ。

「富沢町の長右衛門も大変なことになりましたな」

梅夫《ばいふ》が切り出した。

「葬送が豪華だったという噂ですな」

祇兵《ぎへい》が言う。祇兵は上総《かずさ》の人だが、今は江戸に住んでおり、一茶と親しくしている。

「今頃になって取り調べとはどうしたものでしょうな」

竪川《たてかわ》のほとりで寺子屋の師匠をしている耕舜《こうしゅん》が同情して溜息をつく。この男は元武士であったが、同僚の讒言《ざんげん》のため主家から追い出されて浪人になった者で、一茶とは気が合い、久しく親交を結んでいる。

「噂が広がり過ぎたので、お奉行も放っておくわけにはいかなくなったのでしょうな」

一茶が言った。

「それは何の話ですかな」

事情を知らない太筇《たいきょう》が口を挟んだ。この男も上総の人で、時折江戸に出てきてはしばらく滞在する。

「坂本町宇兵衛店《うへえだな》の倅の妻が二月前に死んだのです。その葬送の時、実家の親が娘かわいさに掛無垢小袖《かけむくこそで》七枚を柩《ひつぎ》に掛けてやったという話ですよ」

日本橋木原で本屋を営む梅寿《ばいじゅ》が言った。

「その親というのが長右衛門というわけですね」

ようやく事情が呑み込めた太筇がうなずく。

「それにしても、この日照りはどうにかならないものですかなあ」

南部出身の乙因《おついん》が嘆く。

「何でも、琵琶湖は水枯れで七尺も水が引いているといいますからなあ」

一茶が言う。

「さしもの山王権現さまの神威をもってしてもどうにもならないですな」

梅夫が溜息混りに言う。十日ほど前に山王権現の祭があったばかりだが、雨は降りそうもない。

「麻疹《はしか》もいっこうに収まる気配がありませんな」

一茶が言った。

「夏越《なごし》の祓《はらえ》で、邪気は何もかも拭い去りませんとな」

太笻が言う。

「太笻さんは、特にこの辺りを念入りに人形《ひとがた》で撫でないといけませんな」

祇兵が股間を撫でまわしながら言うと、みなが笑った。

「わたしのそこは何の穢れもありません」

太笻は大仰に手を横に振って抗弁した。

「いやいや、太笻さんが時々忍んで江戸にやってくるのは郭遊《くるわあそび》のためではございませんか」

梅寿も太笻をからかう。

「滅相もない。わたしは悪所には金輪際足を踏み入れたことはございませぬ」

太笻は必死で降りかかる火の粉を払うが、足掻《あが》けば足掻くほどにみなにもてあそばれる。

連衆が四方山話で持切りになっていると、執筆《しゅひつ》が声を発した。

「ご静粛に願います。ただいま選句が終了いたしました」

その声で、座は静まり返り、緊迫した空気が流れた。すると、執筆が入選句を読みあげ、それぞれの句について成美が批評を加えた。連衆は、入選句を聞くごとに称賛の声をあげたが、中にはひそかに落胆の溜息を漏らす者もいた。連衆は、入選句についてそれぞれの思いや疑念に思うことを率直に述べた。成美は、連衆の疑問や質問に微に入り細に入り答えた。執筆は、最後にその日のいちばんの長点句を詠みあげた。

「〈萍《うきくさ》の花より低き通りかな〉」

それは一茶の句であった。

「この句は、あわれとおかしさがあります。萍に花を咲かせたところが手柄ですな。花を咲かせる萍といえば、これは菱の花でしょう。あの米粒ほどの白い花。なかなかしおらしさがあっていい花です。萍ながら、水底に根を下ろしていかなる水流にも流されず、時が来ればあの小さな花を咲かせる。そして、あの固い実を結ぶ。しおらしいけれどもしたたかさがある。低き土地は本所辺りの地でしょう。掘割《ほりわり》より低い。そこにも人はしたたかに生きている。萍と人の世が響きあって、あわれさと滑稽味を出している。俳諧の骨頂といえましょう」

月並会では、成美はしばしば一茶の句を一席の句に採った。一茶の句には、余人にはまねのできない軽妙さがある。成美はそれを買っている。連衆たちも一茶には一目置いており、常に一茶の句にある種の期待感を持っている。

八月に入ってから間もないある日、一茶は下総の布川に赴いた。琴平神社の奉納相撲を見るという月船との約束があったからである。月船邸に着いたのは琴平神社の祭の二日前だった。月船は、一茶が思いのほか早く布川にやってきたことをことのほか喜び、その日の夜にさっそく俳諧仲間を呼んで句会を催した。翌日は祭りの準備で村中が大わらわだった。一茶は、村の中を歩き回ったり、村に沿って流れる利根川の河畔を逍遥したりした。

琴平神社の奉納相撲が行われたのは布川に着いてから二日後のことだった。一茶は、月船と連れ立って相撲を見に出かけた。境内の土俵には四手《しで》を垂らした注連縄《しめなわ》を張った青竹が四本立ててあった。土俵の周りには相撲を取る子供たちが集っている。親に回しを締めてもらいながらぐずっている者もいれば、怖気《おじけ》づいて泣き出す者もいる。すでに回しを締め終わっていきり立ち、眉をつりあげている者もいる。境内は村中の者が見物に押しかけてたいへんな熱気を帯びている。境内の木にも鈴なりに人が登っている。

「この奉納相撲は、寛政七年に始ったものです」

月船が言った。

「と言いますと、八年前のことですかな」

「さようです。はじめは香取源右衛門という人が江戸から力士を招いて木戸銭を取らずに奉納相撲を興行しました。三年ほど続けまして興行は打ち切りとなりました。村人はそれなら子供相撲を奉納しようと話しあって今に至っているわけです」

月船が奉納相撲のいわれを語った。

「なるほど。しかし、神さまは子供相撲のほうを喜ぶでしょうな。神社の奉納相撲は子供相撲にかぎります」

やがて相撲が始った。取組は小さい子供から順に進行する。初めの取組は一歳の子供同士で、親に抱かれて土俵に上がった。行事に促されて親が子供同士を向かい合わせると、双方の豆力士が大声を上げて泣き出し、泣き相撲になった。境内は笑いの渦に巻き込まれた。行事が軍配を前に挙げて引分の判定をすると、見物人はまたどっと笑った。次はやや年齢が上がった取組になり、やはり親に手を引かれて土俵に上がったが、二人の子供はきょとんとして何をしていいか分からず土俵の上で立ち往生した。行事が二人を組ませて背中をぽんと叩くと、一方の子供がたいへんな勢いで相手を突き飛ばした。飛ばされた子供はわっと泣き出した。

年齢が上がっていくとだんだん相撲らしくなってきて、土俵の周りにいる大人たちの声援も熱を帯びてきた。なかなか勝負がつかず大相撲になる取組もある。一茶は、たちまち子供相撲の観戦に夢中になり、手に汗を握り、悔しがったり喜んだりした。一茶は、決って体格の劣るほうに味方する。

「負けるな。しっかり踏み込むんだぞ。あわてるな。じっくりいくんだ。思い切りいけばだいじょうぶだ」

一茶があまりに大きな声を出すので、周囲の者たちが振り向くほどであった。一茶が味方するのは弱そうなほうだから負けるに決っている。そして、贔屓《ひいき》にしたほうが負けると、心底《しんそこ》落胆の声を漏らす。予想に反して弱そうなほうが勝つと、一茶は飛び上がって喜んだ。

「一茶先生は、まこと判官贔屓《ほうがんびいき》ですな」

月船が笑って言う。

いよいよ年上の取組が始った。土俵に上がったのは、両方とも互角の体格の子供だった。二人とも村で評判の力持ちらしい。境内のあちこちから呼び声が上がる。二人は土俵の中央に仁王立ちになってにらみあった。行司の声で二人は激しくぶつかりあった。なかなか勝負がつかない。豆力士が動くたびに境内がどよめく。押しつ押されつし、技の応酬が続いたあとで、ようやく勝負が決った。負けたほうの子供は、いなされて土俵のすぐそばにいた親をめがけて飛び出した。

　　正　面　は　親　の　顔　な　り　ま　け　相　撲

子供相撲は翌日も行われた。一茶は、その日も一日相撲を見て楽しんだ。

琴平神社の祭が終っても一茶は月船邸にとどまり、布川周辺を歩き回ったり土地の者たちと句会を催したりした。

その頃、一茶が留守だとは知らず、太三郎が勝智院にやってきた。太三郎は一茶が部屋にいないので住職に聞いた。

「一茶先生なら、つい先日布川にいらっしゃいましたよ。琴平神社の子供相撲を見に行くとおっしゃっていました」

「いつ帰ると言われていましたか」

「しばらく月船さんのところに逗留するかもしれないとおっしゃっていましたよ」

太三郎は、庫裡《くり》を出て下部屋に向った。かやは縫物をしていた。そのそばでさよが猫を相手にして遊んでいた。

「おさよちゃん」

太三郎が外から声をかけた。その声でさよは上がり口に飛んできた。

「太三郎さん、今日のお土産はなあに」

さよが甘えた声でねだる。

「おさよ、いけませんよ。おねだりをするなんて」

後ろからかやがたしなめる。

「今日は、珍しいお土産だよ」

太三郎が袖に手を入れたまま出し惜しみしてみせる。

「なあに。早くちょうだいな」

さよが太三郎にしがみついてせがむ。太三郎は抱きついてくるさよの力をいとしいと思う。

「はい、これだよ。開けてごらん」

太三郎が紙の包みをさよに与えた。さよはすぐに包みを開けて叫んだ。

「うわー、金平糖だ」

さよは紙の包みを持ったまま小躍りした。

「この子はお礼も言わないで。申し訳ございません、いつも」

かやが眉をしかめる。

「太三郎さん、おままごとしよう」

さよが太三郎にまとわりつく。

「またおままごとかい」

太三郎が困った顔を見せて嬉しそうに言う。

「そうだよ、今日はね、お団子を作るの」

「そうか、明日はお月見だからね」

さよはもう土間に下りて草履を引っかけている。

太三郎はさよに手を引かれて外へ出ると、納屋から筵を出してもみじの木の下に敷いた。さよがどこから
か欠けた茶碗と皿を持ってきた。

「太三郎さんを、今日はさよのお父ちゃんにしてあげる」

さよが大人びた口調で言う。

「お父ちゃんは、さよの言うことをよく聞かなければいけないのよ。はい、これに水をくんできてちょうだい」

「はいはい、分かりました」

太三郎は、欠けた茶碗を受け取ると池に水を汲みにいった。池の水底には大きな鯉が泳いでいた。太三郎は水を汲もうとして池に映った自分の顔を見た。顔が笑っている。

「お父ちゃん、か。いいじゃないか。おさよちゃんのお父ちゃんになる、か」

太三郎は、池に映った自分の顔に話しかけた。池の顔は笑ってうなずいた。茶碗で水を汲むと、顔がくちゃくちゃになって揺れた。もみじの木の下に戻ると、さよは皿に土を盛って待っていた。

「はい、これにお水入れてちょうだい」

さよが皿を差し出す。太三郎が水を注ぐと、さよは土をこねて団子を作り、木の葉の上に置いた。

「お父ちゃんも作って」

太三郎が団子を作ろうとすると、さよは、小さすぎるとか形が悪いとかあれこれ注文をつける。五六個の団子ができると、さよは大きな擬宝珠《ぎぼし》の葉に盛った。

「お月さんは黒い団子食べてくれるかな」

さよが言う。

「黒い団子はおいしそうじゃないね。お団子はやはり白くないとおいしそうじゃないね」

「お父ちゃん、あのお花をつけるとおいしそうだよ」

さよが指さしたのは萩の落花だった。

「それではお団子ではなくておはぎになっちゃうよ」

太三郎が笑った。

「でも、黒いお団子よりいいでしょ」

さよが口を尖らせて言う。

「いいことを考えたよ。ちょっと待っててね」

太三郎は、さっき水を汲みに行った時に見た白粉花《おしろいばな》のことを思い出した。白粉花はたくさんの実をつけていた。地面にも実が落ちていた。太三郎はそれを採って集めた。それから石を二つ拾ってもみじの木の下に戻った。

「何を取ってきたの」

さよが興味深そうに聞く。

「いいかい、見ていてごらん」

太三郎は大きな石を下に置き、その上に白粉花の実を置いてもう一つの石でそれをたたいた。

「白い粉だ、すごい」

さよが目を輝かせた。大きな石の上には、たちまち白い粉がたまった。

「これはね、白粉花の実だよ。これをお顔につけると白くてきれいになるんだよ。お団子だって白くなるよ、きっと」

太三郎がそう言うと、さよは粉を集めて土団子に振りかけた。

「お団子が白くなった」

さよが歓声を上げた。

「もっと白くしようよ」

太三郎も嬉しくなって白粉花の実をつぶした。

「お父ちゃんはすごいね。何でもできるんだね」

さよは、太三郎が秘めている大きな力を感じて目を丸くした。太三郎は、他愛のないことに素直に感心しているさよをいとおしく思った。しばらくままごとをして、太三郎とさよが下部屋に戻った。

「お母ちゃん、お父ちゃんはすごいよ。土のお団子を白くしたよ」

さよが興奮してかやに言った。

「お父ちゃんって、誰のこと」

かやが事情が呑み込めず、怪訝《けげん》そうにさよの顔を見た。

「太三郎さんだよ」

「おままごとの中でお父ちゃんになったのですよ」

当惑しているかやを見て太三郎が言った。

「あら、そうなの」

かやは間が悪そうに太三郎から目を逸らした。

「太三郎さん、あした、ほんとうのお団子をいっしょに作ろうよ。いっしょにお月見しよう」

さよが言う。太三郎が返事をしないでいると、さよがなおも言う。

「ねえ、ほんとうのお団子作ろうよ。お母ちゃん、いいでしょ」

さよがかやに同意を求める。

「太三郎さんさえよろしければ」

かやが縫物を続けながら言った。

「太三郎さん、一緒にお団子作ろう」

「おさよちゃんのお母ちゃんがいいと言うならいいよ」

「じゃあ、お約束だよ。きっと来てね。指切りげんまん」

さよが小さな手を差し出した。太三郎が小指を突き出すと、さよは力いっぱい指を絡ませた。

翌日は朝からよく晴れた。太三郎は昼を過ぎると近くの野辺にすすきをとりに出かけた。中秋とはいえ、日中はまだ暑かったが、草むらには野の花が咲き、あちこちできりぎりすやこおろぎが鳴き、空にはおびただしいとんぼが羽を光らせて飛んでいた。清涼な秋気を胸いっぱい吸うと、太三郎は得も言われぬ幸せを感じた。すすきの穂はまだ若く、秋の日差しを受けてつややかに光っている。どのすすきを刈ろうかと見渡すと、さよの顔が思い浮んだ。すると、にわかにすすきをとるのがためらわれた。これはと思ってよく見ると、葉が傷んでいたり、虫に食われていたり、茎が曲がっていたり、穂の色が悪かったりで、なかなかこれぞと思うものがない。おさよに持っていくためには、完璧なものでなければならない。太三郎は、吟味に吟味を重ねてようやく形のいいすすきを十二本とると、それを持って勝智院にやってきた。境内でさよがしゃがんで何かに夢中になっていた。

「おさよちゃん、何をしているの」

太三郎が声をかけると、さよが振り向いた。日に焼けたその顔には白い粉がまだらについていた。それを見た太三郎は思わず吹き出した。

「おさよちゃん、どうしたんだい、その顔は」

太三郎に笑われたことで、さよはふくれた顔をした。

「どうしたの、そのお顔」

太三郎は今度は笑わずに言った。

「白粉《おしろい》をぬったんだよ。きれいになったでしょ」

さよはまだふくれている。見ればさよは右手に石を持っている。下には平たい石があって、その上に白い粉がある。白粉花の黒い実も載っている。太三郎はそれでようやく事情が読めた。昨日、この粉をつければ顔が白くきれいになると教えてやった。さよはそれを試していたのだった。

「おさよちゃん、きれいだよ。白くてとてもきれい」

太三郎がおおげさに驚いた振りをする。

「ほんとうに。ほんとうにきれい」

さよの顔がはじけるように明るくなった。

「お母ちゃんに見せてあげる」

さよが駆け出した。かやは、厨の土間で団子作りの準備をしていた。さよが駆け寄って顔を突き出すと、かやが振り向いた。

「どうしたの、そのお顔」

かやが驚いて声を上げると、さよが科《しな》を作って顔をかしげた。

「太三郎さんにお化粧を教えてもらったんだよ」

「白粉花の実の粉をお顔に塗るときれいになると言ったから、おさよちゃんが試してみたのでしょう。ほっぺたが白くてとてもかわいいでしょう」

太三郎が自慢げに言う。

「おさよがお化粧を覚えてどうするの。それより、お団子を作る用意ができているわよ。お部屋に上がりなさい。太三郎さんもご一緒にお上がりになって」

太三郎とさよが部屋に上がっていると、かやが鉢を持ってきて粉を練った。それから三人で団子を作った。昨日泥の団子を作ったせいか、さよはなかなか上手に団子を丸めた。太三郎の作る団子はいびつで、さよから何度も注意された。

夕方になると、本堂の縁側に太三郎がとってきたすすきを飾り、三方に団子を載せて供えた。そこへ住職もやってきた。本堂前の庭ではこおろぎが鳴いている。晴れた空にはまだ薄明が残っている。やがて月が出た。

「あっ、すすきの中からお月さまが出た」

さよが叫んだ。太三郎がさよの頰に顔を寄せて見ると、そこからはちょうどすすきの飾りの中から月が出るように見えた。

「ほんとうだ。すすきの中からお月さまが出ている」

太三郎も叫んだ。

「和尚さんも見てごらん」

さよが言うと、住職も身をかがめて月を見た。

「なるほど、いや、おさよちゃんは風流心があるねえ。すすきの中からお月さまが出たとは」

住職がしきりに感心する。

「おさよちゃんの心で一句できたよ。〈飾りたるすすきの中に出づる月〉」

住職が即興の句を吟じた。それから四人は並んで月見をした。明るく澄んだ大きな月だった。しばらくすると、住職は庫裡に戻っていったが、太三郎と母子は残って月を眺めた。その間、さよはずっと太三郎の膝の上にいた。

「さよはね、お月さまにお願いがあるんだ」

さよが月を眺めながら言う。

「おさよちゃんのお願いって何なの」

太三郎が聞いた。

「ないしょだよ」

「へえ、内緒なんだ。じゃあ、そっとお月さまにお願いしないとね」

太三郎が言った。すると、さよが振り返った。

「太三郎さんにだけ教えてあげる」

さよはかやに聞こえないように、太三郎の耳元に口をつけて言った。

「太三郎さんが、さよのお父ちゃんになりますように」

太三郎が驚いてさよの顔を見た。

「何なの、さよのお願いと言うのは」

かやが聞いた。

「言っちゃだめだよ」

さよが太三郎をいたずらっぽくにらんだ。

「おさよちゃん、お月さまはそのお願い聞いてくれるかもしれないよ」

「ほんとう。それがほんとうになったら、さよはうれしいな」

さよはまた月を眺めやって小さな手を合わせた。月はいつの間にか高く昇って、三人を明るく照らした。

下総と上総を回るようになって、その地方に一茶の俳諧の地盤が着実に固まっていった。十一月に入ると一茶はまた両総《りょうそう》の旅に出た。松戸の斗囿《とゆう》を訪ね、そのあとで流山《ながれやま》の双樹《そうじゅ》邸を訪れた。夏に訪れた時は双樹が多忙で歌仙を巻くことが叶わなかった。双樹はそのことが心残りでならず、時を改めてぜひにと再度の来訪を一茶に請うた。一茶もまた双樹の為人《ひととなり》にひかれ、歌仙の約束をしたのだった。

味醂《みりん》を醸造している秋元家は、相変らず活気があり、醸造する建物内も家の中も賑やかだった。一茶が離れに通されて待っていると、すぐに双樹が現れた。

「先生、ようこそおいでくださいました。お待ち申しておりました」

双樹は満面の笑みで一茶を迎えた。

「今日もお忙しいのでしょうな。家業がますますお盛んでよろしゅうございますな」

「ええ、年の瀬が迫ってまいりますので、お陰さまで忙しくしております。ですが、今日は心行くまで先生のご薫陶《くんとう》に浴したいと思っております」

一茶があらかじめ手紙を出しておいたこともあって、双樹は万難を排して一茶の到着を待っていた。

「今日はぜひ歌仙をと、心待ちいたしておりました」

双樹は、うれしくてたまらないというようすで落ち着かない。

「わたしもそのつもりで、楽しみにしてまいりました」

そこへ女中が茶を運んできた。

「まずは、汁粉を召しあがってお体を温めてくださいまし」

双樹が汁粉を勧めた。

「これはこれは、木枯しに吹かれて歩いてきた身には何よりのご馳走です」

一茶が、一口一口玩味して汁粉を食べた。

「甘いものに甘いものでどうかと存じますが、茶を召しあがりながらこちらもどうぞ」

茶菓子は最中《もなか》であった。

「最中ですな。ありがたい。この頃歯が弱りましてな、固いものは用心しないといけません」

一茶が口を開けて奥のほうを指さした。虫歯が二三本黒ずんでいるのが覗いている。

「それはようございました。女中が煎餅をと申しましたのですが、わたくしが最中にするように申しつけたのでございます」

「さすがは双樹さん。わたしの虫歯までお見通しとは。ありがたや、ありがたや」

一茶が笑った。

「歯はお大事になさいませ。歯がなくなりますと、物を嚙めないばかりか、味も分からなくなると申しますから」

双樹は、一茶の口の中を覗き、真面目な顔で言った。

「なるほど。無精しているくせにうまいものを食いたいとは虫が良すぎるというわけですな」

一茶が神妙な顔を見せてうなずくと、双樹があわてて手を振った。

「いえ、けっしてそのようなつもりで言ったのではございません」

何やら無礼なことを言ってしまったように思われて、双樹は冷や汗をかいた。それから茶を飲みながら、四方山話をした。

「この間の伊豆大島の噴火はたいへんなものだったようですね。その灰が江戸まで降ってきたと聞きましたが、ほんとうでございますか」

双樹が聞いた。

「それはほんとうです」

「さようでございますか。いやはや、大島から海を越えて江戸まで灰が飛んでくるとは驚きです。もっとも、この辺りも少しは灰が降りましたけれども。今年もあと二月足らずとなりましたが、相次いで長崎に異国の船が来たり、麻疹《はしか》が流行ったり、大地震があったり、旱《ひでり》があったりと、物騒なことがありましてたいへんな年でした。最近、江戸に何ぞ面白い話がございますか」

双樹が聞いた。

「はかばかしい話はありませんな。そうそう、この月から湯屋《ゆや》の男女入込湯《なんにょいりこみゆ》がご法度となりました」

「男女入込湯がご法度に。お上はまた無粋なご法度を出されたものですなあ。世の男たちはさぞ不満でしょうな」

「内心は憤懣やるかたない。しかし、事が事だけに、表立って息巻くわけにもいかない」

「それもそうですね」

双樹が額を打って笑った。

「お上は、男女入込湯はやはり不都合だと判断されたわけですね。いったい何が不都合なのでしょうか」

双樹が真顔で首をかしげる。

「風紀紊乱《びんらん》を恐れたのでしょう。実際、入込湯はいろいろと椿事《ちんじ》が見られますからなあ」

「それはそれは。しかし、一度入込湯に入ってみたかったですなあ」

双樹が冗談とも本音ともつかずしみじみと言った。

茶を飲んで落ち着いたところで歌仙を巻いた。

枯葎《かれむぐら》かなぐり捨《すて》もせざりけり　一茶
月も出《いで》よとた丶く納豆　双樹
むら烏染物取に棹さして　樹

発句は一茶が詠んだ。離れの庭は霜枯れの草が残っている。一茶はその寂びた趣をほめて挨拶とした。するとで双樹は、月の出を待ちながら、納豆汁にする納豆をたたいている風流人を自画像にして返した。そのあとですぐに自ら第三を詠んだ。夕暮れの空には塒《ねぐら》に戻る烏が群れ、川に晒《さら》してある染物を取り込む舟が進んでいく、と一気に挨拶から離れて夕暮れの川の風景に転じた。双樹はなかなかの練達で意表を突く句が多かった。どちらかと言えば即吟の傾向があったが、一茶の作風に触発されて、いっそう軽快に句を繰り出していった。かくして、通常より早く歌仙が満尾《まんび》した。

歌仙が終ったところで双樹は女中に茶を用意させた。一茶と双樹は、茶を飲みながら、満尾した歌仙を振り返った。

「双樹さんの付句は大方が変化に富んでいてなかなか面白いですなあ。泥《なず》まないところがいい。それにどの句も風趣がある。〈提灯《ちやうちん》に牡丹餅《ぼたもち》ほどの紋書《もんかき》て〉。この句、なかなか秀逸です。牡丹餅ほどのという言葉が生きている」

一茶が誉めた。

「自分の句に付けるというのは難しいものですね。ともすると付き過ぎたり、そうかと思うと離れ過ぎて、無心所着《むしんしょじゃく》といいますか、わけの分からぬ句になってしまいます」

両吟の場合は、交互に付けていくと変化に乏しくなるため、適宜自分の句に付ける。

　綿を蒔《まき》ても井戸掘が来ぬ　樹

　提灯に牡丹餅ほどの紋書て　樹

　紫陽花咲《さけ》ば粕漬をうる　茶

一茶が誉め、双樹が触れているのはこの付けである。

「俳諧の要諦は不即不離です。これはまさにそれを体《たい》した付けと言えます。それから、〈里にかぶさるかゞの白山《はくさん》〉。この句は格別にいい」

一茶が誉めたのは、名残《なごり》の表の句であった。

　場《ば》ふさげに箍《たが》竹《たけ》削《けつ》る春の末　茶

　里にかぶさるかゞの白山　樹

　風呂敷の御《お》骸《から》にかゝる横時雨　茶

「神さびた雪の白山を頂いて暮らす里人の暮らしまでが髣髴とする」

一茶の絶賛に双樹は相好を崩す。

「それは前のお句がいいからでございます」

一茶の前の句は、里人が長い竹をいっぱいに広げて箍づくりのための竹を削っている晩春の景である。双樹の心はあながち謙遜ばかりではなかった。一茶の句に籠められた景情に触発されておのずと付句が生まれる。それが双樹には心地よかった。一茶は、そのほかにも双樹の佳句を挙げては誉めた。すると、今度は双樹が感想を述べた。

「先生のお句は、どれもさすがだと存じますが、特に感じ入りましたのは名残の表の恋の句でございます」

仮のけぶりの低き行燈　樹
いさ、かな暇をぬすんで打粧《うちけは》ひ　茶

双樹が誉めたのは名残の表のこの付けである。双樹が、かすかな煙が立ち上っている低い行燈《あんどん》を詠んだ。一茶は、その灯りでわずかな暇を見て薄化粧をする女の姿を詠んだ。

「恋の句は何といっても歌仙の華でございますね。しかし、これもなかなか難しゅうございます。どうにかして恋の句を付けようと思いながら、どうにも得心のいく句が詠めずに、あとできまって忸怩《じくじ》たる思いになります」

双樹がそう言って苦笑した。

「恋の句は構えないことが肝要です。構えてしまうと重くなる。恋の句が重くなると歌仙全体の品《しな》が損なわれてしまいます」

「それがなかなかできそうでできません。やはり修業が足りないということでしょうか」

双樹は、一茶に問う事柄をあれこれ用意しておいたので、存分に師と俳諧談義を交わすことができた。そうしているうちに昼になり、女中が運んできた昼食を取った。その間にも双樹は熱心に俳諧の教えを請うた。昼食を終えると、双樹はいっそう熱くなって、午後にも歌仙を巻いてほしいと懇願した。一茶は双樹の熱意に圧《お》されてふたたび歌仙に臨んだ。


一か月ほど両総を回って江戸に帰ってから数日後のことである。一茶は、本船町《ほんふなちょう》に住む祇兵《ぎへい》のもとを訪れた。祇兵は随斎会の常連で、一茶はそこで知り合って懇意にしている。この日一茶が訪れたのは、祇兵にあることを依頼したいからであった。一茶が一か月にわたる旅で上総《かずさ》の金谷まで足を延ばしたことを話すと、上総出の祇兵が言った。


「金谷までおいでででしたら、鋸山《のこぎりやま》の日本寺《にほんじ》に参詣されましたか」

「行きました。由緒のある名刹ですな」

「あの寺は聖武天皇の詔勅によって、神亀《じんき》二年に開山された寺です」

「奥の院無漏窟まで登りました。岩山に彫った大仏も見事でした」

祇兵は、誇らしげに日本寺についての蘊蓄《うんちく》を語った。

しばらく旅の話をしたあとで一茶が切り出した。

「実は、祇兵さんに頼みたいことがあります」

「わたしに頼みたいこと。さて、その頼みとは」

祇兵が怪訝《けげん》そうに一茶の顔を見た。

「月並《つきなみ》の刷物《すりもの》を発行しようと考えているのです」

「それは結構なことで。一茶さんには遅きに失しましたよ。ぜひそうなさいませ」

祇兵は諸手を挙げて賛同した。

一茶が月並の刷物を思いついたのは、やはり暮らしのためである。

「そこで頼みたいことというのは、祇兵さんに取次を引き受けてはもらえまいかということです。わたしはご承知のとおり勝智院を間借りしておりますうえに、あちらこちらと歩き回りますので何かと不都合でして」

祇兵は腕組みをして一茶の言うことを聞いていたが、意を決したように言った。

「そういうことでしたらお引き受けいたしましょう」

「それはありがたい。さっそく四方に案内を送りますゆえ、何とぞよろしくお願い申しあげます。刷物の名称は一茶園月並とします。念のため案内状をお改めくだされ」

一茶が案内状の下書を差し出した。

「廿四日迄御出吟可被下候《くださるべくさうらふ》。入花《にふくわ》月次《つきなみ》の通り、廿四文也。本船町《ほんふなちやう》、催主祇兵」

祇兵が声を出して読んだ。

「入花料は月二十四文ですか。よろしいでしょう。承知いたしました」

祇兵が承知したことで、一茶は刷物の発行を急ぐべく、さっそく各方面に案内状を出した。

年が明けた。一茶は勝智院の借間で正月を迎えた。早朝、境内の井戸の若水で心身を浄めようと外に出た。晴れて穏やかな正月だった。釣瓶井戸《つるべいど》のあるところまで来ると、かやが先に来て若水を汲んでいた。

「やあ、かやさん、明けましておめでとうございます」

一茶が声を掛けると、かやが振り向いた。

「明けましておめでとうございます。先生にとって良いお年になりますように。今年もどうぞよろしくお願い申しあげます」

かやは腰を折って新年の挨拶をした。そして、一茶が持っていた盥《たらい》を受け取ると、今引き上げたばかりの釣瓶から水を注いだ。

「かたじけない。では、お先に失礼して」

一茶がその水で手を浄め、顔を洗った。

「ああ、気持ちのいい元旦だ。かやさんにとって、今年はきっと良い年になりますよ」

「ありがとうございます。のちほどお部屋のほうにお雑煮をお持ちいたしますから」

かやは、水を汲んだ手桶を持って、軽やかな足取りで戻っていった。一茶は、東の空を見やって深く息を吸った。地平の空はすでに赤みを帯びているがまだ日は出ない。

一茶は部屋に戻ると文台を前に置き、端座して思索した。昨年は積極的に両総を巡り、自らの俳諧地盤を固めることができた。それに、一茶月並園を始動する手はずも整った。今年は飛躍の年だと、一茶は意を新たにした。しかし、あくまでそれは表向きのことで、胸の深奥には宿痾《しゅくあ》のような懸念がくすぶっている。ひとつは、頼りにしている白布の体のことだ。昨年の後半あたりから肌の色艶が悪くなり、臥すことが多くなった。心なしか気力も衰えているように見える。一茶は、白布の身に万が一のことがあればという思いが脳裡をよぎる。今一つは故郷柏原の実家のことである。江戸と両総で精力的に俳諧活動を進めていると、つい柏原のことを忘れる。だが、内なる望郷の思いはけっして消えることはない。それは普段深みに沈潜しているが、ともすると表に出てきて一茶を駆り立てる。

しばらくしてかやが雑煮の膳を持ってきた。

「ささやかな雑煮ではございますが、どうぞお召し上がりください」

かやが一茶の前に膳を進めた。小松菜と大根、それに里芋の入った雑煮だった。紅白の水引を結んだ雑煮箸が添えてある。雑煮からはいい匂いが立ち上る。

「これはこれは、結構な雑煮ですなあ。お陰で過分に贅沢な正月が迎えられます」

一茶は、こうして熱い雑煮にありつける正月にしみじみと幸せを感じた。

「ご住職のお具合はいかがでしたか」

白布は、暮から床に臥していた。

「臥しておいででしたが、お雑煮は召しあがるとおっしゃっていました」

「そうでしたか。かやさんのお雑煮を召し上がってお元気になられればよろしいですがな」

かやはわずかに笑ったが、どことなく寂しげに見えた。かやも白布の体の具合が心配でならないのだ。かやが部屋を出ていくと、一茶はさっそく雑煮を食べた。旨かった。雑煮が一茶のもろもろの懸念を束の間払拭した。

日が高く昇ったころ、一茶は白布のいる庫裡を訪れた。白布は起きて文台に向い、筆を執っていた。

「ご住職、起きていらっしゃったのですね。先ほど、お休みになっているとかやさんから伺いましたが」

「新年早々臥していては、この一年が思いやられますから。それに、かやさんのお雑煮を食べたら力が湧いてきましてな」

白布は、思いのほか元気で声にも張りがある。かやの雑煮で力が出たというのはほんとうかもしれない。

二人は、あらためて新年の挨拶を交わした。

「ご住職にとって、良いお年になりますようにお祈り申しあげます。なにしろ、ご住職にはいつまでもつつがなくいていただかないと困ります。かやさんもおさよちゃんも、そしてわたしも、ご住職だけが頼りなのでございますから」

一茶は戯《ざ》れめかして言ったつもりだったが、言葉が重くなった。

「このごろ、無性に横手が恋しくなりましてな。これも年のせいでしょうかな」

白布が作り笑いをした。白布は秋田の横手の出である。

「いや、どんなに遠く離れても、どんなことがあろうとも、人の心は故郷に帰っていくものですよ」

一茶も軽く言葉を返すつもりであったが、故郷のこととなると抜き差しならぬ事情が蒸《む》し返される。

「それはそうと、一茶さんはやはりいつか故郷にお帰りになられるのですか」

一茶にとって、それはいちばん触れてほしくないことであった。父の遺言のことも、継母と弟との諍《いさか》いのことも、とても他言できない。恥部なのだ。他言しないから人は事情が分からず、当然のことながら意に介することもなく故郷のことを聞く。

「今のわたしにとりましては、江戸が面白うございます。それに昨年は両総方面によい連衆が大勢できましたから。今しばらく、こちらでやっていこうと思います」

一茶は今しばらくと言ったが、その先のことは自分にも見えていない。白布はその先のことについてまでは聞かなかったので、一茶の考えもそこで途絶えた。

午後になって太三郎が新年の挨拶に来た。一茶には、太三郎に対して二つの相反する思いがある。同郷の誼《よしみ》からくる親しみと、故郷の抜き差しならぬ現実を共に引きずっていることによるある種の疎《うと》ましさである。それに、今朝、白布と故郷の話をしているうちに、故郷と自分の間には深い溝があることをあらためて思い知らされた。そのため一茶は素直な気持ちで太三郎と新年の祝詞を交わすことができなかった。

「そなたも江戸の暮らしが長くなったな」

「早いものでもう五年が経ちました」

太三郎は屈託がなく、晴々とした正月の顔である。それがどうにも一茶の癇《かん》に障る。

「三十の半ばを過ぎたのだから、もっと俳諧に身を入れないとなるまい」

一茶の口ぶりが説教じみてくる。もっとも、一茶がそう言うのも無理からぬところではある。二竹という俳号を持ちながら、太三郎は一茶を訪ねてきても句を詠むこともなければ俳諧の話をすることも滅多にない。

「越前屋の旦那は遊びがお好きで、毎日のように方々に連れ回されますから、落着いて俳諧に精進する暇がありません。明日は一日かけて中村座の歌舞伎芝居見物をなさいます。そのお供をします」

太三郎は浮かれている。

「そなたは、ほんとうに俳諧師になる気持ちがあるのか」

業を煮やした一茶は、いささか声を荒らげた。すると、何やら虫の居所が悪いような一茶に気づき、太三郎はそそくさと退散し、かやとさよがいる下部屋に向った。

「おさよちゃん、いるかい」

太三郎が下部屋の外から声を掛けると、すぐにさよが飛び出してきた。

「太三郎さん、追羽根《おいばね》しよう」

さよは、真新しい羽子板を持っている。太三郎は戸口から中を覗いてかやに新年の挨拶をした。かやも戸口に出て挨拶をした。

「早くやろうよ」

さよが太三郎の袖を引っ張る。

「まあ、まあ、この子ったら新年のご挨拶もしないで。ちゃんとご挨拶なさい」

かやがたしなめると、さよはぺこりと頭を下げて言った。

「おめでとうございます」

「おめでとう。おっ、新しいおべべだね。かわいいよ」

「この子ったら、朝から羽子板を抱えて、太三郎さんがいらっしゃるのを待っていたんです」

「そうかい、もっと早く来ればよかったね。ごめんよ」

「早くやろうよ。追羽根」

さよがまた太三郎の袖を引っ張る。

「お母ちゃんも来て。お顔に墨を塗るんだから。お筆と墨持ってきてね」

さよが振り向いてそう言うと、下駄を履いて外に飛び出した。空は晴れていて、境内は明るい雪景色である。

「はい、太三郎さんはこれ」

さよが太三郎に羽子板を渡した。

「きれいな絵だなあ」

太三郎が羽子板に描いてある役者の絵に見とれた。そこへかやが墨と筆を持ってやってきた。さよが先に羽根をついた。太三郎が辛うじてそれを打ち返したがさよが突き返せずに転んだ。

「ごめん、ごめん。うまく返せなかった」

太三郎が雪の中に転んでいるさよを起した。

「今度は先に突くよ、いいかい」

さよが真剣な顔をして構える。

「返せなかったら墨だよ」

太三郎が手加減をしながら慎重に突くとさよが返した。それを太三郎が返し損ねた。さよが両手をあげて喜ぶ。

「しまった。突き損ねた」

太三郎が頭を抱えた。

「墨だよ。お母ちゃん、墨だよ」

かやは、墨を含ませた筆を持ったままためらっている。

太三郎がかやの前に顔を突き出した。

「どうぞ遠慮なく、どこなりと」

かやがなおも戸惑いながら太三郎の頰に×を書いた。そのときかすかな匂いがした。太三郎には、その匂いが墨の匂いなのか、白粉の匂いなのか分からなかった。思わずかやの顔を見た。間近で見るかやの肌は白かった。かやは色白だがいつもより白いように思われた。唇もいつもより紅く見えた。太三郎の頰に黒々と書かれた×印を見て、さよは飛び上がって笑った。

「ようし、今度は負けないぞ。いくつ突けるか数えよう。さあ、いくよ。ひー」

太三郎がまた慎重に羽根を突く。

「ふー」

「みー」

太三郎があらぬ方に飛んだ羽根を突こうとして雪の中に顔を突っ込んだ。×印の墨で片方の頰が汚れるとさよもかやも笑いころげた。かやは今度はためらうことなく太三郎のもう片方の頰に×を書いた。またかやがかすかに匂った。いく度か負けて太三郎の顔は墨だらけになったが、つい負け損ねてさよが羽根を落とした。

「今のはおさよちゃんの負けじゃないよ。こっちの返しかたが悪かったんだ。だから、墨はこっちだよ」

太三郎が言った。

「違うよ。太三郎さんのせいじゃないよ。さよが悪かったんだよ。だから、さよが墨をつけられるんだよ」

さよが真剣な顔をして言う。太三郎は、ひょっとするとわざと負けているのをさよに見透かされているのではないかと怯《ひる》んだ。

「ほんとうにいいのかい。おさよちゃんのほっぺが墨で汚れちゃうよ」

一生懸命羽根を突いて赤くなったさよの頬に墨が着くのは、太三郎にはどうにもたえがたい。

「うん、いいよ。さよも墨をつけてほしい。太三郎さんが墨をつけて」

さよが太三郎に頬を突き出した。太三郎はかやから筆を借りてさよの頬に○をつけた。それを見て、かやが腹を抱えて笑った。それからは太三郎も手を抜くのをやめ、本気で羽根を突いた。とうとう二人の顔が墨だらけになった。途中から太三郎に代ってかやがさよの相手になった。しだいに熱中してくると今度はかやと太三郎も突きあった。かやはなかなか上手で、ほとんど顔に墨がつかなかった。

存分に羽根突きを楽しんだ後、部屋に上がるようにとかやが太三郎を誘った。下部屋は狭く暗かった。部屋の真中には小さな炬燵《こたつ》があった。太三郎は勧められるままに炬燵に入った。かやは、雑煮を作ってくると言って部屋から出ていった。さよは糸を持ってきて綾取《あやと》りをしてみせたり、お手玉をしたりした。そして、太三郎にやり方を教えたが、太三郎は何をやってもうまくいかず、さんざんさよに叱られた。

しばらくしてかやが雑煮を運んできた。太三郎の膳には屠蘇が載っていた。

「もう、お雑煮もお屠蘇も、結構なものを召し上がっていらっしゃるでしょうけれど、どうぞ召し上がってくださいまし」

雑煮からは白い湯気が勢いよく立ち上っている。それを見ただけで、太三郎は得も言われぬ幸せを感じた。

「お屠蘇まで。恐縮です」

太三郎は屠蘇を飲み、それから雑煮を食べた。

「おいしい。こんなにおいしい雑煮を食べたのは初めてだ」

太三郎が言った。

「おいしい。今日のお雑煮、おいしい」

さよが箸で上手に餅を伸ばして食べながら言う。

「太三郎さんと一緒だからおいしいのね、きっと」

かやも幸せそうだ。太三郎は、このまま三人で暮らせたらどんなにいいだろうと思う。もうかやもさよも自分も心は一つだ。そう思うと、三人がいっしょに暮らせるのも夢ではないように思えてきた。

七日は、随斎会の月並会である。年が改まってから最初の月並会とあって、連衆はまだ正月気分を残しており、一座は談笑が絶えず、華やいだ雰囲気だった。

「太笻《たいきょう》さん、今年の郭《くるわ》の初買いはいかがでしたかな」

梅寿が太笻を揶揄《やゆ》した。

「太笻さんは正月から傾城買《けいせいが》いですか」

祇兵が耳聡《みみざと》くそれを聞きつけてはやし立てる。するとたちまち一座にその話が広がって太笻は衆目に晒されることになった。

「傾城買いなど滅相もない。わたしは、元旦には待乳山《まっちやま》でしっかり初日の出を拝みましたよ」

太笻が大仰に手を振って言い返すが、連衆は容易に太笻をからかうのを止めない。

「元旦には初日を拝み、その勢いで郭へと」

一座の者がまたどっと笑う。

連衆の顔が揃ったところで成美が新年の挨拶をした。

「新年おめでとうございます。新しみは俳諧の花なりと言いますが、何事も新しいということはやはりいいものでございます。旧年中の濁悪《じょくあく》は除夜の鐘とともに消え去って、各々方はさぞかし心身ともに清浄無垢になられていることと思います。しかし、人の心というものはなかなか変らないものです。正月を過ぎれば、去年と何も変らぬおのれが顔を出します。芭蕉翁の歳旦句に、〈年々《としどし》や猿に着せたる猿の面〉というのがあります。同じ所に留まって、毎年毎年同じことを繰り返すことの愚を戒めている句です。我々もこれを戒めとして、常に新しみを求めてまいりたいものです。今日は、ささやかながら七草粥を用意してありますので召し上がっていただきます。月並会のお題は七草粥です」

挨拶が終ったところで成美が続けた。

「一茶さん、例のことをここでお披露目しておいたほうがよろしゅうございましょう」

一茶園立ち上げのことは、昨年の暮のうちに一茶が成美に相談していた。成美は、そのことを喜び、全面的な協力を約束した。成美に促されて一茶が言った。

「この度、一茶園なる句会を立ち上げることといたしました。主に江戸と房総方面に案内を出して、月並の刷物を発行してまいります。わたしの所は何かと不都合がありますので、取次は祇兵さんにお願いしてあります。皆さまにおかれましても、ご投句のほど、何とぞよろしくお願い申し上げます」

一座の者はみな手をたたいて一茶の新しい船出を祝福した。新年会の冒頭の挨拶が一通り終ったところで七草粥が振舞われた。

「ああ、いい香りがしますなあ」

耕舜《こうしゅん》が椀を持ち上げて匂いを嗅いだ。

「今日は、七草をすべて揃えて入れてあります」

成美が一座の者を見回しながら言う。

「それはそれは、滅多に食しかねる、贅沢極まる七草粥でございますなあ」

「さすが浅草蔵前の札差《ふださし》の七草粥は違いますなあ」

「ほんに、これは正真正銘の七草粥ですな」

連衆は、椀の中の粥に見入ってばかりいて食べようとしない。そのうちに粥の中に箸を入れたかと思うと、これは御形《ごぎょう》、これは薺《なずな》、これは蘩蔞《はこべら》と、一つ一つ摘まみあげて確かめる。

「冷めないうちに召し上がりなさいな」

成美がなかなか粥を食べようとしない連衆たちを促した。

「ほんとうの七草粥はこんなにもかぐわしいものですなあ」

「下々の七草粥は、小松菜にせいぜい薺が入っていればいいほうですからな」

「ああ、野の香りといいますか、春の香りを扱き混《こま》ぜたという感じですなあ」

連衆は、しばし七草粥の匂いに酔い、その味に舌鼓を打った。

一月の二十日を過ぎたある日、柏原の桂国が一茶を訪ねてきた。一茶は、時折桂国と手紙を取り交しており、出府のことについてはあらかじめ知らされていた。それによると、江戸見物などというのんきなものではなく、あることで江戸の評定所《ひょうじょうしょ》に訴えるための出府であった。近隣の村も関わることなので、それらの村の総代と同行するということであった。本来は本陣中村家の当主である勧国が出府すべきところ、この度は自分が名代を務めるとも書いてあった。

「江戸は天国ですなあ。冬も雪駄《せった》ばきで歩けるのですから」

藁沓《わらぐつ》なしには暮せない桂国にはそれは信じがたいことであった。

「江戸の土産に上野の不忍池《しのばずのいけ》の雪見などいかがですか」

一茶が誘った。

「雪に埋もれて暮している者が、江戸に来てまで雪見をするなどまっぴらですよ」

桂国が大きく手を横に振って言った。

「それはそうと、雪の中を江戸まで出て来られるとはたいへんなご苦労ですね」

「苦労だなどと言ってはおられないのです。座視していれば、柏原宿は遠からず二進《にっち》も三進《さっち》もいかなくなってしまいますから」

桂国は、宿場が直面している重大事を縷々《るる》述べた。それによると、本来、北国街道の荷物の運搬は、野尻宿から柏原、古間《ふるま》、牟礼《むれ》、浅野の各宿を宿継《しゅくつ》ぎされることになっている。ところが、野尻から脇道である川東道《かわひがしみち》を通る荷が多くなった。宿場は口銭《こうせん》を取ることで成り立っている。それが入らないのだから、柏原と近隣の宿場は死活に関わる深刻な事態に陥ってしまった。そこで、江戸の評定所に訴えるべく、近隣の宿場の総代が挙《こぞ》って出府したのだという。

故郷の話をあれこれしているところへ太三郎がやってきた。桂国が江戸に出てくるということは話していたが、いつ来るとは言っていなかったので、太三郎は桂国を見て驚いた。

「六左衛門さんがいらっしゃっていたんですか」

「これはこれは太三郎さん。お久しぶりでございます。ちょうどよかった。おまつさんから言付かってきたことがありますでな」

まつとは太三郎の祖母である。

「お婆《ばば》はお達者ですか」

「達者と言えば達者ですが、年も年ですからなあ。だいぶ気が弱くなられたようです。必ず柏原に帰ってくるように伝えてくれと、伏し拝まれてまいりました。太三郎さんに会って元気な顔を見ないうちは死ねないと言っておられましたよ。そうしないとあの世に行って爺《じい》さまに合わせる顔がないと」

「お婆に会いたい。近いうちに必ず柏原に帰ると伝えてください。春のうちにはきっと帰りますから」

太三郎は、小さい時から可愛がってくれた祖母のことを思い出して胸が詰まり、望郷の思いがおさえがたくなった。

「母も惣介も変りはありませんか」

「みなさんお変りありませんよ。太三郎さんがお帰りになったらさぞお喜びになられるでしょう」

一茶は、故郷に思いを馳せて無邪気に気持ちを昂らせている太三郎に対して嫉妬がつのってくる。太三郎には、帰郷を待つ人々がいる。故郷はこの上もなく優しい。一茶は、それが妬《ねた》ましい。

「太三郎さんはいいですなあ。故郷を捨てても誰も太三郎さんを捨てない」

一茶は、冗談に言い紛らわせようと笑ったが、自分でもぞっとするほどその言葉は冷たかった。

「何をおっしゃいます。わたくしばかりでなく、俳諧をたしなむ者たちは、みな先生のお帰りを待っておりますものを」

他意のない桂国は、口をとがらせて言う。

「先生はひとまず江戸に戻るとおっしゃっておりましたが、柏原へお帰りになるおつもりはおありなのですか」

桂国にしてみれば、それが知りたいところであった。

「その気持ちはないわけではないけれども、こちらのほうで何かと忙しいものですから」

一茶は、はなはだ要領を得ない返事をした。

「きっと柏原へ帰ってくださいよ。平湖さんも、野尻の湖光さんと関之《かんし》さんもお待ちしておりますからね」

桂国があらためて一茶に帰郷を促したが、それでも一茶は言葉を濁すばかりだった。評定所への訴えははかばかしい成果を得られないまま、桂国たちは江戸見物を楽しむこともなく帰っていった。

ある日、太三郎が勝智院の下部屋にやってきた。

「寒い、寒い。外は雪だよ」

太三郎が雪を払って中に入った。かやは縫物をしていた。その側でさよが猫と遊んでいる。

「あのね、とらはすごいんだよ。きのう、すずめを捕まえてきたんだよ」

さよが飛び出してきて言った。

「へえ、すごいねえ。すずめもいいけど、ねずみはしっかりとっているのかい」

「うん、ねずみもよくつかまえるよ」

さよが、抱いた猫の頭を撫でて自慢する。

「お上がりになって。寒いから」

かやに促されて、太三郎は部屋に上がった。

「おさよちゃん、お土産だよ」

太三郎が包みをさよに差し出した。

「うわあ、みかんだ。みかんだよ、お母ちゃん」

さよが目を輝かせて炬燵の上に蜜柑を並べた。その中から一つを手に取って鼻先に当てて匂いをかいだ。

「いいにおい」

さよが鼻をひくひくさせて目を細める。

「まあ、めずらしいものを。いつもすみません」

かやが縫物から手を離さずに言う。

「みかんを針で釣ることができるよ」

「そんなことできるの」

さよが目を丸くする。

「できるさ。やってみようか。かやさん、糸のついた針を貸してくれませんか」

太三郎は、かやから糸のついた針を借りると、真剣な目をして蜜柑をめがけてねらいを定め、針を投げつけた。

「あっ、しまった。外れた」

針は皮に刺さった。太三郎が糸を持って慎重に持ち上げたが、蜜柑がわずかに動いただけで抜けた。

「ここの青い蔕《へた》に刺さると釣れるんだがなあ」

太三郎は、昨日主人の供をして吉原で遊んだ。主人の喜兵衛は蜜柑箱を持っていき、遊女たちと蜜柑釣りをして遊んだ。太三郎はその蜜柑を懐に忍ばせて持ち帰ったのだった。太三郎は何度か試みているうちによようやく蜜柑を釣り上げた。さよが手をたたいて喜び、自分もやりたいと言い出した。だが、さよは何度やっても皮にも刺さらなかった。

「おさよちゃんにはちょっと難しいかな」

それでもさよは止めなかった。すると、見かねた太三郎が言った。

「おさよちゃん、雪釣をしよう。雪釣ならおさよちゃんにも釣れるよ」

「ゆきつりしよう」

さよはあっさり雪釣の話に乗った。

「その前に、蜜柑食べよう。とても甘いよ。かやさんもどうぞ」

「おいしい。とってもあまい」

さよの笑顔がはじけた。かやもおいしいと言って食べた。蜜柑が三人の心を温かくした。蜜柑を食べ終ると太三郎はかやから炭と糸をもらってさよといっしょに外へ出た。外はまだ雪が降っていた。太三郎は、炭を結んだ糸を棒きれに結《ゆわ》えつけて雪釣の竿を二本作った。

「いいかい、見ていてごらん」

太三郎は、魚を釣るようにして雪の中に炭を落とした。すると炭に雪が付着した。何度も落としたり上げたりしているうちにだんだん雪の玉が大きくなっていく。さよも太三郎のまねをして、雪が釣れたと言ってよろこんだ。頭にも肩にも雪を積らせて、太三郎とさよは雪釣に夢中になった。しばらく雪釣の遊びをしたあと、太三郎はさよを家に入らせて帰った。帰り際に、さよは小さな手を出して指切りげんまんをして言った。

「今度は、道中双六《すごろく》をしよう」

「双六かい。いいよ、約束するよ」

太三郎は、雪の降る中を道々考えた。居候は止めてまっとうに稼いで生きよう。何の仕事をするか。考えたすえに、髪結いの仕事に行き着いた。初めはどこかで修業をして、やがて独り立ちして出床《でどこ》でも廻《まわ》り髪結《かみゆ》いでもいい。そう思うと、急に足が軽くなった。

草木が芽吹き始めたある日、一茶は白布を見舞おうとして庫裡《くり》を訪ねた。白布は、昨年来体調を崩しているが、いっこうに恢復のきざしが見られない。年が明けてからはひどく痩せて皮膚が乾き、土気色《つちけいろ》になってきた。目まいや立ちくらみがすると言って臥しがちになっている。その日も床に臥していた。

「ご気分はいかがですか」

白布は一茶の声を聞いて目を開けた。

「いい声ですなあ」

白布の目は穏やかだった。庫裡の障子は締め切ってあるが、外から鶯の声がしきりに聞こえてくる。白布は、目をつむってその声に聞き入っているのだった。

「どうやら彼岸《ひがん》に渡る日も遠くないようです」

白布は、恬淡《てんたん》として言う。

「何をおっしゃいます。ご住職は、まだまだ此岸《しがん》でなさるべきことがおありです」

そうは言ったものの、頬肉がすっかり落ちて乾《から》びた白布の顔を見ていると、一茶はおのれの言葉の空しさを痛感せずにはいられない。

「拙僧には、すでに食する力も起き上がる力もありません。ですが、不思議と心は楽なのです。もはや此岸でなすべきことも、なしたきこともありません。これまであらゆる手立てを講じても求めえなかった涅槃《ねはん》の境地に、ようやく達することができました」

白布にはもはや煩悩も未練も毛頭ない。一茶は、そうと見て取るとにわかに不安を覚えた。白布が亡くなれば、はたしてこのままここに住むことができるのだろうか。住めなくなれば柏原に帰るという手もある。だが、柏原の家と土地はわが手中にありながら、そこに帰るまでには途方もない多難が待ち構えている。やはり、もうしばらくは江戸に留まるほかはない。とすればどこか借家を見つけなければならない。すでに彼岸を見据えている白布を前にして、一茶は世塵にまみれて逡巡《しゅんじゅん》するばかりだった。

雛祭の日、太三郎は桃の花を持って勝智院の下部屋にやってきた。桃の花を持参したのはさよとの約束があったからである。部屋の壁際に赤い布を敷いた台が置いてあり、その上に内裏雛が飾られ、菱餅《ひしもち》と酒器が飾られている。その雛人形は、死んだ父親が、さよが生まれた年に買ってくれたものだとかやが言った。薄暗い下部屋だが、今日はことのほか明るい。雛人形の前に桃を飾るといっそう部屋の中が明るくなった。

「きれい。おひなさまが笑っているよ、お母ちゃん」

さよは雛の前から離れない。

「太三郎さんにお礼を言わなきゃいけないでしょ」

かやも雛の前から離れない。

「太三郎さん、ありがとう」

さよは太三郎の方を振り返って言ったが、今日は遊びをせがまない。かやが思い出したように太三郎に草餅を出した。かやとさよは雛飾りを眺めていたが、しばらくするとさよが人形を出してそれで遊び始めた。太三郎は、かやとさよの人形遊びを眺めながら、ひとり草餅を食った。

太三郎は、下部屋を出るとその足で一茶のところに寄った。一茶は文台に向って書き物をしていた。

「また下部屋に行ってきたのか」

一茶が振り返った。太三郎はいつもと違っていた。口を結んだまま返事もしない。何やら思い詰めているようなようすである。

「何かあったのか」

一茶が聞いても太三郎は答えない。

「どうしたというのだ。何か困ったことでもあるのか」

一茶が問い詰めると、太三郎はようやく口を開いた。

「かやさんと一緒になることに決めました」

太三郎の話は、一茶にとって寝耳に水であった。

「所帯を持つというのか」

「そうです。かやさんとおさよちゃんと三人で暮らします」

「かやさんには話したのか」

「まだ話していません。このことはかやさんに言わないでほしいのです」

「それはどうして」

「その時が来たら、自分の口から話すつもりだからです。今のわたしには、所帯を持つことはむりです。けれども、一生懸命やって髪結い床を持つようにします」

「髪結いになるつもりか」

太三郎がうなずいた。その顔には固い意志が表れていた。

「髪結いになるといっても一年やそこらではなれまい」

「髪結いの親方を捜してそこで修業をし、やがては自分で髪結い床を持てるようにします」

「それまでかやさんを待たせるというのか」

一茶には、太三郎の目論見《もくろみ》が危うく思われた。

「いや、そうはさせないつもりです。できるだけ早く所帯を持ちたい。実家に帰って、当面の暮らしが立つように用立てを頼んでみるつもりです」

太三郎は真剣だ。

一茶は、江戸に出た太三郎を心配していた平湖の顔を思い出した。太三郎からこの話を聞けば、平湖はきっと喜んで聞き入れてくれるに違いないと一茶には思われた。

「柏原にはいつ帰るつもりか」

一茶が聞いた。

「二三日うちには江戸を発つつもりです」

一茶に話したことで太三郎はいよいよ決意が固まった。希望に満ちた太三郎の顔をみていると、内に妬ましさがうずいてくるのを一茶は抑えることができなかった。

太三郎はあれこれと主人の供をする用事が重なって都合がつかず、帰郷はその月の半ばになった。太三郎が江戸を発った日、一茶は本郷追分まで見送った。

霞み行くや二親持ちし小すげ笠

それから一か月も経たないうちに白布が死んだ。白布の葬式が終って数日が過ぎたある日、世話役の与右衛門がやってきた。院に残っているのは一茶のほかにかや親子、それに寺男の茂作《もさく》だった。与右衛門は、院の現状を調べるためにやってきたのだった。

「院はどうなるのでしょうか」

与右衛門が話を切り出す前に一茶が聞いた。

「ほどなく院代が入ることになりましょう。院主がいないのは我々檀家の者たちにとっても不都合ですからな」

世話役は、一茶の意中を忖度《そんたく》するようすもなかった。

「このままここにいてもよろしいのでしょうか」

一茶にとっては当面それが気がかりなことであった。

「さて、それはわたしの一存ではいかんともしかねますな。まあ、とりあえずはこのままで」

一茶はかや親子のことも気になったが、事情は自分と同じだろうと思って聞かなかった。

それから数日後、帰郷した太三郎が帰ってきた。太三郎は、一茶から院主が死んだことを聞かされると、なにはともあれ、かや親子のことが気になった。

「かやさんはどうなるのだろうか」

「世話役の話では、遠からず院代が来るらしい。そのあとであらためて新院主が入るということだ。その院代もしくは新院主が何と言うかだ。それはそうと、柏原はどうであった」

一茶が聞いた。

「みな喜んで迎えてくれました。お婆などは明日死んでもいいと言って泣いていました。惣介はこの兄と違ってしっかり者だ。あいつがいれば桂屋は安泰だ」

故郷では大いに歓迎されたらしく、太三郎の表情は晴れやかだ。

「例の話はどうであった」

一茶にとってもそれが気になるところであった。

「話は首尾よくいきました。家の者はみな、所帯を持つなら何なりと力になるから心配するには及ばないと言ってくれました」

「それはよかったな」

そうは言ったものの、帰郷した太三郎がなんなく難事を片づけてきたことに、一茶はやはりいくばくかの妬みを覚えないわけにはいかなかった。

「さっそくかやさんに話してやるといい」

一茶は、内にくすぶる妬みを払うように言った。

「いや、万端整えてからかやさんに話して驚かせてやりたい。これからすぐに借家を探します。髪結いの親方も見つけなければ。さあ、忙しくなるぞ。このことはかやさんには内緒ですからね。では、これで」

太三郎は一茶に口止めをして出ていった。その足で下部屋に行くと、かやがひとりで縫物をしていた。

「こんにちは」

「あら、太三郎さん。お帰りなさい。いつお帰りになったのですか」

かやが顔を上げた。

「昨日帰りました。久しぶりの里帰りで、つい長居をしてしまいました」

「ごゆっくりできてよかったですね」

かやは、針を動かす手を休めず、ちらっ、ちらっと太三郎のほうを見ながら言う。

「おさよちゃんは」

「近所の子たちと遊んでいます」

「おさよちゃんにお土産を持ってきたんだ」

「呼んできましょうか」

「いや、わたしが呼んできますから」

太三郎が外へ出ようとして、思い出したようにかやの方に向き直った。

「和尚さんが亡くなられたそうですね」

白布の話になると、かやはとたんに顔をくもらせた。

「少しは持ち直していらっしゃったので、こんなに早くお亡くなりになるとは思いませんでした」

かやが涙ぐんで言う。

「かやさんはこの先どうするつもりですか」

太三郎が聞いた。

「世話役さんは、ここにいられるかどうかは新しい院主さまのご意向しだいだから、しばらくはこのままここにいればいいとおっしゃいました。けれども、もしかしたらここを出なければならないかもしれません。そのときは田舎の縁者を頼るほかはないと思っております」

太三郎は、かやの困っている顔を見ているのが辛かった。

「かやさん、何も心配はいらない。今にきっといいことがあります。だから、力を落とさないで」

太三郎は、自分の目論見を打ち明けたい衝動に負けそうになったが、やはり所帯を持つ段取りを整えるまでは話すまいとこらえた。

「かやさん、いいね。何も心配はいりませんからね」

太三郎はそう言い残して外へ出た。境内では、子供が集ってかごめかごめをして遊んでいた。さよが太三郎を見つけて駆けてきた。

「太三郎さん、お帰り。お土産は」

「ああ、約束どおり持ってきたよ」

太三郎は、袖から土産を出してさよに与えた。

「手まりだ。うわあ、きれい。さよはまりがほしかったんだ。ありがとう」

さよはうれしそうに毬を撫でたり頬ずりしたりした。

「これもあるよ」

太三郎は、もう一つ袖から土産を取り出した。

「これははと笛だよ。吹いてごらん」

さよが鳩笛を鳴らすと、子供たちが駆け寄ってきた。女の子たちが手毬を代わる代わる手に取ってうらやましそうに眺めた。鳩笛は男の子たちが代わる代わる吹いた。太三郎は、子供たちに囲まれて羨望の目で見られているさよを眺めていると幸せな気持ちになるのだった。

ある日、太三郎は主人に呼ばれた。主人の喜兵衛はこの春に息子に家督を譲って隠居し、何やかやと道楽をして悠々自適の暮らしをしている。

「明日伊勢参りに出かけるのだが、供の若い者が、荷車から崩れ落ちた俵を受けて肋《あばら》を痛めて動けなくなってしまった。そういうわけで困っている。代りに行ってもらえまいか」

喜兵衛が困った顔をして言う。太三郎は、それどころではない。空店《あきだな》がまだ見つからないし、髪結いの親方のほうもなかなか話がまとまらない。

「急で悪いが、そなたしか頼む者がいない。何か障りがあってか」

伊勢参りと聞けば喜ぶだろうと思っていた喜兵衛は、返事をしない太三郎を見て困った顔をする。太三郎には切羽詰まった事情があるのだが、長い間世話になっている手前主の頼みを断るわけにはいかなかった。

「承知しました。お供をさせていただきます」

太三郎は、とっさにそう答えたが、心中、とんでもないことを言ってしまったと後悔した。

「よかった。そなたに断られたらどうしようかと思っていたところだ。明日の朝早く出るから仕度しておいてくれ。なに、仕度といってもたいしたことはない。身一つでよい」

念願の伊勢参りが叶うことになった喜兵衛は、心が騒ぐのを御《ぎょ》しかねているというようすであった。

太三郎が喜兵衛の供をして伊勢に旅立った日の翌日、勝智院に院代がやってきた。院代は、寺の事情を聞くために世話役を呼んだ。世話役は、長いこと院代と話しこんで帰っていった。一茶は、頃合いを見計らって庫裡に挨拶に出向いた。

「世話役さまからお聞きおよびかと存じますが、わたくしは、当院に間借りしている一茶と申します」

「お話は確かに世話役から伺いました」

院代は、五十代と思しき僧であった。

「先代の院主さまには大変お世話になりました」

「先代とは俳諧のご縁で昵懇《じっこん》になられたと伺いましたが、拙僧は俳諧のことは不案内でして」

院代は、にこりともせず、不愛想に言う。

「わたくしは、十五歳で奥信濃から出てきた椋鳥《むくどり》でございますから、俳諧といいましてもお恥ずかしい鄙《ひな》ぶりの句しか詠めないのでございます」

一茶は、ことさらに卑下を装い、作り笑いをした。

「ほう、奥信濃といいますと、善光寺のさらに奥ですな」

「さようでございます。善光寺から北国街道《ほっこくかいどう》をさらに北に行きましたところの柏原でございます」

「野尻のもっと先ですか」

「いえ、野尻宿の一つ手前の宿《しゅく》でございます」

院代は、一茶の故郷や実家のこと、江戸に出た経緯、先代との関わりのことなどをあれこれ聞いた。一方的に一茶の身上について聞くだけで、自分のことは何も語らない。挙句の果てに、話をするのは煩わしいと言わんばかりの顔をする。一茶は早々に退散しようと思ったが、どうしても確かめないではいられないことがあった。

「今しばらくここにいさせていただくわけにはまいりませんでしょうか」

院代は、一瞬顔をしかめた。

「拙僧は院代の身です。新しい院主が入られるまでのあいだ、当院のことを仕切り、支障なく新院主が入られるようにするのが拙僧の勤めです」

院代の言葉には追い出そうとする思いが滲んでいるように一茶には思われた。

「では、やはり出なければいけないということでございますね」

一茶にも都合がある。

「まあ、今すぐというわけでもありません。新院主が決ったら、ご意向を伺って差しあげましょう。もしかすると部屋を空けていただくことになるかもしれません」

一茶は、聞けば聞くほどに、ここに長く留まることは困難だということを思い知らされた。

一茶と入れ違いにかやが庫裡にやってきた。

「かやと申します。先代さまのお情けにすがってこちらに置いていただいておりました」

かやは頭を上げずに言った。院代は不愛想にかやを見た。

「先代さまのときは、お身回りのお世話をして差し上げておりました。これから先も同じように院代さまのお身回りのことをさせていただくということでよろしゅうございましょうか」

かやは頭を下げたまま言った。

「しばらくのあいだはそれでよい。だが、先のことは今のところ何とも言えない」

すぐに追い出されることはなかったが、かやは突き放されたような気にさせられ、うそ寒い思いで庫裡を出た。

その翌日、庫裡に一人の男がやってきた。

「院代さま、ちょっくら話してえことがあるんだども、聞いてもらえねえですか」

文台に向って筆を執っていた院代が外に立っている男を見た。月代《さかやき》も髭も伸び、顔は真黒で、着ているものは継ぎはぎだらけである。

「話したいことというのは何だね」

院代が聞いた。

「ここではちょっと」

男は、辺りを窺うように見回した。院代は不審に思ったが男を庫裡に上がらせた。

「あっしは茂作といいますだ。先々代の時から、ここに住みこんでおりますで、寺のことは大方分かっておりやす。ひとつ院代さまのお耳に入れておいた方がいいと思うことがありますんで参ったしだいです」

茂作は、ぺこぺこ頭を下げ、上目遣いで院代の顔を窺いながら言った。

「話してみなさい」

院代に促されて茂作がぼそぼそと話し出した。

「ほかでもねえんですが、下部屋に飯炊き女が親子で住み込んでおりやす。この女がけしからん女でして、男を通わせているんでごぜえます、はい」

「その女には亭主はいないのか」

院代が男の心底を窺うようにきつい目で言った。

「へえ、後家でごぜえます」

茂作は、いっそう頭をぺこぺこ下げながら言う。

「先代の院主はそれをご存じだったのか」

「へえ、ご存じだったと思います」

「ご存じでそのようなことを許しておくはずがなかろう」

院代が茂作を睨みつけた。

「院代さまのおっしゃることがごもっともと、あっしも思います。へえ、ごもっともでやすとも。あっしは、院主さまがどうしてあのようなふしだら女を置いておかれるのかと、ずっと不満に思っておりやした」

茂作は、長年、寺男として勝智院に仕え、境内の納屋の横にある小屋に住んでいる。小屋は狭く、冬は寒く夏は暑い。自分よりも後からやってきたかやが下部屋に住んでいるのが妬ましく、いまいましくてならない。この機に乗じて首尾よくかやを追い出せば、むさくるしい小屋から抜け出して下部屋に移れるかもしれない。茂作はそう考えたのだった。

「それがほんとうならここに置いておくわけにはいかない」

院代はけわしい顔をして言った。院代を十分に怒らせることができたことに満足した茂作は、なおも頭をぺこぺこさせて、庫裏を出ていった。

院代は、真偽のほどを確かめるべく、世話役の家に向った。

「これはこれは院代さま、わざわざお出向きいただき恐縮に存じます」

世話役は院代の突然の来訪に当惑し、何事かといぶかしみながら客間に案内した。

「ひとつ聞きたいことがありましてな」

院代が単刀直入に言った。

「何でございましょう」

世話役は、何かおのれの咎《とが》を問われるのではないかと恐れた。

「下部屋に後家が入っていますな」

「はい、かやと申す女が子供と二人で住んでおりますが。その女がどうかしましたか」

世話役は、おのれに関わる話でないと分かり、安堵《あんど》した。

「そのかやとやらは、どんな経緯があって下部屋に入っているのですか」

世話役は事情をよく知っているのでありのままに話した。

「下男から聞いた話ですが、その女の所に男が通っているというのはほんとうですか」

院代はあたかも訊問するかのような口調で言う。

「それはほんとうです。一茶先生の縁《ゆかり》の者とかいうことで、よくやってきます」

院代の質問の意図が分からず、世話役は当惑した。

「その男がどういう者かということではありません。後家が男を通わせているというのは、いかなる理屈をつけても咎を免れません」

院代の表情も言葉もますますけわしくなるばかりなので、世話役はまたおのれが責められているのではないかと勘違いした。院代はそれから二つ三つ院のことを聞いて帰っていった。

院代はその足で下部屋に向った。部屋ではかやがひとりで縫物をしていた。

「ご免よ。話があるのだがよろしいかな」

やってきたのは院代だと分かると、かやはあわてて上がり口に出て床に頭をつけた。

「むさくるしいところで恐縮ですが、どうぞお上がりになってくださいまし」

「では、遠慮なく」

院代がさっさと下部屋に上がった。

「かやさんと言われましたな。すまんがここから出てもらいたい。今すぐにと言っても困るだろうから、しばらくは猶予《ゆうよ》する」

かやは、昨日の院代のようすから何となくそう言われることを予想はしていたものの、昨日の今日という話にうろたえた。

「そのわけは、その胸に手を当てて考えれば分かりましょう」

かやが怪訝そうな顔をするので、院代は薄ら笑いを浮かべて言う。

「そのわけとはどういうことでしょうか」

かやは自らを省みても思い当ることはない。

「さて、後家の身でありながら男を通わせることは、咎められるべきことではないとのお考えですかな。ご自身がどう考えるかは勝手ですが、世の中に通らないことは咎です。咎ある者は院に置くことは出来ません」

かやは、ようやく院代が言わんとしていることが分かった。何者かが、太三郎を自分の情夫だと吹き込んだのに違いない。かやは自分が窮地に追い込まれているということにようやく気がついた。太三郎は情夫でないと百万言を費やしたとて、院代は信じないだろう。そう思うと闇に突き落とされたような気になった。

「よろしいかな。猶予は一月としよう」

院代は一方的にそう言い残して出ていった。

数日後、一茶は両総方面へと旅に出た。そして、かや親子が勝智院を出ていったのは、それから十日ほどあとのことだった。

太三郎が伊勢参りから帰ってきた。江戸に着くと、真先に勝智院に向った。だが、下部屋には誰もいなかった。それればかりか、部屋は空っぽだった。何もかも掻き消されたようになっている。太三郎は、夢を見ているのかと目を疑った。だが、目をこすって見てもやはり誰もいないし何もない。太三郎は、わけが分からず茫然自失のまましばらく立ち尽くしていた。それから我に返り、一茶が間借りしている部屋に行ってみた。だが、一茶は留守だった。仕方なく院を出ようと廊下に出ると見知らぬ僧に会った。院代だった。

「どなたですかな」

院代が不審そうに太三郎を睨みつけた。

「一茶先生の縁の者です」

「一茶さんなら旅に出られました」

太三郎と院代は、たがいに探るように見つめあった。

「新しい院主さまでしょうか」

太三郎が言った。

「院主ではなく、院代です」

院代がぶっきらぼうに答えた。

「向こうに、かやさんと小さな子供がいたはずですが、ご存じありませんか」

太三郎が聞いた。すると、院代の目にあからさまな侮蔑の色が差したが、太三郎はそのことに気づかなかった。

「親子です。子供は、五歳の女の子です」

すっかり取乱してしまった太三郎を、院代は冷ややかな目で見た。

「あの親子なら出ていきました」

院代は突慳貪《つっけんどん》に言う。

「どこに行ったか知りませんか」

太三郎がすがるように聞く。

「あの親子がどこに行こうと拙僧には関わりのないことですから、こちらから聞きもしなかったし、向こうも言いはしなかった。とにかく、あの親子はもうおらぬゆえ、無闇にここへはお立入りなさらぬようによろしいですな」

院代はそう言うと庫裡の方に行ってしまった。

それから四、五日経って、一茶が下総の旅から戻ってきた。一茶は、世話になっているかやのために土産を持って帰ってきた。さよがいつも土産を楽しみにしているので、これも用意してある。一茶はさっそく下部屋を訪れた。厨の土間に面して下部屋がある。だが、そこは戸が閉まっていて人の気配がない。厨では院代が連れてきた小僧が夕飯の支度をしているところだった。

「ここにいた親子がいないようだが」

一茶が小僧に声を掛けた。

「あの親子なら出ていきましたよ」

小僧は事も無げに言う。

「出ていった。どこに行ったか分かりませんか」

「さあ、どこへ行ったのか知りません」

小僧はすげなく言う。

「もう帰らないのですか」

「それも分かりません」

「いつ出ていったのですか」

「さあ、かれこれ二十日にはなりましょう」

「それでは、わたしが旅に出てからすぐですか」

「そうなりますかな」

小僧に話をしても埒が開かないので、一茶は庫裡に行って院代にかやとさよのことを聞いたが、やはり小僧と同じことを言った。むしろ、院代の方が小僧よりも冷淡だった。

それから数日後、一茶が外出先から帰ってくると、院の前に太三郎が立っていた。太三郎は、一茶を見かけると駆け寄ってきた。

「先生、いつお帰りになったのですか」

太三郎は何やら落ち着かないようすだ。

「どうしたのだ、こんなところで」

「たいへんです。かやさんとおさよちゃんがどこかへ行ってしまった」

太三郎は今にも泣きだしそうだ。

「そのことは院代から聞いた。それより、いったいなぜこんなところに立っているのだ。中に入って話そう」

太三郎が院の門前で自分の帰りを待っていたらしいことが一茶には不審だった。

「院には立ち入らないようにと、院代から言われたんです」

太三郎が泣きつくように言う。一茶がわけを聞いてもいっこうに要領を得ない。

「なんて愚かだったんだ。伊勢に行く前にかやさんに話してさえいれば、こんなことにはならなかったんだ」

太三郎は自分を責めて拳で頭をたたき続けた。

「かやさんはきっと追い出されたんだ。あの院代は、血も涙もない朴念仁《ぼくねんじん》だ」

太三郎は、矛先を院代に向けると、目をむき出して歯ぎしりをした。怒《いか》る太三郎を見、院から追い出されたかやのことを思っていると、一茶は我が身にも火の粉が降りかかってくるような気がしてにわかに不安になった。

それから一月ほど経って、一茶はまた下総《しもうさ》の旅に出た。馬橋の斗囿《とゆう》宅に二三日逗留し、そこからいつものように流山の双樹のもとに向った。双樹のところに寄ると両吟で歌仙を巻くのが常だった。それから利根川を船で上り、布川の月船宅に行く。月船は一茶のために離れまで用意してあったのでそこが定宿になり、つい長逗留した。だが、この度は双樹宅で洪水に遭った。一茶と双樹は、洪水のさ中に歌仙を巻いた。だが、利根川の船が出なかったので月船宅まで行くことが叶わず、一茶は江戸に戻った。そして、その日のうちに成美亭を訪れた。旅に出る時は、成美から路銀をもらうので、旅から帰るとまずは成美亭に行く。旅に出られない成美は、一茶の旅の土産話を何よりも楽しみにしている。

「早いお帰りですな」

成美は、両総の旅に出ると一月は帰らない一茶が、半月も経たないうちに帰ってきたのをいぶかしく思った。

「流山で洪水に遭いまして、その先には行けずに帰ってきました」

「それは大変でしたな。この辺りも大雨が降ったけれどもさいわい洪水にならずに済みました」

「下総は、大雨のうえに暴風が吹き荒れまして、二尺あまりも水に浸かってしまいました。なんでも、根《ね》本《もと》という村の圦樋《いりひ》が切れて利根川の水が氾濫したようなのです」

「それで船が出なかったわけですな」

一茶が道中の出来事のあれこれを話すと、成美は面白そうにそれを聞いた。ほどなく、女中が馳走を運んできた。腹を空かしていた一茶は、包みの中から句日記帳を出して成美に差し出すと、出された料理を食べ始めた。成美は、一茶の句日記帳を手に取ると貪るように読んだ。料理をまたたく間に平らげた一茶は、我に返って成美の顔を窺った。成美は、句日記帳を読みながら、うなずいたり、笑ったり、うなったりしている。

「〈魚どもの遊びありくや菊の花〉」

成美が一句を読みあげた。

「人が途方に暮れている一方で、畑が魚どもの天下になったわけですな。笑うに笑えないが、やはり笑わずにはいられない」

成美が声を上げて笑った。成美は一茶の句日記帳を見るのが楽しみで、一茶は、句日記帳を読んでいる成美の顔を見ているのが楽しみだ。

「〈秋の風乞食は我を見くらぶる〉」

成美がまた句を読みあげて捧腹《ほうふく》した。

「一茶さんを見て、まさか乞食が自分のほうがまさっているなどと思ったりはしないでしょうな」

成美がなおもおかしくてたまらず、笑って言う。

「ところが、わたしを見て、自分を見て、それからまたわたしを見て、なんとも憐れぶような目をするのですよ。いまいましいったらありゃしません」

「それはそれは、けしからぬ乞食ですな」

成美がまた笑う。

「乞食に負けたのでは、一茶先生の名が泣きますな。それにしても俳諧師一茶先生を知らぬとはいえ、同類の乞食だと思い込むなどもってのほか」

成美は、今度はそう言って怒った。

「わたしは乞食と思いこまれたことに腹を立てたのではありません。乞食は乞食でも、こちらはそんじょそこらの乞食とはわけが違う。北は陸奥《みちのく》から、西は筑紫《つくし》まで回ってきたんだ。こちらを憐れぶ前に、北の果てから西の果てまで回って来やがれ、と睨み返してやりましたよ」

一茶が啖呵《たんか》を切るまねをしてぽんと胸をたたいた。

「それでその乞食はどんな顔をしましたか」

成美が真面目な顔をして聞いた。

「にやりと笑って通り過ぎていきました」

一茶が笑って答えた。

「燕雀安《えんじゃくいずく》んぞ鴻鵠《こうこく》の志を知らんや、というところですな」

成美がうなずいて笑った。

ある日、院代に仕える小僧が一茶の部屋にやって来て、話があるので庫裡に来てほしいという院代の言葉を伝えた。一茶が庫裡に行くと、院代は落雁《らくがん》を添えて茶を出した。それから二つ三つ世間話をしたあとで言った。

「十月に新しい院主が来ることになりました。そういうわけで拙僧はここを出ます。そこでお話といいますのは、まことに申しあげにくいのですが、ここからお引き払いをしていただかねばなりません。拙僧もできるだけのことはしたつもりですが、何しろ新院主の強い意向でして」

一茶は、そうなることを大方覚悟していたので驚きはしなかった。院代が骨を折ってくれたらしいことに懇《ねんご》ろに礼を言って庫裡を出た。

一茶は、その日、本船町《ほんふなちょう》の祇兵を訪ねた。祇兵は一茶園月並の取次所になっているので、送られてくる句と入花料《にゅうかりょう》を受け取るために祇兵宅を訪れる必要があった。

「よくぞご無事で。利根川が決壊して、下総は大勢人が死んだと聞きましたから心配していたのですよ」

祇兵は、事情があってしばらく随斎会の月並会を欠席していたので、一茶が旅を中断して江戸に戻っていることを知らなかった。

「流山で洪水に遭いましてね。あの辺りでも田んぼも畑も二尺あまり水に浸かってしまいました。数日水が引くのを待ってほうほうの体で江戸に戻ってきました」

「それはそれはたいへんでしたな。何はともあれ、ご無事で何よりでした。さいわい、句の締め切りが洪水の前でしたからいつもの数は送られてきました」

祇兵は、取りまとめてあった句と入花料を差し出した。

「ところで、どこか空《あ》き店《だな》はありませんかな」

一茶は、祇兵から受け取ったものを懐に入れて言った。

「引越しをなさるのですか」

「実は、今日、院代から立ち退きを言い渡されましてね。新しい院主が入るから部屋を空け渡してほしいということです。まあ、勝智院にいられたのも白布さんのご厚意でしたから、人が変れば事情も変るということで致し方のないことです」

「新居はやはり日本橋の辺りがよろしいでしょうな」

日本橋界隈《かいわい》は何といっても江戸の中心で、俳諧宗匠もこの辺りに多く住んでいる。

「いや、わたしは深川から離れたくないのです。どこかいい空き店がないか捜してみるつもりです」

一茶は、繁華な江戸の町中《まちなか》よりも、鄙《ひな》びた趣のある深川が好きだった。

「深川は芭蕉翁《ばしょうおう》も愛されたところですからね。それに成美先生もいらっしゃいますから」

祇兵は、一茶が引越しをすることをひそかに喜んだ。一茶から、間借りの身で不都合があるとの理由で一茶園月並の取次を頼まれている。だが、それを続けるのも何かと煩わしさがつきまとう。一茶がどこかの長屋に落ち着けばその煩わしさから解放される。

一茶は、随斎会の連衆《れんじゅ》にも空き家を捜している旨を話したが、なかなか目にかなうところは見つからなかった。それからしばらく経ったある日、勝智院の一茶のもとに祇兵がやって来た。

「空き店が見つかりましたよ」

祇兵が入ってくるなり声を張り上げた。

「先ほど所用があって本所に行ったのですが、竪川《たてかわ》沿いに歩いておりますと、空き家ありという札を下げている家がありました」

「どこですか」

一茶も思わず声を上げた。

「相生町《あいおいちょう》ですよ」

「相生町なら目と鼻の先のようなもの。ありがたい」

「善は急げ。今すぐに見に行きましょう」

祇兵に急かされて、一茶もその気になった。道すがらの垣根には山茶花が咲き始めていた。祇兵は、材木《ざいもく》蔵《ぐら》を過ぎて竪川《たてかわ》の橋を渡ったところで左に曲った。

「ここを曲るのですか。この道はめったに通りません。成美先生のところへ行くときは、いつも亀戸天神の手前を曲っておりましたから」

「わたしもこの通りはめったに通りません。それ、そこですよ」

ほどなく空き家に着いた。それは竪川に面した一軒家だった。家の前には溝があり、水が流れていた。貸家のすぐ隣が家主の家だった。家主は日吉太兵衛《たへえ》という五十恰好の男だった。家主は、大きな板についた鍵を持って一茶と祇兵を案内した。貸家の前には山茶花の垣根があり、赤い花が咲いていた。垣を入ると狭い庭があり、梅の木や矢竹《やだけ》があった。梅の木の下には葉蘭《はらん》が生えている。

「いいですなあ」

一茶は、庭付きの貸家がすぐに気に入った。

「どうぞ中をご覧になってくださいまし」

家主が表の鍵を開けた。部屋に入ると、壁紙は汚れ、障子紙が破れていた。閉め切ってあった室内には、前の住人の暮らしの臭いが籠っていた。

「ずいぶん荒れていますなあ」

祇兵がぐるりと部屋の中を見回して顔をしかめた。

「女房に死なれた浪人親子が住んでいたんですがね、急に国に帰ると言って、十日ほど前に出ていったばかりなんです」

家主は、借主だと勘違いして手揉みしながら祇兵に向って言った。

「借りるのはわたしではありません」

祇兵がそう言うと、家主は値踏みするような目で一茶を見た。

「気に入りました。ここを借りることにきめます」

家主は、一茶に家族のことや仕事のこと、それに国元のことなどを聞いた。祇兵の助けもあって、一茶はその貸家を借りることになった。

「それで、いつからお入りになりますんで」

家主が言った。

「来月の下旬あたりに越します。わたしは旅が仕事でして、しばらく下総《しもうさ》を回ってきますので」

入るのが一月後と聞くと、家主は不満げな顔をした。一茶がすぐに越すことができないのにはわけがある。家を借りるには金が要るし、所帯道具も揃えなければならない。それらを調達するために、下総を回ろうと考えたのであった。ともあれ、勝智院を追い出された一茶は、さいわい近くに新しい住まいを得た。

「この先の茶店で一服しませんか」

家主と別れたところで一茶が言った。

「いいですな」

川沿いに両国に向って歩いていくと、ほどなく堅川は隅田川に合流し、通りが賑やかになる。二人は並んで茶店の露台に腰掛けた。火点《ひとも》し頃にはまだ早いが、滔々《とうとう》と流れる川面を船が忙しく行き交う。空に大きな弧を描く両国橋は、終日おびただしく人が往来する。暮れかかる橋の上も賑やかだ。

「いい借家が見つかってよかった」

一茶が両国橋を眺めながら言った。

「一軒家というのがいいですな」

祇兵が煙草をふかしながら言う。

「庭までついているのだから、わたしには過ぎた家だ」

一茶も煙草に火をつけて深く吸った。

「それもこれも祇兵さんのお陰というものです。祇兵さんが見つけてくれなかったら、早々に他の借主が決ったでしょう」

「店賃も手ごろですからな」

そこへ、茶汲み女が茶を持ってきた。

「場所も適当だし、広さも人が会するのに不足はありません」

一茶は、旨そうに茶を飲んで両国橋を眺めやった。

橋見えて暮か丶る也秋の空

相生町の一軒家を借りる目途《めど》がついた一茶は、数日後に下総回りの旅に出た。いつものように、馬橋を経て流山の双樹宅を訪ねた。一茶は長いこと離れで待たされた。ようやく顔を出した双樹は仕事が立て込んでいるらしく、俳諧どころではないという顔をしている。

「一茶園月並が届くのを、いつも楽しみにしております。下総の人の入集が多いですね。そのせいか、親しみがあると言いますか、何となく励みになるところがあります」

双樹は、多忙に紛れて粗相をすることを恐れるかのように揉み手をして言った。

「両総の方々が、よく投句してくださいます」

双樹は、心ここにあらずというようすなので、一茶のほうも何となく取りつく島がない。落ち着かない双樹を見ているうちに、一茶は内心あわてた。今日双樹宅を訪れたのは、俳諧の交流よりも別に事情があったからである。

「実は、この度、勝智院を出ることになりました」

一茶が切り出した。

「旅にお出になられるのですか」

双樹が正気づいたように一茶の顔を見た。すぐに、一茶が以前六年もかけて西国を旅したことが頭をかすめた。

「いや、借家に移ることにしました」

一茶が家を借りて引越しをするのだと分かると、双樹は元気になった。

「して、どこへ越されるのですか」

「本所相生町の一軒家です」

「と申しますと、今いらっしゃるところからはお近くですね」

双樹は、いよいよ機嫌がよくなって、女中を呼んで茶菓の用意を命じた。

「さようですか。それはそれは、ようございました。成美先生のお宅も近うございますね」

「ええ、すぐ近くです。なにしろ、一軒家で、小さな庭もついております」

一茶が自慢げに言う。双樹は、我が事のように一茶の転居を喜んだ。

「つきましては、双樹さんにひとつ頼みたいことがありまして」

一茶が声を落して言った。

「何でございましょう。先生のお役に立てることでしたら何なりと」

双樹が嬉しそうに言う。

「恥ずかしながら無一物の身でして。ようやく所帯を持つことと相なりましたので、差し当たり所帯道具を揃えなければなりません」

一茶が言いにくそうに言った。

「そのようなことでしたらお安い御用で。何なりとご用命くださいまし。して、越されるのはいつでございますか」

双樹は、いよいよ上機嫌になって言う。

「今月の二十日には越そうと思っております」

「承知いたしました。それまでには間に合うように手配いたしますから、どうぞご心配なさらないでくださいまし」

引越の話が終ると、双樹はまた用事を思い出したらしく、落着かなくなった。一茶は、当てにしていたことが首尾よく運んだので双樹宅を辞した。

それから十日ほど経って一茶は勝智院を出て相生町の借家に越した。その日、太三郎と近くに住む耕舜《こうしゅん》が手伝いに来た。太三郎が越前屋から借りてきた荷車に家財道具を積んだ。家財道具といっても、布団、鍋とわずかな食器、盥、それに文台と筆墨の類《たぐい》のみなので、米を運ぶ荷車は空車《からぐるま》も同然だった。それに近いとあってあっけなく新居に着いた。

「おや、庭付きですか。結構ですなあ」

耕舜が盥《たらい》を抱えて垣の中に入ると庭を見渡して言った。太三郎は荷車から布団を下して家の中に運び入れると座り込んだ。一茶と耕舜が二度ほど荷物を運んで引越が終った。

「障子も壁もひどいなあ」

太三郎が部屋を見回して顔をしかめた。

「前の住人は男鰥《おとこやもめ》の浪人だったらしいんだ」

一茶も、部屋の傷みようが気になった。まだ家財道具らしきものがないため、よけい部屋の中が陰気くさい。それに外は時雨が来そうな空模様だ。

「明日、家財道具が届くことになっている。それを並べたら少しは所帯じみて見えるだろう」

一茶が言った。

「それにしても、この障子と壁はどうにかしませんと」

耕舜が言った。

「張り替えましょう。紙も糊も用意してきます」

太三郎がすかさず言った。これからは憚ることなくここに出入りできることが嬉しくてたまらない。障子を張り替えたいというのは、一茶のためというより、むしろ自分が快適に過ごしたいからである。

「張り替えましょう。わたしもお手伝いします」

耕舜もやはりこの部屋を快適にしたいという思いは太三郎と同じであった。

翌日、太三郎は障子紙の張り替えに必要なものを揃えてやってきた。そして、いそいそと糊を作った。まるで自分の所帯を構えるかのような意気込みだ。さっさと障子を外しては一茶に古紙はがしを命じた。

「よく湿らせてからはがしたほうがきれいにはがれますから」

太三郎は、どこで覚えたのか、なかなか手際がいい。一茶は、きびきびと動き回る太三郎におされておろおろするばかりだ。古紙をきれいにはがすと、太三郎は刷毛で糊をつけた。そして、一茶には任せられないと言わんばかりに自分で紙を張った。一茶は、手を出すすべもなく、太三郎が障子紙を張るようすを眺めていた。すっかり張り終えた障子を嵌《はめ》ると、部屋の中がうそのように明るくなった。

「気持ちがいいなあ。やはり、新しい障子を張った部屋はいい。まるで春が来たみたいだ」

太三郎が真中に胡坐《あぐら》をかいてぐるりと部屋の中を見回した。

「うむ、なかなかいいな。明るい」

一茶も満足げに部屋の中を見回した。

「この壁もどうにかしないと」

太三郎が、傷んだ壁を見て顔をしかめる。障子紙が真新しくなると、汚れて穴の開いた壁がどうにも気になって仕方がない。

「そのうちに紙を張ろうか」

一茶が言った。

「そのうちではだめです。そんなことではきっとこの壁はいつまでもこのままです。わたしが紙を用意します。用意が出来しだい張りましょう」

一茶は、太三郎の潔癖さにいささか閉口した。

昼近くになって、流山の双樹が送った家財道具を積んだ荷車が着いた。老いた車引きが荷物を下ろすのに難儀しているのを見て、太三郎が手伝って運び入れた。箪笥、茶箪笥、枕屏風、長火鉢がある。夜具も行燈《あんどん》もある。どれもみな新しい。台所の鍋、食器まで抜かりなく揃えてある。それらを一通り据えると、世間並みの住まいが整った。

「これはいい。うん、居心地がいいぞ」

太三郎が一茶よりも満足して悦に入っている。しばらくして棒手振《ぼてふ》りが回ってきたので太三郎が出ていって大根と牛蒡《ごぼう》を買った。ほどなく魚屋が回ってくると鯵《あじ》を買った。それから竈《かまど》に火を入れ、夕飯の支度にとりかかった。夕方に耕舜がやって来た。耕舜の住まいはすぐ近くになった。

「いやあ、すっかり整いましたなあ」

耕舜は、家財道具が揃った部屋を見回してしきりに感心する。

「お手伝いもしませんで失礼申した。この頃どうにも藪用が多くて。今日は今日で、手習《てならい》が引けたあとにさる家の親がいささか厄介な話を持ってきまして、それで遅くなったしだいです」

耕舜は、近くにいながら引越しの手伝いが出来なかったことを詫びた。

「お気遣いは無用ですよ。太三郎がいてくれたので、苦も無く引越が出来ました」

一茶が言った。

「どうですか。なかなかいい住まいができたでしょう」

太三郎が我が家を自慢するように言う。

「まこと結構なお住まいで。障子も張り替えたのですな。いやあ、やはり新しい障子は気持ちがいいですなあ」

耕舜が改めて部屋を見回した。

「ですが、やはりこの壁がどうにも汚くて」

太三郎がまた壁を嘆く。

「なに、新しい家財道具で隠れていますからいっこうに気にならない」

一茶は、障子と家財道具が新しくなっただけで十分満足である。

「いや、これも新しくしないと」

太三郎が目を剝《む》いて言う。

「壁紙を張る折にはわたしもぜひお手伝い申そう」

耕舜は、引越しの手伝いが出来なかったことの埋め合わせができることを知って嬉しそうに言う。

「それはありがたい、やはり壁紙を張るのは難しいですから」

太三郎はすっかり家の主になって、壁紙張りを取り仕切る気でいる。その日は、太三郎の手料理を三人で食べた。

「しかし、耕舜さんは手習がありましょう。壁紙張りはわたしと太三郎でやりますからご無理をなさらずとも」

一茶が言った。

「その日の手習は休みにしますから。なに、そのことはわたしの都合ということにして」

耕舜は、障子張りの手伝いをしなかったことの埋め合わせをしないことには気がすまなかった。

「それならぜひお願いします。やはり耕舜さんのお力を借りないことには心許《こころもと》ないですから」

太三郎はまるで一茶の手を当てにしない。

一茶の新居が定まると客人が訪ねて来るようになった。遠くから一茶を慕って来る者もいる。耕舜は、近くに住んでいるにもかかわらず、俳諧談義をしているうちに夜が明けてそのまま泊ってしまう。太三郎は相変わらず一茶宅に入り浸っている。

時雨が来た。一茶は、寒さを厭わず障子を開けて外を眺める。梅の木はすっかり葉を落として寒々と立っている。一叢《ひとむら》の矢竹は、色が衰えることもなく、ひっそりと動かない。時折すずめが飛んできて矢竹の茂みの中に入ってひとしきり鳴く。門前の生垣の山茶花は時雨に打たれていっそう色鮮やかだ。垣の外を傘が忙しく通り過ぎていくのが見える。堅川の水面は見えないが、行き来する船の櫓の音が聞こえる。一茶は、時を忘れて時雨の景色を眺める。

見なじまぬ竹の夕べやはつ時雨

夜になっても時雨は止まない。一茶は、双樹が送ってくれた新しい夜具にくるまっていると、ある遠い記憶が甦ってくる気がした。心地よい温もりと甘い匂い。それは母の記憶だ。母が死んだのは三歳の時だから、顔も声も覚えていない。だが、感覚は今なお母の温もりと匂いを記憶している。一茶は、しみじみと幸せを感じた。明かりを消すと、矢竹に降る時雨の音が聞こえる。一茶は、しばらく耳をそばだててその音に聞き入った。

寝《ね》始《はじむ》る其《その》夜《よ》を竹の時雨哉

それから数日後、太三郎が壁紙を調達してやってきた。来るや否や、手際よく糊を作った。耕舜もやって来た。太三郎と耕舜は息が合い、二人でさっさとやる。壁際に置いてある家具類を二人で掛け声をかけては反対側に寄せる。太三郎に言われるままに、一茶が刷毛で壁に糊を塗る。太三郎は、もっと薄く塗れとか素早く塗らないといけないとか小うるさく指示する。糊を塗り終えたところに、太三郎と耕舜が二人がかりでていねいに皺《しわ》を伸ばして紙を張りつける。半日かけて紙張りが終った。家具類を元に戻すと、外は時雨模様の空だが、室内は見違えるばかりに明るくなった。

「結構な新所帯《あらじょたい》が出来ましたなあ。一茶さん一人にはもったいない。早くいい嫁さんをもらわないと」

耕舜が屈託なく言う。しかし、一茶と太三郎にとってその言葉は微妙であった。一茶が江戸で所帯を持つということは現実離れしている。心の底では常に柏原に帰ることを思っているからだ。太三郎は太三郎で、ほぼ手中にしていた新所帯を自らの手抜かりで失ったという悔恨がある。二人のそのような心の内を知るべくもない耕舜は、一茶が新居を構えたことが嬉しくてならない。

「我々にとりましても、一茶さんが新居を構えられたことはやはり喜ばしいですなあ。心置きなく、いつでも伺うことができますから。そうでしょう。太三郎さん」

黙っている太三郎に向って耕舜が言う。

「ええ、もちろんです」

太三郎が我に返ったように答えた。

その夜、一茶は文台に向って日課になっている句日記を書いた。虎落笛《もがりぶえ》と矢竹の音がする。それを聞きながら、一茶はこの春に詠んだ句を思い出す。

一日もわが家ほしさよ梅の花

あの日、太三郎がやって来て帰郷の話をした。それからかやと所帯を持つという話をした。太三郎は幸せそうだった。一茶は、無宿の我が身を思い、所帯はともかく、家を持つことを渇望したのだった。それが叶った。梅の木まである。三尺店《さんじゃくだな》ではあっても、一家を構えることができたのは、一茶にとっては無上の喜びである。

翌日も太三郎がやって来た。太三郎はまめで、何やかやとやってくれるので一茶にはありがたい。ことに料理が好きらしく、手ずから食材を調達しては料理をする。物ぐさな一茶にとってはこれもありがたい。

「かやさんとおさよちゃんはどうしているかなあ」

炬燵で足を温めながら太三郎が言う。

「二人ともきっとどこかで元気に暮らしているさ」

文台で書きものをしている一茶が言う。

「そうだといいがなあ。おさよちゃんは元気かなあ」

伊勢に行く前に、なぜ所帯を持とうと言わなかったのか。あの時はいい夢を見ていた。夢といっても、覚束ない幻ではなく、すぐに手の届く、明るい確かな希望だった。太三郎は、それを失ったあとしばらくは堪えがたい悔恨と未練に雁字搦《がんじがら》めにされて身動きできないでいたが、一茶が新居を構えたことにより、少しずつ動きだす力が出てきた。

「居候はやめると言っていたが、これからどうするつもりなのだ」

太三郎は、まだ越前屋に居候している。

「越前屋を出ます。どこか裏長屋でも捜して移るつもりです」

「それでこれからはどうする」

「俳諧をやります。本腰を入れてやるつもりです。ですから、ぜひご指導をお願いします」

太三郎はいつになく真剣だ。江戸に出て間もなく一茶の門人になり、二竹という俳号まで持ったのだが、俳諧の指導を受けようとする熱意はなかった。

「それは結構なことだ。俳諧に精進するがいい。句が出来たらいつでも持ってくるがいい」

一茶は、太三郎がいつまでも越前屋の主人の太鼓持ちをしているのを見過ごしているのはどうにも後ろめたい。太三郎の実家の平湖から、くれぐれも面倒を見てくれるようにと後見を依頼されているからだ。

太三郎は、ほどなく堀江町に裏長屋を見つけてそこに移り住んだ。かやと所帯を持つことは実現しなかったが、春に帰郷して実家との間に取りつけた金銭上の援助までは失わなかったので、当面は困ることがなさそうだ。

数日経って祇兵が一茶宅にやって来た。祇兵はこの借家をたまたま見つけて一茶に話し、二人で下見をした。そのときは家の中が空っぽだったので壁の汚れや穴まで見えた。だが、障子紙と壁紙があたらしくなり、見違えるほどに部屋の中が明るい。おまけに新しい家具類が置かれているのを見て、一茶には不釣り合いに思われた。

「驚きましたなあ。あの空き店とはとうてい思えませんな」

祇兵は、心底《しんそこ》感心して言う。

「耕舜さんと太三郎が手伝ってくれまして」

一茶は茶を沸かして出した。

「庭の梅も、春が待ち遠しいですな」

祇兵が茶をすすりながら言う。

「それにしても、庭付きの家とはうらやましいですな」

祇兵は、日本橋の狭い裏長屋に住んでいる。

「そこが深川のいい所ですよ」

「いかにも」

しばらく茶を飲みながらよんどころのない話をしたあとで、祇兵は持参した包みに懐から取り出した巾着を添えて一茶に差し出した。

「これが入花料で、こちらが投句です」

「いつもながらお手数をおかけして恐縮です。この度の投句はいかがでしょうかな。どうも変哲のない句が多いと点を付けるのも退屈でしてな」

一茶が包みを収めて言う。

「ところで、新居を定められたことですから、わたしが引き受けている取次は一茶さんご自身でなさったほうがよろしいでしょう」

祇兵は、一茶園月並の取次を引き受けはしたものの、何かと煩わしく、取次代行を返上したいところであった。祇兵に取次を頼んだときの一茶のわけの一つは、住所が定まっていないということであった。今はしっかりした住まいが出来たのだから、祇兵にしてみれば面倒な取次を代行する理由はなくなった。そもそも祇兵が空き店を見つけて紹介したのも、善意からというより一茶園月並の代行を返上したいからであった。

「いや、いや、それは従来どおり祇兵さんにお願いしたい。日本橋は何かと便利ですし、取次所が変るとなりますと諸々《もろもろ》支障を来《きた》しますから。それに、わたしはどうにも煩雑な仕事には不向きでしてな」

一茶が屈託なく笑い、臆面もなく本音を吐いた。一茶が住居が定まらないから取次を頼むと祇兵に言ったのは嘘だった。投句をまとめたり、入花料を勘定したり、月並の刷物《すりもの》の手続きをして、それが出来れば発送する。なかなか手間がかかる。一茶はそのような煩わしいことは苦手であったし、物ぐさなところもある。祇兵の手無くしては一茶園月並を続けていくことはとうてい叶わない。一茶があからさまに、しかも当然のことのように取次の返上を拒否したが、祇兵はあきれ、不満に思いながらも一茶の意をひるがえさせることはできなかった。

一茶は、随斎会の月並会に出た。その日も多くの連衆が集って、いつものように世間話を始めた。誰かが瓦版に出ていた露西亜《ろしあ》船のことを話しはじめると、その話で持切りになった。

「今度連れてきたのは仙台藩の津太夫とかいう人物らしいですな」

「仙台から露西亜まで漂流するとは驚きますな」

「十二年前にやはり露西亜から送還された光太夫とやらは、伊勢の白子《しろこ》から出た船だとか言いますよ」

「あの船は駿河湾沖で暴風に遭って露西亜まで漂流したと言いますな」

「しかし、何ですな。露西亜がわざわざ数人の漂流民を送還してくるのも単なる善意とばかりは言えないようですな」

「そうそう、それと引き換えに開国を要求しておりますからな」

「お上も苦しいところですな。自国の民を助けたうえに遠路連れてきて引き渡すと言われたのでは、おいそれと追い返すわけにもいきませんしな」

「光太夫の時は、老中定信さまが開国にむしろ前向きで、露西亜船に信牌《しんぱい》まで与えました。しかし、その定信さまも老中職から追われてしまいましたからな」

「この度、露西亜船が長崎に来たのも、あのときにお上が示した開国の約束の履行を迫るためだといいますな」

「お上は、そう簡単に開国に応じるとも思われませんな。今の老中さまはいずれも守旧派だと言われますから」

「しかし、自国の民を助けたうえにわざわざ送還したというのに、かつての約束を反故《ほご》にしてにべもなく追い返したのでは、露西亜は本気で怒るでしょうな」

「さてさて、お上も難しいところですな」

「先の根室と違って長崎ですからなあ。聞くところによると、亜米利加《あめりか》も英吉利《いぎりす》も開国を迫ってくると言いますからな。お上もどこまで祖法を守れるか」

連衆は、露西亜船のことについて喧々《けんけん》と論じあった。異国船談義が一通り終ったところで耕舜が一茶に言った。

「ところで、一茶さんは、西国の旅をされたとき、長崎までいらっしゃいましたね」

連衆がいっせいに一茶のほうを見た。

「十年も前のことです」

一茶が西国の旅に出たのは寛政五年（一七九三）三月、三十歳のときである。その年に京坂、四国を巡って冬に九州に渡り、長崎で新年を迎えた。

「長崎は唐人館も阿蘭陀館《おらんだかん》もあるそうな。町には異人たちが闊歩しているのでしょうな」

乙因《おついん》が身を乗り出して聞く。

「唐人は自由に町の中を歩きますが、阿蘭陀人はめったに町に出ません。彼らは島に住んでいて、そこから出てはいけないのです」

「出島というのがその島ですな」

梅夫《ばいふ》も身を乗り出す。

「阿蘭陀人はそこから出られないだけでなく、日本人もそこに入ることは許されません。入れるのは役人と許しを得た商人だけです。その外には丸山の遊女が入れます」

「丸山の遊女とな。さてさて、お上も粋《いき》な計らいをなさいますな」

太笻《たいきょう》が感心して言う。

「大方、お上の計らいというより、遊女を入れないなら大筒《おおづつ》を打ち込むと、紅毛《こうもう》から脅されたのでしょうな」

「いかにも」

そのことにはみな得心して笑った。

「紅毛は好んで肉を食うと言いますな」

耕舜が聞く。

「出島では食用の生き物をいっぱい飼っています。ですから、鶏や豚や牛の鳴き声が聞こえてきます。それればかりでなく、異様な臭いが町の中に漂ってくるのですよ。海風の強い日は吐き気がするほどです」

「出島は造られた島だといいますが、そんなに大きな島なのですか」

梅寿《ばいじゅ》が聞く。

「陸から橋一つでつながっているのですが、扇の形をしていて、立派な商館もあれば、異人たちの住まいもある、牛馬を飼うところもある。木が生い茂っているところもありますよ」

「町も村もあるのですな。それはもう立派な一つの国ですな。阿蘭陀国《おらんだこく》」

耕舜が遠くを見る目をして言う。

「長崎の人らは、目と鼻の先にいながら紅毛と会う機会がないのですな。それなら、江戸者の方が紅毛の顔を見ているということですな。毎年、カピタンが江戸にやって来ますからな」

太節が言う。

「それが、春になると阿蘭陀と長崎の者がはた合戦をやるのですよ」

「はた合戦。さて、どんな戦いをするのですか」

みながまた興味深げに一茶の話に耳を傾ける。

「陸と島の両方からはたを揚げて糸の切り合いをするのですよ。はたというのは凧のことです。阿蘭陀は屋根に上って高くはたを揚げますから、よく紅毛の姿が見えます」

「なるほど、人は外へ出られなくても、凧は自由に出られるというわけですな。して、紅毛の凧はやはり強いのでしょうな」

乙因が聞く。

「面白い話を聞きましたよ。初めの頃は阿蘭陀のはたの糸が強くて、長崎はどうしても勝てなかった。ところが、糸に細工がしてあるということが分かったのです」

「糸に細工を。さて、糸にどんな細工が出来るのでしょうな」

「なんでも、ギヤマンなるものを砕いて、それを糊で糸にくっつけていたのだそうです」

「それは姑息《こそく》な」

梅夫がいまいましげに言う。

「長崎の衆もそれが分かってからは同じように糸に細工したと言います」

「それでいい。で、一茶さんが見たときの戦いはどうでしたか」

梅夫がなおも聞く。

「いい勝負でしたよ。なかなか決まらない。阿蘭陀のはたの糸が切られて飛んでいってしまうこともあれば、長崎衆のはたが飛んでいくこともある」

一茶の話は、連衆の遥かな異国情緒への憧憬を駆り立てた。

やがて成美が選を終えた。その日の題は「初雪」と「木枯し」であった。成美は、一茶の二句に長点をつけた。

木がらしに三《さん》尺《じやく》店《だな》も我夜哉
はつ雪に白湯《さゆ》すゝりても我家哉

「この二句は、同工異曲の句ですな。いや、ほとんど同工同曲といっていい。しかし、それぞれに趣がある。日々句を作っていればこういうことはままあるものです。一つの心が持続していれば、折に触れそれが働きます。その心がつよいほどそういうことが起ります。しかし、物と事との出会いは一期一会。折ごとに新しい。俳諧の命はこの新しさにあります。木枯らしの句は、木枯らしを聞きながら新居を得た喜びを噛みしめている。初雪の句は白湯をすすりながら新居を得た喜びを噛みしめている。心は同じでもどちらもそれぞれに新しさがあります」

成美は、常々連衆に「新しさ」を説いた。一茶は、食を摂るようにその言葉を聞いているので、それがおのずと血肉化している。一茶は、成美にその言葉で評価されたことで満足だった。

相生町の新居に移って一年が過ぎ、二年目の正月を迎えた。一茶四十四歳の年である。例年は、未明から待《まっ》乳《ち》山《やま》や洲《す》崎《ざき》などの初日の名所に出かける。昨年は住吉明神に出かけていい初日を拝むことができた。今年は曇っているうえに風がつよく吹いていたので家で正月を迎えた。一茶は、年が明けたからといって別段なすこともなく、炬燵《こたつ》に足を入れて背中を丸めている。外は風が吹き荒れ、庭の矢竹の葉擦《はず》れが悲鳴のように聞こえる。誰かがつよく叩くように、表の戸がしきりに音を立てる。だが、一茶にはそれらの音が聞こえない。頭の中は妙に静かで、とりとめのない想念が渦を巻いている。一茶はしばしばそれにとらわれていたが、やおら句帳を開き、筆を執った。

一日。朝曇、風吹く。

遊民〳〵とかしこき人に叱られても今更
せんすべなし

又ことし娑《しゃ》婆《ば》塞《ふた》ぎぞよ草の家

一茶は句帳に書きつけると、あらためて今書いたものを噛みしめるようにして読み、にやりと笑った。

それからしばらくして、表の戸を叩く音がした。一茶が聞き流していると、今度は人の声が聞こえてきた。

「先生、起きていらっしゃいますか」

女の声だ。一茶が急いで戸を開けた。そこに立っていたのは家主の女房のいとだった。

「寝ていらっしゃったのですか。何べんも戸を叩きましたのにお返事もなくて」

いとは、新年の挨拶より先に託言《かごと》を言った。

「それはそれは失礼いたしました。つい、ぼんやりしておりまして。それはそうと、明けましておめでとうございます。今年も何とぞよろしゅうお願いいたします」

一茶が腰を折って新年の挨拶を述べた。

「ご挨拶は後回しにして、すぐにおいでなさいまし。お雑煮の用意が出来たところですから。よろしゅうございますね。すぐにおいでくださいましょ」

いとは、そういうとあわただしく戻っていった。昨日の大晦日《おおみそか》に、明日は雑煮をご馳走するから来るようにといとから言われていたが、一茶はそのことを忘れていた。

家がすぐ隣ということもあり、一茶は家主の太兵衛と懇意になり、時折呼ばれていくようになった。太兵衛は俳諧をやらないが、諸国を巡り歩いている一茶と話をしながら酒を飲むのを楽しみにしている。酒を飲みながら聞いた話によると、太兵衛の先々代は郡上藩《ぐじょうはん》の藩士であったという。太兵衛はそのことが誇りであり、一方では今の自分が士分を離れて町人の身分であることが無念であるらしく、飲むとしばしば先々代の話をした。先々代が江戸詰めをしていた宝暦年間に郡上藩に一揆が起り、農民たちが江戸に出て老中に駕籠《かご》訴《そ》をした。それでも埒《らち》が開かなかったので目安箱に訴状を入れた。それが受理されて評定所で吟味が行われたという。一揆が起ってから足掛け五年を経て下された評定所の裁定は、藩にとっても農民側にとっても苛烈なものであったようだ。農民側の主だった者四名は獄門にされ、駕籠訴人《かごそにん》、箱訴人《はこそにん》の十名は打ち首、その他大勢の者が遠島、あるいは所払いの咎《とが》を受けた。一方、藩は改易に処せられた。それによって多くの藩士は浪人になったが、太兵衛の先々代は思いもかけない幸運で浪人になることを免れた。以前から出入りしていた両替屋に挨拶に行ったところ、主人から家主になってほしい旨を頼まれたのだという。ちょうどその頃、その両替屋は深川に土地を求めて貸家を建て、適当な家主を捜しているところだったらしい。

「まあ、先々代がたまたま両替屋に行って家主の口を頼まれることがなければ、日吉家はこうして代々家主を勤めることも叶わなかったわけです」

太兵衛は、いつも最後にはそう言って笑うのだった。

一茶はすぐに隣の家主宅を訪れた。家の中は暖かく、雑煮のいい匂いが立ち込め、座席にはすでに膳が用意してあった。

「さあさあ、どうぞお上がりになってくださいまし。どうぞどうぞ」

太兵衛は、一茶が来るのを心待ちしていたらしく、中に入るやいなや急《せ》き立てるように手招きした。一茶が家の中に上がり、家主と新年の挨拶を交わした。座席には漆塗りの立派な屠蘇器《とそき》が据えてある。太兵衛は銚子を手に取って一茶の盃に屠蘇を注いで勧めた。

「結構なお屠蘇でございますなあ。やはり高麗屋《こうらいや》さんのお屠蘇は天下一品ですなあ」

一茶は、台所で雑煮を作っているいとに聞こえるように大きな声で言った。いとの実家は高麗屋という屋号を持つ浅草の薬種屋である。屠蘇は、その実家で作られたものである。世辞ではなく、高麗屋の屠蘇は実際美味であった。

「香りが得も言われぬ芳醇さです。味もなかなかです。一杯いただいただけで十年は命が伸びる気がいたします」

一茶が最初の盃を飲み干してほめた。

「さあさ、ぐいとお飲みくださいまし。百歳まで長く生きられますように、どんどんお飲みくださいまし」

太兵衛は、一茶の盃になみなみと注ぎ、自分の盃にも注いだ。太兵衛は、酒が好きだが酒に強くはない。すぐ赤くなって酔いが回る。屠蘇を飲んでも赤くなってしまう。ほどなく、いとが雑煮を運んできた。

「どうぞお召し上がりくださいまし」

いとは、さっきとは打って変って慎ましやかに言う。朱塗りの椀から勢いよく湯気が立ち上っている。焼いた大きな切り餅が二切れ、それに焼き豆腐と里芋、小松菜が入っている。

「まことに贅沢なお雑煮ですなあ」

一茶が椀を持ったまましみじみと言う。

「贅沢だなどともったいないお言葉を。お粗末なお雑煮ですのに」

いとが口もとを抑えてほほと笑う。

「小松菜の青がわたしにとりましてはこの上もない贅沢です」

「小松菜が贅沢とな」

太兵衛も笑った。

「わたしの故郷では、正月に青物を食すことなど叶いませんから」

「なるほど。一茶さんのお国は信濃でしたな」

「信濃も奥信濃ですから、六尺も七尺も雪が積ります」

「まあ、七尺も雪が」

いとが思わず大きな声を上げる。

「ええ、家は雪に埋もれて昼もまるで光が入りません。それで一日中囲炉裏に火を焚きますから、人まで真黒に煤《すす》けてしまいます」

「それでは畑の物は何も手に入らないのでございますか」

江戸育ちのいとには、奥信濃の冬は想像だにできない。

「まあ、雪を掘れば大根や里芋、牛蒡《ごぼう》くらいはありますが、青物は」

「それでも正月にはやはり雑煮を食べられるのでしょうな」

太兵衛が聞く。

「雑煮は作ります。大根、人参、里芋、それに塩鰤《しおぶり》を入れて味噌味にしたものです」

「味噌味のお雑煮ですか」

いとがまた驚いて声を上げる。雑煮のあとにお節料理の重詰めが出された。いとの心尽くしのお節料理を食べながら、太兵衛と一茶は酒を飲んだ。一茶は聞かれるままに故郷の信濃の話をし、太兵衛は、郡上出身の先々代の話をした。それは何度も聞かされた話である。ことに郡上藩の一揆騒動については、まるで講談のように筋書きが決っている。

「郡上といいますと踊りが有名ですな」

一揆騒動の話はいささか聞き飽きている一茶は、別のことに話を振った。

「郡上踊りのことですな。あれもやはり一揆とかかわりがあるのですよ」

太兵衛は、どうしても一揆の話から転じようとしない。

「評定所からの厳しいご沙汰のあと、藩主の金森さまは改易となり、百姓たちも一揆勢と反一揆勢の対立のしこりが残ったままでした。金森さまのあとに青山さまが新たに藩主になられたのですがね、その青山さまが、ずたずたに引き裂かれ、荒《すさ》みきっていた郡上の人々の心を融和させようと盆踊りを奨励なさった。それが郡上踊りの始まりだと言われております」

太兵衛は饒舌だったが、どういうわけか家族のことについては何も語ろうとはしなかった。太兵衛やいとの話から察するに、息子が一人いるらしい。だが、それらしき者が訪ねて来たのを一茶は見たことがない。何か秘められた事情があるように思われて、一茶はそのことについて聞くのが何となく憚《はばか》られるところがあった。ともあれ、一茶は家主に招かれていくのは楽しみであったし、家主夫婦もまた一茶を招くのを楽しみにしている。

一茶は、家主宅を辞して自宅に戻ると、座右に置いてある句帳を手にとって書きつけた。

　　　隣へよばれて
　　君が世や よ所《そ》の膳にて花の春

ある日、太三郎が住む裏長屋に一人の男が越してきた。太三郎の筋向いに入った男は、その日のうちに挨拶にやって来た。

「手前は、久米三郎と申します。伽羅《きゃら》の油を商《あきな》っております。その外《ほか》にちょっとした小物なども扱っております。これはお近づきの印にどうぞ」

男は、そう言って持参した楊枝《ようじ》を差し出した。二十四五と思われる若者だった。髷《まげ》がきれいで、身だしなみもよく、どことなく芝居の役者を思わせる優男《やさおとこ》である。話をしている間、伽羅の油のいい匂いがした。数日後、太三郎が久米三郎を訪ねた。久米三郎が持ってきた楊枝がなかなか上等だったので、歯痛に悩まされている一茶に持っていってやろうと思ったからである。太三郎は、上がり口に腰を下ろした。二人は話しているうちにすぐに意気投合した。

「太三郎さんはどちらのお生まれで」

久米三郎が聞いた。

「奥信濃の柏原というところです」

「奥信濃」

「善光寺よりもっと北の、雪深い山国です」

太三郎は、あれこれと故郷の話をした。雪国を知らない久米三郎にとって、太三郎の話は何もかも面白かった。故郷のことを一通り話した後で、太三郎が聞いた。

「久米三郎さんはどちらのお生まれで」

生地を聞かれた久米三郎の顔が一瞬くもったが、太三郎はそのことに気づかなかった。

「江戸です」

久米三郎は言い淀んだが、太三郎は別段気に留めることはなかった。

「さようですか。生粋《きっすい》の江戸っ子なのですね。どうりで久米三郎さんは垢抜けしておられます」

太三郎が笑って言った。

「太三郎さんはやはり三男ですか」

久米三郎が話を逸らすように聞いた。

「いえ、実は長男です。実家は造り酒屋なのですがね、家業は弟が継いでいます」

「長男の太三郎さんがどうして江戸に」

久米三郎は、何か抜き差しならぬ事情があるのだろうと思ったが、太三郎が屈託なく話すのでそのわけを聞いた。

「わたしは能無しでして、それで親が早々に見切りをつけて江戸に追い払ったのです」

太三郎はそう言うと大きな声で笑った。

「というのは嘘でしてね。これは身から出た錆《さび》なのです」

「身から出た錆」

太三郎には何やら複雑な事情がありそうに思われて、久米三郎はその先を聞かずにはいられない。

「出奔ですよ」

太三郎があっけらかんとして言い放った。久米三郎は虚を突かれたように言葉を失って太三郎の顔を見た。

太三郎は、芝居役者のような久米三郎を前にして、講釈師になったような気分になって明専寺の未亡人との一件を語った。それを聞いているうちに久米三郎の目にあからさまな同情の色が表れた。すると、太三郎の中に羞恥心が湧いてきた。それればかりでなく、未練や悔恨や喪失感など、これまでに深く沈潜していたものが噴き出してきた。

「体よく故郷から逃げ出したというわけですよ」

太三郎は笑って見せたが、我ながら白けた。

「失恋で江戸に出奔されたというのは太三郎さんらしいですね」

久米三郎は太三郎を持ち上げようとしたのだが、かえって相手の傷口を広げることになった。

「弟が継いだことで家業は繁盛していることだし、わたしの出奔は桂屋にとっては大いにありがたいことであったということですよ」

太三郎は、何かを吹き飛ばそうとするように笑った。

「ところで、久米三郎さんの名前も三郎ですが、やはり三男ですか」

久米三郎は少し間を置いてから言った。

「わたしは正真正銘の三男です。しかし、二人の兄は夭折《ようせつ》しました」

それを聞いて、太三郎はようやく久米三郎にも何やらわけがありそうだということに気づいた。

ちょうどそこへ客が来た。水茶屋か小料理屋の女らしい中年の女だった。久米三郎は裏長屋に看板を出して伽羅《きゃら》の油と小物を売っているので、そういう女がよくやって来る。太三郎は女と入れ違いに久米三郎宅を出た。そして、その足で一茶宅に向った。

太三郎は、かやとさよが勝智院からいなくなったあと、すっかり消沈して何も手がつかなかった。ほぼ掌中に収めかけていた夢のような幸せを一瞬にして失った悲しみを癒すすべはなかった。居候をしていた越前屋の隠居の太鼓持ちをやっているのもむなしかった。かやと所帯を持ち、髪結いになるという目算も水泡に帰した。そのような太三郎を一茶は見かねた。故郷から出奔して江戸に出た太三郎が頼ったのは一茶だった。太三郎は、いちどは俳諧師になって身を立てようと考えたが、ふとしたことで越前屋の主人に気に入られ、居候の身になった。それからは主人の太鼓持ちをして遊び暮らすようになり、俳諧からは遠ざかってしまった。一茶は、糸が切れて空に舞い上がり、風にあおられて当てもなくさまよい、挙句のはてに地に落ちて壊れかけた凧を拾い、切れた糸を結び直そうと腐心している。

「先生、楊枝を持ってきました。筋向いに小間物を商う男が越してきましてね、挨拶代わりにもらったのですが、なかなかいい楊枝なのですよ。先生は、とにかく歯をお大事になさいませんと」

歯痛に悩まされている一茶にはありがたい手土産だ。一茶はさっそく包みを開けて楊枝を手に取ると、先端の部分を指で確めた。

「うむ、たしかにいい。やわらかいが腰はしっかりしている」

一茶は、楊枝を軽く歯に当てて満足そうだ。

「若い男でしてね、伽羅の油を商っています。そうそう、生れは江戸だと言っていました」

一茶は、太三郎の住む裏長屋に越してきた男のことなどどうでもよかった。

「どうだ、考えてみたか」

一茶が言った。

「月並会のことでしたら、わたしの考えは変りません」

太三郎はにべもなく言う。一茶は、太三郎に随斎会への入会を勧めているのだが、太三郎はいっこうに乗ってこない。

「俳諧は、一句《いっしゃく》にも足らぬ盃みたいなものだ。この小さな器を満たすことによっておのが心を言い尽す。詞と心があふれてはいけない。足らなくてもいけない。これがなかなかむずかしい。高みに達した者でなければ、あふれていることも足りていないことも、自分では分からない。だから独り善がりの句に落ちる。独り善がりの句は避けなければならなぬ。そのためには他者の目が必要だ。そなたもひとかどの俳諧師を目指そうとするなら、月並会に入って研鑽を積まなければならぬ」

一茶は、同じことを繰り返し言っているので、太三郎にとっては馬の耳に念仏だ。

「俳諧は剣術とは違うと思います」

一茶は、虚を突かれて茶をすすろうと口もとに持っていった湯呑を止め、太三郎の顔を見た。

「剣術は相手がいなければ稽古になりません。しかし、俳諧はひとりでも芸を高めていけるものだと思います。ひとりでというのは言い過ぎかもしれません。しかとした師について導きを受ければ、芸を高めることができると思います。さいわい、わたしは今、師に恵まれております。月並会などに顔を出さずとも、先生のご指導をいただければそれで十分です」

一茶は小さく溜息をついて肩を落した。

「句を持参いたしました。どうぞお目通しを」

太三郎が懐から懐紙を取り出して差し出した。

韋《ゐ》駄《だ》天《てん》のごとく正月去ってゆき

傀儡師《くぐつし》は傀儡の糸にあやつられ
水底の神橋渡る初詣
途絶えせで夢の浮橋冬の霧
冬の月見る人なしに二三文
女手《おんなで》のような筆跡で同じような趣向の句が十数句したためてある。一茶は一通り目を通したが、表情は動かなかった。太三郎は、趣向を凝らして練り上げた句に自信があったので、少しも興味を示さない一茶に不満であった。
「どれも不作なのでしょうか」
太三郎が不平がましく言う。
「そなたの句には風骨というものが感じられない」
一茶が突き放すように言った。
「風骨」
太三郎は合点しかねていっそう不満が募る。
「そなたは其角《きかく》の句風を舐《ねぶ》っているだけだ」
「たしかに其角の句は好きです。ですからあのような句を目指しています。それがいけないことでしょうか」
太三郎は憮然とする。

「先人から学ぶのは悪いことではない。むしろそれは肝要なことだ。だが、形だけをまねるのはよくない」

太三郎は、師は自分が其角に心酔しているのが気に入らないのではないかと思う。そう思うと反感が湧いてくる。

「おのれのうちに風骨がない句はむなしい。そういう句は造り花にひとしい。いかに巧みに造っても造り花は匂わないものだ。風骨は、外からさまざまな滋養を取り込んでおのずから花を咲かせるのだ。そのようにして出来た句は常に新しい。俳諧の命はこの新しさにあるのだ」

太三郎は、自分の句が打ちのめされたことで素直になれないどころか、ますます反感がつのっていく。

「其角は、案じて句を作り出すのを得意としています。わたしも、案じて、案じて、案じつくして句を作ります」

太三郎が反論した。

「それがいけないのだ。其角には人の及ばぬ風骨というものがある。そのうえ該博《がいはく》だ。本朝の歌、物語はもちろん、詩にも儒《じゅ》にも通じている。易も学んでいる。そのことを知らずに洒落風《しゃれふう》の形だけをまねるのは外《げ》道《どう》というものだ。たしかに其角の句は奇警なものが多い。だが、一方には細みの句もある」

一茶は、そう言っていくつかの句を挙げた。

蕣《あさがほ》にしばしこてふの光り哉
ちり際は風もたのまずけしの花
蟷螂の尋常に死ぬ枯野哉

初雪や門に橋あり夕間暮

帆かけぶねあれやかた田の冬げしき

一茶自身はといえば、じつは其角に惹かれるところがあった。俗に洒落風と呼ばれる伊達風流の句にも惹かれたが、洗練された細みの句によりいっそう惹かれるところがあった。太三郎は本気で俳諧の道を志しはしたものの、なかなか一茶の教えが浸透しない。句会に出るようにと誘ってみてもいっこうにその気にならない。一茶は、太三郎の句を読むたびに歯がゆさを覚える。

ある日、耕舜《こうしゅん》が一茶宅にやって来た。耕舜は、一茶が相生町に越してからは住まいが近いこともありしばしば訪れる。

「浅草海苔が手に入りましてな」

耕舜は、部屋に上がりこむや包みを差し出した。

「いつも相すみませんな」

耕舜は寺子屋をやっているので、親が何やかや物を持ってくる。束脩《そくしゅう》が払えないからと物を持ってくる親もいる。

「書見中でしたかな」

「お借りした周易本儀《しゅうえきほんぎ》を読んでいるところです」

一茶は、書を閉じて耕舜と向きあって座った。

「易はなかなか面白いですな」

一茶は、本格的に学問をするような環境に恵まれていたとは言いがたい。一方、武家に生まれた耕舜は早くから漢学に親しみ、豊かな素養があり、浪人の身となった今も多くの漢籍を蔵している。一茶にとって耕舜はたがいに随斎会の連衆であることから、俳友であり、ことに漢学の方面では何かと教えを請うていることから学問の師であるといってよい。

「おや、算木《さんぎ》と筮竹《ぜいちく》を揃えなさったのですな。一茶さんも易者になろうとでもお考えですかな。伊勢屋稲荷に犬の糞《くそ》と言いますが、これに易者も加えたほうがよさそうですな。今日日《きょうび》、江戸は売卜者《ばいぼくしゃ》が溢れておりますからな」

茶箪笥の上に置いてある算木と筮竹を見て耕舜が言った。

「易者になるつもりなど毛頭ありません」

一茶は、犬の糞と一緒にされたことでいささか気分を害した。

「いや、冗談、冗談ですよ」

耕舜は機嫌を損ねた一茶を見て、慌てて手と首を振った。

「易は、昔は神聖なものでした」

耕舜が煙草入れを出して煙管《きせる》に煙草を詰めながら言った。

「吉凶や豊凶を占うものでしたからね」

「いわば天命を聞くのが易でした。ですから、天下を治める者か、もしくは天下を争う者が天命を聞くために占いました。元弘二年、隠岐《おき》に流された後醍醐天皇は、翌年二月に島を脱出し、名和長年を頼って伯耆《ほうき》の船上山《ふなかみやま》にこもられた。側近たちはみな、朝敵がまだ畿内に満ちているため、しばらくは動かずに東国のようすを見るべきだと進言しました。後醍醐天皇はさすがに英断しかねたのでしょうな。『周易《しゅうえき》』を開いて京へ還るべきか否かを自ら占ったのです。その卦《け》に従って、天皇は迷わずに還御《かんぎょ》の道を選ばれました」

耕舜は、煙草に火を点けると口中でいったん味わうようにしてから深く吸い込み、ゆっくり煙を吐いた。

一茶も煙草を吸い始めた。

「たしかに易は御神籤《おみくじ》と変わらないほど身近なものになりましたなあ。猫も杓子も算木と筮竹のご託宣で自分の運勢を知ることができると信じていますからね」

「易が御神籤と変わらないものになったというのはあながち的外れではありません。卦辞《けじ》も爻辞《こうじ》ももとからあった御神籤の文句から作られているといいますから」

「なるほど、そうしますと易が神の声を聞くものだというのは正しいということになりますな。それにしても、分かってきますと易はまことに奥が深くて面白いものですな。少しばかり占いの仕方が分かってきましてね、それによっていろんなものが見えてくるのがまたたまらなく面白いのですよ」

「ほう、なんぞ占ってみましたか」

「実は、わたしは冬からいささか膝が痛み出しましてね。ともすると歩くのが億劫になることがあるのです。これでは旅もままならぬと思うと憂鬱でしてね」

「それは一大事ですな。それで、占ってみたということですな。ふむ、で、その結果は」

耕舜は、煙草を詰める手を止めて一茶の顔を見た。

「无妄《むぼう》の卦が出ました。これは、正しいことを行っていれば願いは大いに通るし、心が正しくなければ禍《わざわい》が起る、という意味のようです」

「なるほど、ごもっとものご託宣ですな」

「ご託宣に従って、しばらくは何事も自重することにしました。まあ、自重していればよくなるということですから、しばらくはそうすることにしました」

一茶は、周易本儀を読むうちにたちまち興味を覚え、熱心に筮法《ぜいほう》や卦辞と爻辞の解説を読みあさった。そうしているうちに占いをしてみたいという思いがつのり、勝手に他人のことを占ってはいい卦が出れば妬み、悪い卦が出れば同情し、憐み、ひそかに喜んだりもした。ともあれ、易を通して他人の運勢を覗き見ることが快感であった。自分のことを占うことは不安があったが、膝の痛みに勝てず、これを占ったのだった。

「耕舜さんは何か占いたいものはありますか」

一茶が聞いた。

「わたしは、易というものには興味がありません。というより、易そのものを信じないほうでして」

耕舜はそう言ったあとで、すぐにその言をひるがえした。

「実はそうではありませんで、わたしは人一倍占いというものを信じているのかもしれません。なぜかと申しますと、占いの結果を聞くのが怖くてならないのです。御神籤も同じでして、わたしは御神籤なるものを引いたためしがありません。これも神の託宣が怖いからです。占いも神も、これを信じないことにしておけば、差し当たり怖くはないわけです。しかし、それも小心者の罰当たりな考えですな」

耕舜は呵々《かか》と笑った。

「わたしは、占いの結果は気になりますが、怖いとまでは思いませんな。あれこれ占ってみますと、他人のことも自分のことも面白いほどよく当っているように思われて、むしろそのことのほうが怖いと思うくらいです」

「神のご託宣を恐れながらこれを信じまいとするわたしの不信心のほうが咎《とが》められるべきでしょう。しかし、易と説文《せつもん》に、〝淫するなかれ〟という戒めの言葉があります。易も説文も、これに熱中するとかぎりがないから注意せよという意味です。一茶さんも用心なさったほうがよさそうですな」

耕舜は、また大きな声で笑った。その日、一茶と耕舜は話が尽きず、夜を徹して語りあった。

その翌日の夕方、一茶は家主の太兵衛宅に呼ばれた。

「下《くだ》り酒《ざけ》が手に入りましてな。伊丹《いたみ》の酒です」

妻のいとと二人暮しの太兵衛は、いい酒が手に入ると一茶を呼ぶ。

「それはそれは。やはり酒は下り酒にかぎりますからね」

いとは料理好きで、独り者の一茶によく煮物や煮付を持ってくる。とりわけ一茶を呼んで馳走するのを楽しみにしている。この日は、蕪の煮物と鰯の煮付でもてなした。酒にはあまり強くない太兵衛は、酔いが回るといつものように先々代のことをくどくどと話した。一茶は、それを聞き流しながら肴をつまんでは酒を飲んだ。一茶には、太兵衛の話は川の流れのように聞こえていたが、突然、太兵衛の声が一茶の意識を破って入ってきた。

「実は、手前どもには倅《せがれ》がおりましてな」

一茶は驚いて太兵衛の顔を見た。太兵衛は盃を置いて顔をしかめていた。いとはと見れば、やはりうつむいて眉を寄せている。

「ご子息が」

一茶は一瞬どう応じたものか分からず、空になった盃を持ったままうろたえた。

「さあさ、飲んでくださいまし」

太兵衛が宙に浮いた一茶の盃に酒を注いだ。

「わけがありまして三年前に勘当しました」

思いがけない太兵衛の言葉に、一茶はいっそううろたえた。いとはうつむいたまま黙っている。

「いや、時化《しけ》た話をしては、せっかくの酒が醒めますな。相すみません」

太兵衛は作り笑いをしてみずからの盃にも酒を注いだ。

「よろしければお聞かせください」

太兵衛は、何やら秘め事を話したいようすである。

「三年前と言いますと、わたしがこちらに越した年ですね」

太兵衛がなかなか口を開かないので一茶が水を向けた。

「あの年の春のことでした」

太兵衛がようやく重い口を開いた。

「倅は三男でしてね、上の子供二人は早死しました。この三男は、どうにも道楽者でして。親の意見などまったく耳に入れませんで、遊びまくっておりました。倅が悪いのですが、やはり類が友を呼ぶと言いますが、遊び人と付き合っていました。挙句のはてに、大事な蓄え金を持ちだすようになりました。あろうことか、地主に納める家賃にまで手をつける始末でした。そのようなわけで勘当したしだいです」

太兵衛は、これまで秘してきたものをいちどに堰を切ったようにさらけだした。

「子を養いて教えざるは父の過ちなりと申しますから、所詮、親の不徳が招いたことです」

内にあるものを吐き出したからか、太兵衛は心持ちが軽くなり、笑ってぐいと酒を飲み干した。一茶は、なお言うべき言葉が思いつかず、曖昧に笑って酒を飲んだ。内心では、親より子は万事に劣り、孫はさらに愚かで、親に勝る者はまれであるという俗諺《ぞくげん》を思い出し、ひそかに得心した。

「それでも、内証勘当《ないしょうかんどう》ですから」

いとが消え入るような声で言った。太兵衛がわずかにうなずいた。その眉間《みけん》には、深い悲しみと悔恨がにじんでいるように見える。内証勘当と聞いて、一茶は太兵衛といとの心の内を垣間見た気がした。

「それで、ご子息は今はどこに」

一茶が聞いた。

「遊び仲間のところに転げこんだらしいのですが、その後の消息は分からないのでございます」

太兵衛は、持っていた盃を置いた。

「どこでどうしているかと思うと、夜も眠れないことが度々でございます」

いとは袖で目頭を覆った。

「遊びの外は能がない男だから、どこぞで野垂れ死にしていなければいいが」

太兵衛は無理に笑おうとして顔が歪んだ。

「そのような、縁起でもないことを」

いとが、きつい目をして太兵衛をにらんだ。

「お察ししますに、勘当というのは形ばかりで、すこしばかり熱いお灸を据えたということなのですね」

一茶が言った。

「いえ、そのようなことでは世間に申し訳が立ちません。何しろ地主に納める金にまで手を出してしまったのですから」

太兵衛の眉間にまた苦渋がにじむ。

「この勘当は太兵衛さんの一存でなされたことですから、太兵衛さんの一存でいかようにもなることではございませんか」

一茶がそう言うと、いとがにわかに目に力が宿って太兵衛に向って言った。

「一茶先生のおっしゃるとおりです。あの子を許してあげましょうよ。もう十分お灸は効いたと思いますから」

さっきまで憂いに沈んでしおれていたいとが、太兵衛に詰め寄るように言う。

「許すと言っても、どこにいるのかも分からないのだぞ。どうにもできないではないか」

太兵衛はいらだっていとに言い返した。

「同じ江戸の空の下にいるのでしたら、そのうちに必ずや行方が分かりますよ。子に勝る宝なしといいます。とにかくご子息の無事を念じて、笑って会える日を待ちましょう」

太兵衛といとは、一茶の言葉に慰められ、いくぶん穏やかな顔をとりもどした。

二月半ばを過ぎた。その日は随斎会の月並会であった。いつものように連衆が集ると四方山話《よもやまばなし》が始った。連衆の関心事はやはり女天一坊《おんなてんいちぼう》のことである。そのころ、琴《こと》という女の無宿者が世間を騒がしていた。琴は、言葉巧みに人をたぶらかしては悪事を重ねていたが、今年の一月半ばについに御用となり、牢に入れられた。しかし、取り調べの際にも得意なたぶらかしによって役人を煙に巻いたのか、入牢五日にして釈放され、浅草新寺町のさる家主にお預けとなった。ところがその半月後にふたたび牢に入れられた。

「女は、品川宿の旅籠屋《はたごや》の飯盛り女だったといいますな」

梅夫《ばいふ》が言う。

「なんでも、五兵衛の姫という触れ込みで自分を売りこんだといいますな。宿主はすっかりそれを信用して飯盛り女として雇い入れたのだが、数々の不祥事を働いて、客との間でも不都合が絶えなかったらしい。挙句のはてに家出をし、それで宿主から追い出されたそうな」

祇兵《ぎへい》が言う。

「品川宿の女か。かの天一坊も品川でしたな。まさしく女天一坊ですな」

梅寿《ばいじゅ》がうなずいて言う。

「捕り方に対しても、紫縮緬《むらさきちりめん》の鉢巻をして少しも怯まず、自分は公家の娘であるとか何とか言ったようですな。なかなかの美形で、捕り方もつい召し取るのをためらったとか」

浙江《せっこう》がその話に興味津々の体で言う。

「奉行所の取り調べでは、歌道修業のため諸国を遍歴していると言って、その証拠に歌まで披瀝《ひれき》したといいますな。それがなかなかの出来なので、お奉行もつい感じ入ってしまったとか」

一茶が言った。

「五日で釈放されたのはそのせいですかな」

修験者《しゅげんじゃ》の出立《いでたち》の乙二《おつに》が感心したようにうなずく。この男は、陸前白石《りくぜんしろいし》の千住院の住職で、成美と親交があり、江戸に出てくるたびに成美亭を訪れる。随斎会の常連ではないが、この日はたまたま成美亭を訪れていたので月並会に出ている。

「しかし、その女は身持ちが悪くて身を落としたのだとも言いますな」

梅夫が口を挟む。

「いや、高家の出は確かで、悪い者にかどわかされて東国に来たといううわさもありますぞ」

祇兵は、高家の哀れな女に同情する。

「いずれにしても、入牢の沙汰に及ぶのはそれなりのわけがあるのはまちがいあるまい。女天一坊となれば、それなりの咎《とが》を受けることになろうな。哀れだ」

梅寿も同情の念を禁じえない。

「天一坊は獄門になったが、まさかその女は獄門にはなるまい」

乙因《おついん》がとんでもないと言うように首を振る。

「そうさな。たしかに人をたぶらかすのはよくないが、法を犯すほどの不埒《ふらち》ではないのですからな」

梅寿のその言葉で、一座の者は何となく得心した。

やがて成美の選句が終え、月並会が始った。その日の成美は不機嫌そうで、一座の空気が重くなった。随斎会ではよくあることだ。成美は、いい句があれば上機嫌だったし、そうでないときはあからさまに不機嫌な顔を見せた。連衆はそのことが分かっているので、みな固まってしまった。

「今日はいい句がありませんでした」

案の定、成美はそう言い切って続けた。

「いずれの句も俗臭があります。いたずらに言葉を飾って雅《が》を装った句ほど卑しいものはない。句を作るにあたって、がむしゃらに雅を求めれば句は卑しくなります。この卑しさこそが俗臭のもとであります。句を作るには、しいて雅を求めるのではなく、つとめて俗を去るということが肝要です。俗なる心と言葉を捨てれば、雅はおのずから生ずるというものです。風雅の心を初めて俗体において詠んだのはかの芭蕉翁です。芭蕉翁の心は高く悟っていましたが、それは余人にはかなわぬ境地です。されば、余人が心掛けるべきは、ひとえに俗を去るということです」

その日の題の一つは「鶯」であった。成美がその日の長点句に選んだのは乙二の句であった。

反《ほ》古《ご》焼いて鶯またん夕ごゝろ　乙二

「この句は北国の早春の情でしょう。反古焼いて、と言ったところに余情があります。反古は、己のもろもろの瑕疵《かし》を含む過去でありましょうな。そう読むと、鶯がまた余情を帯びてきます。反古を焼き捨てたところに何か新しいものが訪れる。そのように読むと夕心もまた心に沁みます。心は、無心に風雅に遊んでいます。また、この句は、先ほど申した句作りにも通うところがあります」

一座の者は、成美の説く去俗の精神と乙二の句を咀嚼《そしゃく》しては何度もうなずき、おのれの俳諧のありようを反省した。ひとり、一茶は違った。一茶は、みずから俳諧独歩の旅人と称し、どの流派にも与《くみ》することなく、悠々と俳諧に遊んでいる成美に、畏敬の念をもって師事している。だが、師が称える去俗は一茶の心に響かなかった。一茶は、俗の中にいて俗を詠む、それが俳諧だと思っている。一茶にとって、俗は卑しいものでもなければ忌むべきものでもない。俗は面白いものであり、面白いものを面白く詠むのが俳諧だと思う。だから、成美が説く去俗の教えは、一茶の頭の上を風のように吹き過ぎるだけだ。成美はそのことをよく知っている。知っていながら門人の中の誰よりも一茶を買っている。一茶の句は、俗の中にいて俗を詠んでいるが俗臭がない。成美は、それを一種の奇蹟のように思っている。

ほかの者たちは師匠に叱られた寺子屋の子供たちのようにしおれていたが、一茶は乙二の句を咀嚼しながら、心の中では、してやられたと幾度もつぶやいていた。それは、自分には詠めない句をさらりと詠んでいることに対する嫉妬であった。

成美は、乙二の句を誉めたあとでさらに乙二のいくつかの句を連衆に紹介した。山岳を踏破する修行を積んだ乙二は、今も修験者の出立《いでたち》である。いずれの句にもきびしい修行の末につかんだ澄徹《ちょうてつ》した境地が感じられ、連衆はみな感心しきっていた。一茶は、それらの句の中の〈山彦もぬれん木の間ぞ雪雫〉という句に打たれた。嚙みしめるほどに、嫉妬心が湧き、打ちのめされそうな思いになった。すると、乙二が口を開いた。

「わたしは、天下の俳諧師の下手《へた》と呼ばれよ、と常々自分に言い聞かせております。それを守っておりますから、拙句はどれも下手な句ばかりです」

乙二は、そう言って笑った。その言葉は一茶の心に響いた。そして、にわかに乙二が近しい存在に思えてきた。その思いが昂じて何やら乙二が同志であるかのような気がしてきた。すると、先ほどの打ちのめされる思いが消え、優越感がふつふつと湧いてきた。

「下手な句でしたら、わたしは誰にも後れを取りません」

一茶が乙二に向って言った。乙二は珍妙な横槍に一瞬たじろいだが、すぐに平静さを取り戻して言った。

「いやいや、一茶さんは、まぎれもなく天下の上手ですよ」

乙二の言葉にはすこしもへつらいがない。一茶は、いよいよ負けられないという思いがつよくなる。

「滅相もない。乙二さんの句が下手というのなら、わたしの句は、下《げ》の下《げ》のそのまた下《げ》の句ということになりかねません。それに、わたしは俗の中にどっぷりとつかっておりますが、乙二さんは修験の道を精進しておられますから、心は俗を超えておられます。ですから、乙二さんの句は去俗の句であり、天下の上手であることにちがいはありません」

一茶がむきになって言うと、乙二がすかさず反論した。

「たしかに、わたしは幾度となく山岳を踏破してきました。しかし、どのようなけわしい山岳を踏破しているときでも俗はついてきます。そして俗を超えられないままに俗に戻ってきます。そうと覚《さと》ったからこそ、天下一の下手を標榜《ひょうぼう》しているしだいでして」

乙二も負けてはいない。

「恐れ入りましたなあ。ともに下手さを譲らずに争われるとは」

梅寿が呆れたというように言う。

「しかし、何ですな。ご両人のやり取りを伺っていますと、何やら高潔の士の清談のように思えますなあ」

太笻《たいきょう》がそう言うと、一座の者が二人の顔を見比べた。

「高潔の士の清談とはよくぞ申された。まさにその通りですな」

成美が笑った。

「たしかに乙二さんの句は、高く悟りて俗に帰る、芭蕉翁に通じるところがあります。軽みの句ですな。一茶さんは、俗を去ることはしない。むしろ俗をひけらかしているかに見えます。けれども句は少しも卑しくない。天真爛漫というべきか。あられもなく俗言を用いる。それでも卑しいところがない。一茶さんから俗を去ってしまえば一茶さんでなくなるとさえ言えます。芭蕉翁とは趣はちがうものの、やはり軽みの極みといえましょう。いずれにせよ、乙二さんも一茶さんも天下の上手であることに変りはない」

普段は去俗をきびしく説く成美が、俗を去ることをしない一茶を誉めたことについて、連衆はいささか当惑し、いくばくかの恨みを抱いた。

ある日、一茶は耕舜から借りた文選《もんぜん》を読んでいた。長く文台に向っていて目が疲れたので縁側に出て外を眺めた。梅は葉が茂って旺盛に新しい枝を伸ばしている。二三日前、近くに寄って見ると、豆粒より小さな実をおびただしく着けていた。軒先の矢竹は古葉をそのまま着けていて精彩がない。庭は春の草がはびこっている。草を取らないから草は伸び放題である。蒲公英《たんぽぽ》や母子草《ははこぐさ》の花も見える。草の中にすずめが下りて賑やかに鳴き交わしながら動き回っている。しばらく庭の景色を眺めていると、不意に今日が其角の百年忌であることを思い出した。生粋《きっすい》の江戸っ子で、芭蕉に師事しながら師とはまるで異なる伊達風《だてふう》の句を詠み、それでいて芭蕉から最も愛された門人であった其角に対して、一茶は敬慕の念と嫉妬心を抱いている。其角には、奥信濃に生まれ育った者には及びもつかない洒落の心と伊達の風骨があると一茶は思う。しかし、一茶はしいてその思いを沈め、ひたすら其角を仰望《ぎょうぼう》している。春の草を眺め、其角に思いを致しているとふと句が浮んだ。

春の風草にも酒を呑《のま》すべし

一茶は、その句を吟じて自らうなずいた。其角は酒豪であった。いつも自堕落に酒を飲んではつぶれていたのだろうと一茶は思う。自堕落な酒なら其角に及ばないでもないと一茶は気を取り直す。春風に吹かれて、春の草を眺めながら、自堕落に酒を飲んでみようではないか。そう考えてひとり悦に入《い》った。

昼過ぎになって太三郎がやって来た。

「歯の痛みはいかがですか」

入ってくるなり太三郎が聞いた。一茶は、歯が悪く、しょっちゅう歯痛に悩まされている。数日前には奥の歯が痛んで頬が腫れてしまった。

「うむ、どうにか治まったようだ。だが、ぐらつく歯はどうにもならない」

風流に浸っていたところを邪魔された一茶は不機嫌そうに言った。

「歯は大事になさいませんと。無理して固いものなど齧られますと大変なことになります。楊枝を持参しましたから、せいぜい養生なさいませ」

太三郎は、無聊《ぶりょう》げに両手を挙げてあくびをし、縁側に出て庭を眺めた。

「おやおや、草が茂ってきましたなあ。今のうちに引かないとこれも難儀することになりますよ」

太三郎が節介がましく言う。

「これがいいのだ」

一茶が憮然とする。風流を解さない太三郎が腹立たしい。

「草茫々になって庭が荒れますよ。物臭《ものぐさ》はいけません。庭はきれいにしませんと福が逃げていくとかいいます。抜きましょう」

太三郎はいよいよ節介じみてくる。

「その必要はない。これでいいのだ」

一茶が我慢できなくなって声を荒らげた。わけもなく怒りだした一茶に当惑して太三郎が顔色をうかがった。太三郎が一瞬引いたのを見て、一茶は心ならずも不愛想な物言いをしたことを自省した。

「今、其角のことを考えていたところだ。今日はちょうど百年忌だからな。追善句を詠んでみた」

一茶がそう言って今詠んだ句を披露した。太三郎はその句を二三度口にした。それから黙りこんで句を案じていた。一茶は、また庭に目をやった。ぶつぶつ言いながら句を案じていた太三郎がようやくできた句を示した。

「〈三つより酒の香を知る花の頃〉」

太三郎は詠みおおせたという体で得意顔である。太三郎の生家は造り酒屋だから、物心がついたときから酒の香をかいで育った。〈十五から酒を呑《のみ》出て今日の月〉。其角のその句は人口に膾炙《かいしゃ》している。むろん、先の一茶の句もこの句を踏まえている。其角は十五から酒を飲み始めたが、我は三つのときから酒の香を嗅いでいると、太三郎は粋がっている。その心が見え透いた稚拙な句に、一茶はまた不機嫌になった。一茶にしてみれば、太三郎は同郷の初めての門人である。それゆえに期待も大きいが、依然として稚拙な句の域を出ない太三郎を思うと、いわれなき羞恥心が湧いてくる。

「句を詠むためには、ただ頭でひねくり回すだけではいけない。物をよく見ることもさることながら、書物を読むことが肝要だ。万葉、古今、伊勢、源氏、これらはみな俳諧の糧《かて》になる。まずはこれを読むがいい」

一茶は、積み上げてある書物の中から一冊を取り出して太三郎に差し出した。

「伊勢物語、ですか」

太三郎が表紙をしみじみと見た。

「これには男と女の人情の機微が書いてある」

太三郎は、冊子を開いて読みだしたかと思うと、たちまち引き込まれ、真剣な目をして読み進めていった。

「どうだ、面白いだろう」

一茶が声を掛けたが、太三郎は書物に夢中で返事をしなかった。

「その楊枝だが、ほかに欲しいと言っている者がいる。すまぬがこの次に来るときに持ってきてくれないか」

一茶が言った。耕舜からぜひ欲しいと頼まれていたからだ。太三郎は耳に入っているのかどうか分からなかったが、伊勢物語を読みふけっている太三郎を見て安堵するところがあった。

翌日、太三郎は久米三郎のもとに楊枝を買いに行った。久米三郎は留守だったので、夕方になってあらためて訪ねた。すると、久米三郎がいい酒があるから一緒に飲もうと言ったので家に上がった。二人は、たがいに行き来して、一緒に酒を飲むことがよくある。

「昨日、師のところに久米三郎さんの楊枝を持参しましたところ、ぜひ欲しいという人がいるから買い求めてきてほしいと頼まれましてね」

太三郎が言った。

「さようですか。それは嬉しいことで」

そう言って久米三郎が酒を注いだ。

「師というお方は本所のどこにお住まいですか」

久米三郎が酒を飲みながら言った。

「相生町《あいおいちょう》です」

太三郎がそう言うと、久米三郎の表情が一瞬こわばった。だが、太三郎はそれに気づかず、うまそうに酒を飲んだ。

「相生町は何丁目ですか」

久米三郎がまた聞いた。

「一丁目です。一丁目の借家です」

「して、家主の名は」

久米三郎は、手に持った盃を忘れ、詰め寄るようにして聞く。

「たしか日吉太兵衛とかいっていましたよ。久米三郎さんは相生町にゆかりのある方でも」

太三郎は、久米三郎がいつもと違うことにようやく気づいてけげんそうに顔をうかがった。

「いや、そういうわけでもありませんが」

久米三郎は、何かを繕うかのように太三郎の盃に酒を注いだ。太三郎は、それ以上穿鑿《せんさく》することをせずに話をそらした。

「師も奥信濃の出でしてね、やはり長男なのですが、いろいろとわけがありまして、不本意ながら江戸に出てきたのですよ。わたしも師も同じ椋鳥《むくどり》なのです」

太三郎はそう言って笑った。

「師というのは俳諧師でしてね、わたしは同郷という誼《よしみ》もありまして、入門したしだいです」

「俳諧をやっておられるのですか」

久米三郎は気がなさそうに言った。

「まだまだ一人前の俳諧師とはいえませんが、号は二竹といいます」

太三郎は酔いが回ってきて口が軽くなった。

「師はなかなか変った俳諧師でしてね。わたしには古今を読め、源氏を読めと言いながら、句は田舎臭さが鼻をつく。先日示しなさった句はこんな句です。

かつしかや雪隠《せっちん》の中もはるのてふ
春がすみ鍬とらぬ身のもつたいな
穀つぶしさくらの下にくらしけり
僧正が野《の》糞《ぐそ》遊ばす日傘哉
陽炎や寝たいほど寝し昼の鐘

ほんとうのことを言いますとね、師の句はみなどうにも土臭くて鼻持ちならない。世間ではその鄙《ひな》ぶりが面白いと誉めるむきもありますが、わたしはそれが気恥ずかしく思えてならないのですよ。わたしは、もっと粋《いき》な、そう、其角のような句を詠みたい。其角の句にはこんなのがあります。

夕日影町《まち》半《なか》に飛ぶこてふ哉
闇の夜は吉原ばかり月夜かな
傘《からかさ》にねぐらかさうやぬれ燕
僧正の青きひとへや若楓

我ガ僕《しもべ》落花に朝寝ゆるしけり

江戸生まれの其角はやはりちがいます。心憎いほど粋です。それに団十郎の見得《みえ》にも負けない気概があります」

俳諧をやらない久米三郎には、太三郎の言っていることが何のことか分からない。だが、酔っている太三郎は、話せば話すほどに師に対する不満がつのってくる。

「師は、わたしが作る句はみな気に入らないのです。田舎臭い句でなければ気がすまないのですから。しかし、わたしはわたしの句を作っていきますよ。我が道を貫く」

久米三郎はそれを上の空で聞いた。心の中はまるでちがう考えが堂々巡りをしていた。太三郎は師に対する不満を縷々《るる》述べ、久米三郎はある一つの重い事情を抱えて黙り込んでいた。二人はしばらくそうしていたが、久米三郎がようやく口を開いた。

「家主は達者ですか」

「お達者ですよ。師はよく呼ばれて一緒に酒を飲んでいるようです」

久米三郎が何やら思い詰めたようすでうなずいた。

「お内儀《ないぎ》も」

「お内儀もお達者ですよ」

「それは何よりです」

久米三郎はそう言うとまた黙り込んだ。

「久米三郎さんはその家主さんのことをご存じで」

「まあ、知っていると言えば知っているようなものです」

久米三郎が言葉を濁すように言う。久米三郎が変におとなしくなったので、太三郎は所在なさそうに自分で酒を注いで飲んだ。すると、久米三郎が重い口を開いた。

「実は、その家主というのがわたしの父なのです」

太三郎は驚いて口に含んだ酒を飲みこんだ。

「久米三郎さんはどうしてこのようなところに」

久米三郎は一瞬言い淀んだが続けた。

「勘当されたのです」

これまでつかえていたことを口に出すと、あとは堰を切ったように言葉が出た。

「三年前のことです。その頃のわたしは、どうしようもない放蕩《ほうとう》息子《むすこ》でしてね。思いあまった父と母がとうとう家から追い出したのです」

久米三郎は、勘当の経緯とその後のことをつぶさに語った。太三郎は、頷きながら話を聞いた。内に溜っていたことをすべてさらけ出した久米三郎は、清々した顔になって言った。

「身から出た錆ですから、父母に対してはこれっぽちも恨みはありませんがね」

久米三郎はそう言って自分の盃に酒をつぐと、ぐいと飲み干した。

「久米三郎さんはご実家に戻るべきです」

太三郎は、出奔して江戸に出た我が身のことを忘れてきつく諭すように言った。

「父母は本気で怒って放蕩息子を追い出したのですから、今さら許すはずがありません」

久米三郎は観念しきったように言う。

「三年前のことはともかく、今の久米三郎さんはまっとうに暮らしておられます。今の久米三郎さんをご覧になったら、ご両親はきっと許してくださるはずです」

太三郎はもどかしくなり、無性に腹立たしくなってきた。

「久米三郎さんも、ほんとうは戻りたいと思っているのでしょう。ご両親だって、きっと久米三郎さんが戻ってくるのを待っているはずです」

「しかし、今さらおめおめと家の敷居をまたぐことなどできませんよ」

太三郎は、言われてみればそれももっともだと思う。しかし、その思いを振り払うように言った。

「お任せくだされ。わたしに考えがあります」

何やら思いついたというように、太三郎は心の内を明かすこともなく一方的に請け負った。

翌日、太三郎は一茶から頼まれた楊枝を持って一茶のもとを訪ねた。家主の家の前を通りかかったときに、ちょうど家から出てきた家主と鉢合わせした。太三郎は、家主の顔を見るとなんとなく後ろめたさを覚え、うろたえた。

「今日はよい日和で」

太三郎が二三度頭を下げて挨拶をすると、家主は挨拶を返してからやや怪訝そうな顔をして空を見た。空は薄くもっていていい日和というほどでもなかった。

「これからお出かけなさるのですか」

太三郎が聞いた。

「ちょっと用がありましてな」

「いつ頃お帰りになられますか」

太三郎がすかさず聞いた。

「昼頃には戻りますが」

家主はいっそう不審そうな顔をした。

「行ってらっしゃいまし。どうぞお気をつけて」

無用な足止めをされて不機嫌になった家主の顔を見て、太三郎はことさらに平身低頭して家主を見送った。

家主の後ろ姿が遠ざかると、太三郎は、危ないところだったと独り言を言った。

一茶は、文机に向って書きものをしていた。

「大変なことが出来《しゅったい》しました」

太三郎は、家に上がり込むや息急き切って言った。

「何があったのだ」

一茶が驚いて振り向いた。

「家主さんの息子さんがいるんですよ」

太三郎が叫ぶように言ったあとであわてて口を押さえた。

「今、何と言った」

一茶は、家主から息子のことを聞かされたあととあって、そのことに関しては敏感になっている。それにしても太三郎から家主の息子の話が飛び出したことは、一茶にとっていかにも唐突であった。

「家主さんの息子さんが、わたしのいる長屋の筋向いにいます」

太三郎が言葉を切ってはっきり言った。それでも一茶には太三郎の言うことが呑みこめない。

「そなたはなぜ家主さんの息子のことを知っている」

一茶は、久米三郎のことを太三郎に話した覚えはない。

「久米三郎さんが自分から話したのです。久米三郎という人は、この間越してきた男で、この楊枝はその人から買ったものです」

「いつだったか話していた伽羅《きゃら》の油《あぶら》を売っているという男のことか」

太三郎が話した男のことを思い出して一茶が言った。

「そうですよ。その男が家主さんの息子なのです」

一茶はようやく太三郎の話が呑みこめてくると、先日の太兵衛の話が生々しく思えてきた。あのとき、いとは息子の勘当を解くようにと太兵衛に切実に迫った。太兵衛も勘当したことを悔いているように見えた。同じ江戸の空の下にいるのなら必ずや行方が知れると、息子のことを案じている家主夫婦を一茶は慰めた。それがかくも早くほんとうになるとは思ってもみなかったので、一茶は喜ぶというより当惑した。

「久米三郎さんはまっとうな暮らしをしています。家主さんだって、今の久米三郎さんを見ればきっと許してくれるはずです」

「それでどうしようというのだ」

一茶は、放蕩息子を勘当した家主の心が分かるだけに、不用意にかかわることは厄介に思われた。

「勘当を解いてもらえるように、いっしょに家主さんを説得してほしいのです」

太三郎が力をこめて言う。

「そうは言っても、家主さんは容易に勘当を解くことはすまい」

「だからこそ先生が頼りなのです。これは久米三郎さんに約束してしまったことです。先生のお力を借りればきっと大丈夫だと思いまして」

太三郎に勝手に重荷を負わされたことで、一茶はいまいましくなってきた。

「先ほど家主さんと会いました。用事でお出かけになりましたが、昼前にはお戻りになるとおっしゃっていました。ぜひいっしょに行って、家主さんを説得してください」

一茶は、太三郎の熱心さに負けてそれを引き受けた。

一茶と太三郎は昼過ぎに家主宅を訪れた。

「おや、お二人お揃いで。何ぞご用でも」

太兵衛は、何やらわけありげな二人の顔を見た。

「ちとお話がございまして」

一茶はぎこちなく笑い顔を作って言った。

「それはそれは。さあ、どうぞお上がりくださいまし」

太兵衛もぎこちなく笑って二人を促した。

「夕べの地震には驚きましたな。いきなりどかんときましたからな。あわてて飛び起きましたよ。まあ、棚の物が落ちるほどではなかったから幸いでしたがね。それにしても、この頃小さな地震が続きますなあ。悪いことの前触れでなければいいのですがねえ」

太兵衛は、ことさらに平静を装って言ったが、口にした事柄が重かったことに気づいて気まずそうに揉み手をした。一茶は、抱えていることが重大なだけに太兵衛の挨拶に応じるだけの余裕はなかった。太三郎は、固く口を結んだままかしこまって座っている。

「ご子息の行方が分かりましたよ」

一茶が単刀直入に言った。太兵衛は、その言葉をすぐには呑みこめず、きょとんとして一茶の顔を見つめた。

「ご子息の居所が分かりました」

一茶がもう一度言った。

「久米三郎の居所が」

太兵衛は、信じられないというようすで目を見開いた。

「そうです。ご子息はご無事ですよ。詳しくはこの者に話させましょう」

一茶がそう言って太三郎を促した。太兵衛は、姿勢を正すようにして太三郎のほうに膝を向けた。

「わたしは、堀江町の裏長屋に住んでおりますが、その筋向いに、三月ほど前、久米三郎さんが越してこられました」

太兵衛には、太三郎の話もうつつとは思えなかった。太三郎は、久米三郎から聞いた話をつつまず話した。

そこへいとが茶を持ってきた。

「久米三郎の居所が分かった」

太兵衛がいとに言った。いとも驚いて言葉を失った。

「このお方が逐一話してくださった。堀江町の裏長屋にいるそうだ」

「久米三郎は無事なのでしょうか」

いとがすがるように身を乗り出して言う。

「無事でいるらしい」

太兵衛はいとを落ち着かせようとするが、逸《はや》る自分を抑えかねた。

「久米三郎は何をしているのでしょうか」

太兵衛が聞いた。

「伽羅の油の商いをなさっています」

「伽羅の油の商いを」

太兵衛もいとも、息子が商いをしているということを想像することができなかった。

「小物なども扱っておられるようですよ。わたしはご子息の楊枝が気に入りましてね、それでなければ気がすまなくなりました」

一茶が笑って言ったが、ほかの三人の表情は固まったままだ。

「久米三郎さんは、以前のことをとても後悔しておられます。それに、お二人のことをとても心配しています。親は許すはずがないと言っていますが、ほんとうは帰りたいのです」

太三郎が神妙な面持ちで言った。

「どうですかな、太兵衛さん、そろそろ勘当を解いておやりになったほうがよろしいのではないでしょうか」

一茶が口をはさんだ。太三郎には周到に考えた段取りがあった。それは、久米三郎のことを慎重に、そして極力ていねいに知らせてから説得を試みるというものだった。勘当というものは容易にできないものだし、それだけにそれを解くこともまた容易なことではない。太三郎はそう考えたのだった。それなのに、一茶がいとも簡単に核心に切りこんでしまったことにあわてた。いとは、眉をひそめたまま、太兵衛の顔をうかがった。太兵衛は、固く口を結んでけわしい表情のままだ。

「一茶さんがおっしゃるとおりです。もう許してあげましょうよ」

いとが愁訴するように言う。

「それでは世間に申し訳が立たぬ」

太兵衛は苦渋をにじませて言った。太三郎は、言わぬことではないと一茶を恨んだ。

「そのようなことをおっしゃらずに。内証勘当だとおっしゃったではありませんか。ここは、勘当を続けようと解こうと、太兵衛さんの一存ではございませんか」

一茶が物を言えば言うほどに厄介なことになっていく。ほどけかけていた糸がいっそうもつれていくようなものだ。太三郎は、一茶といっしょに来たことを後悔した。

「内証であろうとなかろうと、勘当は勘当です。それは、むしろ公儀の勘当よりも重いものです。わたしがおのれに下した咎でもあるわけですから、おのれの恣意《しい》で解くのは許されることではありません」

太兵衛の言うことが筋が通っているだけに、一茶もさすがに話の接穂《つぎほ》を失うと、黙っている太三郎を促すように見た。

「久米三郎さんは、けっして以前の久米三郎さんではありません。悪い遊びからは一切手を引いておられます。今は、ひたすら真面目に商いに精を出しておられます。それにもう三年も経っているのですから、世間だって勘当を解いたからといって家主さんを責める人はいませんよ」

太三郎は必死だ。

「世間さまが許してくださるかどうかということではありません。これは、わたしの心持のことでございますから」

家主には、太三郎の心の内がよく分かった。それだけにその心にこたえることができないのがつらかった。太三郎にも家主の思いがよく分かった。そこで、それ以上説得することを止めてひとまず帰ろうと考えた。

「まずは、一度、息子さんとお会いになられるのがよろしいでしょう。三年もの間離れておりますと、どうしても親子の情も薄くなるといいますか、おのずからうとくなるということもございましょうから」

一茶が言ったが、その言葉は太兵衛の上に重くのしかかった。

太三郎は、事のしだいを知らせるべく、商いから戻る頃合いを見計らって久米三郎のもとへ行った。太三郎の顔を見るなり、久米三郎は肩を落とした。太三郎は、どう話せばいいのか迷った。久米三郎の顔を見るとよけい迷ってしまい、言葉が出なかった。上がり込んで久米三郎と対坐しても、まともに顔を見ることができなかった。

「やはり、父は許してくれなかったのですね。仕方がありません。悪いのはわたしのほうですから」

一縷《いちる》の望みを託していた久米三郎は落胆を隠しきれなかったが、すぐに諦めがついたというように笑顔を作った。

「このままではいけません。このままにしておいたら、ほんとうに親子の縁が切れてしまう」

太三郎がいきなり語気を荒らげた。

「為すべきときに為さなければ、たいへんなことになります」

太三郎は、言うべきときに言うべきことをかやに言わなかった。そのためにつかみかけていた幸せを失った。その悔いが心から離れない。

「どうすればいいと」

久米三郎が太三郎の顔を見た。太三郎の目には何やらつよい意志が光っていた。

「家主さんのところに行きましょう。行かなければ、今の久米三郎さんのことは分かってもらえません。

今の久米三郎さんを見れば、親御さんはきっと許そうという気になるはずです」

太三郎の口から唐突に出た言葉に久米三郎は絶句した。それは、とうてい出来そうもないことだ。

「だいじょうぶですよ。わたしもいっしょに行きましょう。家主さんたちは、きっと久米三郎さんが来るのを待っているはずです」

太三郎の心の内では、それが確信に変っていった。すると、久米三郎は太三郎の言葉にあらがうことが出来なくなった。それればかりか、かすかではあるがその先に光が見えてきたような気がした。

翌日、久米三郎は太三郎に付き添われて実家に出向いた。家の前まで来ると、さすがに敷居をまたぐことがためらわれた。太三郎は、久米三郎の後ろに立って背中を押した。すると、久米三郎は意を決して戸を開けた。太兵衛は表座敷で書付を広げて見ていた。いとはいなかった。

「久米三郎です」

久米三郎は、戸の外から太兵衛の顔を見てはっきり言った。太兵衛は、驚いて久米三郎の顔を見たが、すぐに不機嫌な顔をして顔をそむけた。

「父さん」

久米三郎がもう一度言った。

「勘当した者に敷居をまたがせることはならぬ」

太兵衛が大きな声で言った。その声を聞きつけて、奥にいたいとが出てきた。

「まあ、久米三郎。久米三郎ではないか。どうして入らないの。さあ、お入りなさい」

いとは久米三郎を見るなり叫んだ。

「ならぬ。勘当した者を入れることは出来ぬ」

太兵衛がけわしい顔をして言った。

「何をおっしゃいます。せっかくこうして帰って来たのではありませんか。さあ、上がりなさい」

いとは、きつい目で太兵衛をにらんだ。

「ならぬと言ったらならぬ」

太兵衛は顔をそむけたまま頑《かたく》なだ。いとは、困った顔をして久米三郎の姿をまじまじと見た。久米三郎も母の顔を見つめた。母は三年前と変っていないのが久米三郎には嬉しかった。父が許さないのは当然のことであり、そのことは久米三郎も十分承知の上で来たのだった。母は、放蕩息子を包み込むようにして迎えてくれた。久米三郎は、それだけで来たかいがあったと思った。

「我が身を顧みず、敷居をまたいだことをお許しください。父さん、母さん、どうぞお達者で」

久米三郎は、くるりと背を向けて帰ろうとした。すると、外に立っていた太三郎がそれを制して中に入った。

「久米三郎さんが来られたのは、ご自分の意思からではございません。わたしが無理にお連れしたのでございます。ですから、そのことで久米三郎さんを責めないでください。今の久米三郎さんをご両親に見ていただきたい。その一心でお連れしました。それが迷惑でしたらこの通り伏してお詫び申しあげます」

太三郎はそう言って深く頭を下げた。

「お顔をお上げくださいまし。太三郎さんに感謝こそすれ、責めるなどとんでもない」

いとはあわてて身を乗り出し、手を横に振った。

「さあ、お上がりなさって」

いとが促した。太兵衛は顔をそむけたままで何も言わなかった。

「では、失礼ながら上がらせていただきます」

そう言うと、太三郎は久米三郎を押して先に上がらせ、自分も座敷に上がって久米三郎と並んで座った。

いとがあらためて息子の頭の先から固く握ったこぶしを置いている膝までしげしげと見た。

「許しも得ずに上がり込んだ不埒《ふらち》をお許しください」

久米三郎が太兵衛に向って両手をついて詫びた。

「もう許してあげましょうよ。久米三郎もこのとおり真面目になって詫びているのですから」

いとが言った。太兵衛はなおも黙ったまま、息子の顔を見ようとしない。

「家主さん、憚りながら申しあげますが、大切な一人息子さんが戻ってきたのです。せめて、久米三郎さんの話を聞いてやってください」

太三郎が言った。

「勘当した者の話を聞く必要がない」

太兵衛が憮然として言う。

「もし、久米三郎さんがここに戻らないなら、家主さんはこの先どうなるのですか」

太三郎がなおも詰め寄る。

「太三郎さんのおっしゃるとおりですよ。跡取りは久米三郎のほかにはいないのですから」

いともいっしょになって太兵衛を責める。

「跡取りのことなら心配いらぬ。家主はおれの代で終りだ」

太兵衛がいよいよ頑なになる。

「それはどういうことですか」

太三郎が久米三郎が聞きたいことを代りに聞く。

「家主の株を売る」

太兵衛のその言葉を聞くと、久米三郎は歯を食いしばった。何かを必死でこらえているようだ。

「何ということをおっしゃいます。株を売るなんて。それはあんまりです」

いとが袖で顔を覆って泣いた。

「母さん、久米三郎のことは心配なさらないでください。もうだいじょうぶです。野垂れ死にするような真似はしませんから」

久米三郎は、母に心を向けると落ち着いてきた。

「わたしが間違っておりました。許しもなく家に上がったことをお許しください」

久米三郎は、父に向って深く頭を下げて詫びると立ち上がろうとした。

「待て」

太兵衛がはじめて久米三郎のほうを向いて言った。

「このままそなたを返したのでは、太三郎さんに対して礼を欠くことになる」

久米三郎がいちど浮かせた腰を下ろした。

「茶の用意を」

太兵衛がいとに言った。

「太三郎さん、この度は、愚かな息子のために煩わしい役をお引き受けいただき、この太兵衛、お礼の申しようもありません」

太兵衛が頭を下げた。

「太三郎さんのご厚意に免じて、今日のところは勘当の身で家に入った息子の不届きを不問に付すことにします」

「煩わしい役などとおっしゃらないでください。わたしは、ご両親に今の久米三郎さんを見ていただきたいと、その一念からご一緒させていただいただけですから」

太兵衛は、太三郎の言葉にうなずいてから久米三郎に向って言った。

「伽羅の油を商っているのか」

「そうです」

「いつから」

「家を出てからしばらく経って、ある人のもとで外回りの小間物売りを始めました。そのうちに商いが面白くなって、今年の一月に独り立ちして堀江町の裏長屋で伽羅の油の商いを始めました」

「遊びは止めたのか」

あの放蕩息子が商いをしていることが、太兵衛にはどうにも想像できない。

「家を出てすぐに止めました。止めたというより出来なくなりました。世間では、金のない者は相手にされないと思い知らされました」

久米三郎が自嘲するように笑った。

「そういうものだ」

「地獄の沙汰も金次第と言いますからね」

太兵衛も太三郎も笑った。そこへいとが茶を持ってきた。

いとは、みなが笑っているのに驚いて三人の顔を見比べた。

「色里には今もしょっちゅう行っておりますが、それは商いのためでして」

久米三郎が言った。色里に出入りしていると聞いて、太兵衛の顔がまたくもった。

「色里に出入りしていたのでは、いつ焼棒杭《やけぼっくい》に火がつくか分からぬではないか」

話の脈絡が分かっていないいとは、太兵衛のただならぬ言葉に顔をしかめた。

「ご心配は無用です。遊びはもう金輪際しませんから」

「そのことはこの太三郎が請けあいます。久米三郎さんの伽羅の油は、色里だけでなく、髪結《かみゆ》い処《どころ》の間でもとても評判がよろしいようです」

黙って親子の話を聞いていた太三郎が口を挟んだ。太兵衛は、しばし黙ったあとで息子を見つめて言った。

「持つべきは、良き隣人であるな、久米三郎」

太兵衛はそう言うと、太三郎に向って穏やかな表情で言った。

「太三郎さんの話を聞いて、息子を許す気になりました。この不肖息子を親以上に信じてくださったことはありがたく、心より感謝いたしまする」

太兵衛はそう言って、両手をついて頭を下げた。いとはうつ伏すように頭を下げ噎《むせ》び泣いたまま容易に顔を上げなかった。

「そういうわけだから、帰りたくなったらいつでも帰るがいい」

太兵衛が久米三郎に向って言った。

「ありがとうございます」

久米三郎は、二三度頭を下げて目頭を拭った。

「よかったな、久米三郎。よかった、よかったな」

いとは、涙でくちゃくちゃになった顔を上げて息子の顔を見つめてはまた泣いた。

「それで、いつ戻るのかえ」

いとが言った。

「すぐには帰りません。もう少し今の仕事を続けることにします。世間知らずと言われないために、しばらくは世間の荒波にもまれようと思います」

「それがいい。家主の株を売るようなことはしないから安心するがいい」

太兵衛が晴れ晴れとした顔で言った。

太三郎は、家主宅を出ると隣接している一茶宅に向ったが、一茶は留守だった。

その二日後にふたたび一茶のもとを訪れた。一茶は、表に出て軒先を見上げていた。

「何を見ているのですか」

太三郎が声を掛けた。

「燕だ。今年もやって来て巣作りを始めた」

入口の鴨居の上に巣が半分ほど出来ている。燕はせっせと口で土を運んできては器用に巣を作りあげていく。

「去年は巣立ちの前に一羽残らずいなくなってしまった。青大将か烏に食われてしまったのかもしれん。今年はよく見守ってやらないと」

一茶は、燕の巣作りを飽かず眺める。雛が育って巣立ちをするまでしっかり見守るつもりでいる。

「家主さんから話を聞きましたか」

太三郎が言った。

「何のことだ」

「久米三郎さんのことです」

「何も聞いていないが」

「家主さんが勘当を解いてくれました」

「そうか、それはよかった」

一茶は、それほど喜ぶようすもなく燕の巣作りを眺めている。太三郎は、隣の家主宅のほうに目をやった。家主の姿は見えないがやはり気になった。

「中に入りましょう」

太三郎が言うと、一茶はしぶしぶという体で家に入った。

「一昨日、久米三郎さんを連れてきて家主さんと合わせました」

太三郎は、久米三郎の勘当解除のことが首尾よくいったことで気をよくしていた。その手柄を話さずにはいられない。一昨日の一部始終を話したあとで言った。

「家主さんは、なかなか勘当を解こうとはしませんでした。でも、最後にはやはり親の情が勝ちました」

すると、一茶は、さも自得したというように言った。

「離れていれば日々疎《うと》くなるものだ。とにかく顔を合わせれば互いのわだかまりが消える。わたしが言ったとおりだ」

太三郎は、一茶があたかもこの度の功は自分にあるかのように言うのが不満だった。

「伊勢は読んでいるか」

太三郎の反感をよそに、一茶はさっさと話題を変えた。

「読んでおります」

「面白かろう」

「どうも貴人《あてびと》の恋は。心もとないといいますか、もどかしいといいますか、今一つ心に沁みません」

太三郎は素っ気なく言う。

「そなたは、男女の情《なさけ》というものが分からないのか」

一茶があきれた。

「其角の雑談集《ぞうたんしゅう》の中にこんなことが書いてありました。情《じょう》の薄き句は、おのずから見飽きもし、聞き飽きもする、情の厚き句は、作者の誠から出るのだから、新しく、しかも不易《ふえき》の句となる。伊勢の歌はみな情の薄い歌ばかりです。それに比べれば、其角の句には情の厚い句があります。たとえばこんな句です。〈小傾城《こけいせい》行きてなぶらん年の暮れ〉。これぞ伊達風流《だてふうりゅう》の句です。わたしもこのような句を詠みたいのです」

いつもながらの太三郎の其角信奉に一茶は辟易《へきえき》した。越前屋の食客だったころ、あるじの喜兵衛の供をして遊郭通いをした太三郎には、伊勢物語の恋はどれも情が薄く物足りない感じがする。

「伊勢には、いろいろな恋がある。それを知れば、俳諧の席に臨んでもなずむことなく恋の句が詠めるというものだ。何と言っても恋の句は俳諧の花だ。いい句を詠むにはさまざまな恋を知っておくことが肝要だ。そなたもゆくゆくは宗匠になるというのなら、俳諧の連歌をさばいていくことになるのだから」

一茶は、太三郎に期待するあまりつい説教がましくなる。

「俳諧の連歌は好きではありません。あのような窮屈な俳諧のどこがおもしろいのか分かりません。それに、わたしは宗匠になろうなどという思いはさらさらありません。気ままに生きて、おもしろいと思うことを思うままに句に詠んでいきたいだけです」

一茶は、太三郎に随斎会への入会を勧めているが、太三郎は相変わらずその気にならない。

「そうそう、一つ心に沁みた歌がありました」

太三郎が急に思い出したというように言った。

「〈いにしへのしづのおだまきくりかへし昔を今になすよしもがな〉。これは、男が、一度会ったあと何年も会わずにいた女のもとに送ってやった歌です」

「その歌なら知っている」

「その歌を読むと、かやさんとおさよちゃんのことが思い出されました。あのとき、伊勢の旅に出かける前になぜかやさんにいっしょになろうと言わなかったのかと、それが今も悔やまれてなりません。出来るものなら、伊勢の旅に出かける前に戻って、かやさんにいっしょになろうと言いたい」

太三郎は、そう言って頭をこぶしで叩いた。

一茶は、春になると体の具合もよくなって、積極的に下総《しもうさ》を回った。随斎会の月並会も欠かさなかった。みずから催行している一茶園月並も祇兵《ぎへい》の助力を得て順調であった。

春が過ぎて初夏になってほどなく、流山の双樹が一茶宅を訪ねてきた。一茶は、下総回りのときはきまって双樹宅を訪れる。双樹も、仕事で江戸に出てくる折があると、一茶のもとを訪れるのを何よりの楽しみにしている。その日、双樹は機嫌がよかった。入ってくるなり、入口の矢竹のまっすぐに伸びた筍をほめた。それから、座敷に上がると、嬉しさを包みかねるというふうに言った。

「この度は長点を頂戴し、まことにありがとうございました。たいそう励みになりました。いつものことながら、長点を頂きますと、何かこう、力がみなぎってきます。逆に長く長点を頂けないことが続きますと、道を見失うと申しますか、夜道で灯りを失ったような、なんとも心もとない思いになって落ち込んでしまいます」

月初めには月並の刷物《すりもの》が投句者のもとに届く。一茶は、その月の刷物で、双樹の句に長点をつけていた。

「この度は、いい句が揃っておりましたよ。ことに人事を詠んだ句にいいのがありました。花鳥を吟ずるのもよいが、日々の暮らしの中から出来た句もなかなか面白いものがあるものです」

喜びを隠さない双樹を見ていると、一茶も嬉しくなった。今月の入集句についてあれこれ話しているうちに、双樹がある人物の句について一茶に訊ねた。

「投句の常連に、花嬌《かきょう》という人がいますね」

「富津《ふっつ》のご婦人ですな」

「以前から気になっていましたが、先生はお会いになられたことがおありですか」

「まだ、会ったことはない」

「さようですか。どのようなお方でしょうな。やはり、ご婦人の句は艶《つや》があって惹かれます」

一茶がはじめて上総《かずさ》の富津村を訪ねたのは三年前のことである。一茶は、両総に俳諧地盤を広げていたが、富津村にもよく訪れている。富津村には大乗寺があり、住職の徳阿《とくあ》が俳諧をやるので、富津を訪れる度にそこに泊る。富津や金谷には俳諧をやる人物が多かった。織本花嬌《おりもとかきょう》もその中の一人であった。一茶が一茶園月並を立ち上げるると、花嬌も投句するようになった。今は常連である。一茶は早くから花嬌の句に注目していたが、まだ本人に会ったことがない。

「芭蕉翁には園女《そのめ》という門人がおりました。園女はたいそう美人であったようです。何しろ、男の客に会うときは禍《わざわい》が及ぶのを恐れて頭に笊《ざる》をかぶったといいますから」

双樹が真顔で言う。

「まさかそのようなことはあるまい」

一茶が笑った。

「しかし、翁は、〈白菊の目に立てて見る塵もなし〉とほめているから、さぞかし美しかったのであろう」

一茶が思い直したように言った。

「花嬌というご婦人も、きっと園女に負けない美人だろうと思われます。芭蕉門下に園女あり、一茶門下に花嬌あり、というところですね」

双樹は、勝手に園女と花嬌を想像の中で美化して悦に入った。双樹の話を聞いているうちに、一茶も花嬌に会ってみたい気になった。

「いい季節になりました。わたしはこの季節がいちばん好きです」

双樹が外の晴れ上がった初夏の空を見て言った。

「先生のお里も、さすがに今時分になりますと青葉が美しゅうございましょう」

双樹は、一茶から雪深い奥信濃の話を何度も聞かされている。雪の少ない下総に住む双樹は、雪国の風物は驚くことばかりだ。

「まだ青葉には早い。山々は雪をかぶっているし、卯月《うづき》の半ばころまで遅霜《おそじも》がある。家の中では炬燵が半年も据えてある。それにこの時分は霧が多い。三日に一日は霧だ。だが、奥信濃もやはりこの時期は華やぐ。桜も桃も菜の花も、一度に咲く。時には雪解けが遅かったり、遅霜があったりで、閑古鳥《かんこどり》が来る時分に桜が咲いたりする」

「さようですか。やはり奥信濃の暮らしはなかなかたいへんでございますね」

双樹は、一茶の話を聞くたびに、そこに暮す人々に同情せずにはいられない。

「いや、雪や霧を恨みはすれども、誰もそこから逃れることなど考えない。むしろその地を愛し、その地の恩恵に感謝しながら生きている」

一茶は事も無げに言う。

「先生にとっては、やはりお国が極楽なのですね」

双樹が笑った。

「と申しますと、ゆくゆくはお国に帰られるというお心も変らないのでございますか」

「たしかに、江戸は面白い。下総も上総も面白い。師にも俳友にも恵まれているから、今は何の不満もない」

「それを捨ててもお国にお帰りになるのですね」

「信濃に帰るからといって、江戸も両総も捨てはしない。いや、捨てることなど出来はしない。わたしの心の中では、その心は少しも変らない」

双樹は、一茶が江戸も両総も面白く捨てがたいと言いながら、郷里に対する執着が異常なまでに強いのが合点がいかなかったし不満でもあった。

「お国がそれほどまでに先生を引きつけるのはいったい何でございましょうか」

双樹は、独り言のように言った。

「雪だ」

一茶も独り言のように言ったあとで、我ながらその言葉を不思議に思った。一茶自身、故郷の奥信濃を、下々《げげ》の下国《げこく》と思っている。黒姫山のふもとの柏原は、草木が枯れて霜が降りはじめたかと思うとすぐに雪が降る。人々は、それを見て悪いものが降る、寒いものが降ると言って忌《い》む。雪が三四尺積ると牛馬の往来が途絶え、代って橇《そり》が荷駄《にだ》を運ぶ。家は薦《こも》で囲われるため光が入らず、中は常闇《とこやみ》と化す。一日中榾火《ほたび》に当るので、顔も手足も真黒にすすけ、目だけがぎょろりと光る。化物小屋さながらである。だが、雪に深く埋め尽された故郷と、常闇に包まれた家が、一茶を郷愁に駆り立てる。

「それと、故郷の血だ」

一茶は、自分が漏らしたその言葉も意外であった。

「故郷の地、ですか。やはり故郷の地というものは離れがたいものなのでしょうな。生れながらに同じ地に住むわたしにとっては実感できませんが、それでもお心は分かる気がいたします」

双樹が得心して言った。

「その地のことではない。血脈のことだ。故郷の地に生きた者たちの中に、脈々と流れている血のことだ」

一茶の心の中には、十五でわけも分からず故郷を追われた時の痛恨が今も消えない。一茶は、長ずるに及んで、長男の自分が江戸に追われたということは、小林家の血脈から断絶されたことを意味するのだと思い知った。そう思う一方で、今さら故郷に帰る術はないものと覚っていた。だが、五年前、柏原に帰省した折に思わぬ形で帰郷の道が開けてきた。父弥五兵衛が病で倒れ、一茶を江戸に出した経緯を語り、そのことを悔い、一茶と弟の仙六が遺産を分割することを言い遺して死んだ。そして、一茶に対しては、故郷に戻って嫁を取って安穏に暮らせと言い残した。一茶はきっとそうすると固く父に誓った。父の言葉は、漠然としていた過去を霧を払うようにはっきりさせ、これまでわだかまっていた恨みがけっして疚《やま》しいものではないのだと覚らせた。一茶は、そう思うと自分が故郷の血脈の中に戻るのは当然のことに思えてきた。そして、何よりも父と約束したことを果たすべきだという思いが強かった。

「それほどに故郷に執着なさる先生が、長く江戸に留まっておられるのはどうしてでしょうか」

双樹は、そのことが心に引っかかる。何か故郷に帰れないわけがあるのだろうか。それとも江戸からも下総からも離れがたいのであろうか。もしそうなら、ここにこのまま留まるかもしれない。双樹は、心の中で必死に一茶をこちらにつなぎ止めようとする。

「父の遺言を弟と母が承知しない。しかし、何としてでも二人に父の遺言を呑ませるつもりだ。来年は父の七回忌だ。その時は柏原に行って談判する」

一茶の言葉にも目にも、家族に対する敵愾心《てきがいしん》が燃えているようだった。双樹は、いつもとは違う一茶にうろたえた。

双樹は、一茶と両吟で歌仙を巻くのが何よりの楽しみだった。この日も歌仙を巻くのを楽しみにして一茶宅を訪れたのだった。一茶の帰郷の話を聞いて消沈気味の双樹であったが歌仙を所望した。歌仙に臨むと、一茶はいつもと変らぬ一茶に戻った。そして、すぐに発句を詠み、双樹が脇句を付けた。

閑古鳥信濃の桜咲きにけり　一茶
槇《まき》の卯《う》月《づき》にかゝる薄《うす》靄《もや》　双樹

一茶は、先ほど話題にした奥信濃の遅桜《おそざくら》をそのまま発句にした。いつもはなずむことのない双樹が、なかなか脇句を付けることができなかった。付けた後も自分の句に満足できず、すっかり句心が乱れてしまった。名残《なごり》の表《おもて》まで進んだところでとうとう精根が尽き、一茶の句に付けることができなかった。やむなくその日の歌仙はそこで中断した。

一茶は、双樹が言った「芭蕉門下に園女《そのめ》あり、一茶門下に花嬌《かきょう》あり」という言葉が頭から離れなかった。日増しに花嬌に対する思いがつよくなり、ついに会う決心をした。双樹と話をしてから一か月後のことである。一茶は夕方船で江戸を発ち、翌日木更津に着いた。それから何度か訪れている富津の大乗寺に住職の徳《とく》阿《あ》を訪ねた。徳阿は、一茶が来ると村の俳諧仲間に触れ回った。連衆《れんじゅ》も一茶が来るのを心待ちしていて、知らせを受けるとすぐに大乗寺にやって来て連日歌仙を巻いた。歌仙が満尾すれば酒食が饗《きょう》されて座が賑った。

夜になって連衆が帰っていったあと一茶が徳阿に言った。

「花嬌さんというお人はどういうお方ですか」

「ああ、織本家の花嬌さんのことですね。花嬌さんが何か」

「わたしの月並によく投句してこられますが、なかなかいい句を詠まれるので、どのようなお方かとつい気になりまして」

「そうなのですよ。この地でもけっこう評判のお人です。早くからご主人と一緒に江戸の蓼太《りょうた》先生に師事して俳諧に精進されました。ご主人が亡くなられたあとは出家なさいました。ご主人との間には子がおりませんでしたので、養子をお取りになっておられました。織本家は代々名主を勤める家柄でして、上総《かずさ》きっての造り酒屋でもあります。そのうえ、大地主で、大名相手に貸金も営まれております。花嬌さんのご実家も名主のお家柄です。ご主人が亡くなると、家業は養子の子盛《しせい》さんに継がせて、ご自身は離れを作って隠居暮らしをなさっておられます」

徳阿の話を聞いているうちに、一茶の心の中で、花嬌はますます気高い存在になっていった。

「ご一緒に俳諧をなさることもあるのですか」

「ご主人が存命の頃は幾度かご一緒したことがあります。俳諧に対する熱意は少しも失せてはいません」

「そうでしょうね。そのことは句にもよく表れております」

「花嬌さんをお訪ねなさってみてはいかがですか。きっと喜ぶと思いますよ。ぜひそうなさいませ」

徳阿のその言葉が、一茶の心を後押しした。

翌日、一茶は織本家を訪れた。名主を勤め、造り酒屋を営む織本家の邸宅は長屋門を構えていた。門を入ると、右手に蔵が二棟建っていた。左手には内塀が巡らしてあり、その向こうは庭園になっているらしく、古木が生い茂っているのが見える。母屋の正面に帳場があり、番頭が座っていた。一茶が来意を告げると、番頭は奥に入っていったが、なかなか戻ってこなかった。ようやく戻ってくると、番頭は女中を呼び、一茶を離れに案内するように言いつけた。

女中は母屋を出て、内塀の入口から庭園の中に一茶を導いた。庭園内は植え込みを縫うように飛び石を配した小道が通じていた。離れはその奥にあった。入口には対潮庵《たいちょうあん》と書いた扁額《へんがく》が掲げてあった。離れの女中に引き継がせて、母屋の女中が戻っていった。一茶は、女中に促されて座敷に上がった。座敷の前には紫陽花《あじさい》の花が咲いていた。そのそばに葉の白い草が生えている。梔子《くちなし》の花も咲いている。その向こうには今歩いてきた庭園の深い茂みが見えている。視線を巡らすと、木の間越しに母屋とその裏にある酒造所の建物の屋根が見える。

ほどなく花嫣が座敷に入ってきて一茶と向き合って座った。その時、かすかな匂いがした。一茶は花嫣の姿を見て息を呑んだ。花嫣は、白い絹の頭巾をかぶり、黒の薄物《うすもの》を着ていた。白い襦袢《じゅばん》が透けている。顔は色艶《いろつや》がよく、目が涼やかである。一茶は、まだ見ぬ花嫣の姿を心の中に描いていたが、目の前の花嫣はそれよりもずっと美しかった。花嫣の姿を見つめながら、一茶はふと双樹が話した園女のことを思い出した。かぶっているのが笊《ざる》でなくてよかったと思うが、頭巾をかぶっていることが惜しまれた。

「花嫣でございます。先生にお目にかかれて、ほんとうに嬉しゅうございます」

花嫣がお辞儀をして言った。その動作も静かで、声にも五十を過ぎているとは思えないほど艶があった。

「わたしもお目にかかれて嬉しゅうございます」

一茶は、うろたえている自分を意識して、いっそううろたえた。

「結構なお座敷ですね。対潮庵というのもなかなか風流です。海が近いのですか」

「ええ、塀で見えませんが、このすぐ先が海でございます」

花嬌が指さした。白いしなやかな指だった。

「なるほど。目には見えずとも、心はいつも海を見ているというわけですな」

「風が潮の匂いと波の音を運んできてくれますの。今日は風がありませんけれど」

「いえ、たしかに潮の匂いがします」

女中が茶を運んできた。女中は若い娘だった。茶には落雁が添えてあった。歯が悪い一茶であったが、花嬌に勧められて落雁を口にした。歯を心配するあまり味わう余裕はなかったが、一茶は落雁をほめた。

「今日は、先生にお目にかかれてほんとうに幸せでございます」

花嬌は、また一茶を迎えられた喜びを表した。

「やはり俳諧の道は、師の導きがないと一歩も先には進めません。刷物《すりもの》を通して先生のお導きを得られるようになりまして、わたくしは救われました。ましてこのように先生にお目にかかれましたことは、僥倖《ぎょうこう》以外の何物でもございませんわ」

花嬌が言った。

「蓼太《りょうた》先生のご指導を仰いでおられたと伺いましたが」

「さようでございます。ですがその蓼太先生が亡くなられまして、それに一緒に俳諧をやっておりました夫まで亡くしまして、途方に暮れておりました」

白絹《しらぎぬ》の頭巾に包まれた花嬌の顔がくもった。

「けれども、一茶先生に巡り合うことが出来まして、ほんとうによかったと思っております」

一茶は、美しい花嬌にこれほどまでに慕われていることに驚きもし、嬉しくも思った。そして、花嬌の句がいくつか脳裡に浮んだ。

白梅や軒端《のきば》にかけし干《ほし》あらめ
春風や女力《をんなぢから》の鍬《くは》にまで
藍くさき此《こ》の町早し更衣《ころもがへ》

更衣の句は、先月の月並に投句してきたものだ。一茶はこの句に長点を付けた。花嬌と向き合っていると、それらの句がいっそう深みを増し、優艶な趣を帯びてくるのだった。

「ご当地は俳諧が盛んなようですが、俳席にお出になることはないのですか」

一茶が聞いた。

「今はこのような姿ですので。けれども、一茶園月並のお陰で俳諧に精進する楽しみが増しました」

花嬌の姿勢は少しも動かなかったが、白絹の頭巾の口もとあたりが話すたびにかすかに動く。

「花嬌さんの句はなかなか評判がよろしゅうございます。一茶園の華だと言って、みな楽しみにしておりますよ」

花嬌をほめていると、一茶の心はいっそう熱くなった。話に夢中になっているうちに、膝に置いている手の甲《こう》がこそばゆくなった。見ると蚊が止って血を吸っていた。一茶は叩かずにじっと見ていた。それを見て花嬌が言った。

「どうなさったのでございますか」

「蚊が止っております」

一茶はなおも血を吸う蚊に見入っている。花嬌が払おうとして前屈みになった。

「このまま、このまま。」

一茶が花嬌を制した。

「ようやく血にありついてよほど嬉しいのでしょうな。一心不乱に吸いながら、後足をしきりに振っておりますよ」

腹いっぱい血を吸った蚊は、大儀そうに、そして、さも満たされたというように飛び去った。

「慈悲深いお心ですこと」

花嬌が袖で口をおおって笑った。

「蚊もじっと見ていると、なかなかかわいいものですよ」

一茶は、満足そうに笑うと、即興の句を吟じた。

「〈目出度さは上総《かづさ》の蚊にも喰はれけり〉」

それは、花嬌に対する挨拶であった。花嬌に会えた喜びがそのままに出ている。対潮庵で目にするものは何もかもがめでたく、美しい。自分の血を吸う蚊までがいとおしく思われる。一茶の句を聞くと、花嬌はにっこり笑った。
「そのお句をいただきとうございます」
花嬌はそう言うと座敷の隅に置いてある茶箪笥の引き出しから短冊を取り出して一茶に差し出した。一茶は、矢立の筆でその句を揮毫《きごう》した。短冊は三枚あった。あとの二句は以前に詠んだ次の句であった。

春がすみ鍬とらぬ身のもつたいな
時鳥火宅の人を笑ふらん

春がすみの句は、鍬も取らずに遊び暮している我が身に対する自嘲であるが、花嬌の句、〈春風や女力の鍬にまで〉の句に応じたものである。時鳥の句の火宅の人は一茶自身のことで、風流を知らず俗にまみれて生きている我が身を時鳥は笑うだろうと、卑下を装っておどけている。短冊を見た花嬌は、声を漏らして笑った。

対潮庵を辞したあとも、一茶は花嬌に会った興奮の余韻が冷めやらなかった。白絹の頭巾をかぶった気品のあるやさしい顔が脳裡から消えることはなかった。花嬌が門弟であるという意識は消え、何やら大きく温かく包まれるような気がして、ともすると、その懐に飛び込んで抱かれたい思いに駆られる。その思いは、長く一茶の胸の奥に沈んでいたものであり、花嬌に会ったことによって呼び起こされ、御しがたく溢れ出てきた。一茶自身は意識しなかったが、それは亡き母に対する思慕であった。母は一茶が三歳の時に死んだから、何一つ記憶に残っていない。だが、母の存在は一茶の心から消えることはなく、癒されることのない思慕がある。母は若くして死んだ。花嬌は五十を過ぎている。だが、一茶の中ではごく自然にこの二人が重なっていった。

秋になった。太三郎は、なかば居候のようにして一茶のもとに入り浸っている。俳諧に精進してはいるものの、依然として其角《きかく》をまねた独り善がりな句が多かった。一茶は一茶で、易《えき》に夢中になっていて、知人や友人に占いをしてやっていた。頼まれてすることもあれば、押しつけるようにして占いをしてやることもあった。ある日、太三郎が一茶に占いをしてほしいと頼んだ。

「何を占ってほしいのだ」

一茶が嬉しそうに聞いた。

「結婚のことです。かやさんのことは忘れられませんが、やっとあきらめがつきました」

「そうか。それも止むをえまい」

「国に帰ってかやさんの話をしたときは、みな喜んでくれました。それで結婚に対する思いが揺るぎないものになりましたが、かやさんが消えてしまって、それも水泡に帰してしまいました。けれども、この頃、やはり所帯を持って人並の幸せな暮らしをしたいと思うようになりました」

太三郎が神妙な顔で言う。

「分かった、占ってやろう」

一茶はいかつい顔になって箱を手に取って振り、筮竹《ぜいちく》を取り出しては易書《えきしょ》をめくった。

「先方とはくれぐれもよく話をして進めれば結果はよろしいだろう。しかし、困難なこともあろう。だが、あせってはならぬ。何事も潮というものがある。それを見誤ってはならぬ。いたずらに急げば実るものも実らない」

俳諧のことではいっこうに一茶の言うことを聞き入れない太三郎だが、まるで神のお告げを聞くようにして一茶の占いを聞いた。その日は、おとなしく帰っていったが、翌日またやって来た。

「昨日の占いについてよくよく考えました」

太三郎が言った。

「うむ」

易の結果が太三郎に効いたと思って、一茶が気をよくした。

「考えれば考えるほど、占いの一つ一つが思い当ります。かやさんには何も話さないまま、一人で突っ走ってしまいました。あせってもいました。もっとじっくり考えて、かやさんと相談しながら進めるべきでした。それに、絶好の潮を見過ごしてしまいました。あれもこれもまちがっていた。それでかやさんを失ってしまった」

太三郎は、悔やんでも悔やみきれないようすだ。だが、そう言ったあとで言った。

「お願いです。もう一度占ってください」

「それはできない」

「なぜでございますか」

「初筮《しょぜい》は告ぐ。再三すれば瀆《けが》る、瀆るれば告げず、と易書にある」

一茶がきびしい顔で言った。

「再度の占いをお願いするのではありません。今日は、わたしの願いが叶うかどうかを占っていただきたいのです」

太三郎が食い下がった。

「それは昨日のことと同じことだ」

太三郎は不満そうであったが、再度の占いを一茶にきびしくことわられた。

太三郎が帰ったあと、一茶の胸にあるつよい思いが湧いてきた。それは結婚に対する思いである。父弥五兵衛は、我が身に迫りくる死を予感して、枕辺にいる一茶に言った。自分が死んだあとは、妻《めと》を娶り、この柏原を離れてはならぬ、と。一茶は、天地神明に誓ってその仰せを守ると父に約束した。弥五兵衛は喜び、全財産を一茶と弟の仙六に分与する旨を遺言して死んだ。

だが、一茶はその後江戸に戻り、仙六と遺産相続の話をするでもなければ、柏原に帰ってもいない。だからといって父との約束を蔑《ないがし》ろにしているわけでも忘れているわけでもない。一茶の頭の中で、所帯を持って人並の暮らしをしたいと言った太三郎の言葉がぐるぐる回る。柏原に帰ろう。胸の奥深く沈んでいる故郷への執着が噴き出してきた。来年は父の七回忌法要がある。その折に柏原へ帰ろう。一茶の帰郷への思いが固まった。その夜、ふと夜空を見上げたときに句が成った。

　どの星の下が我家ぞ秋の風

随斎会の月並会の日がきた。その日はいつもより多くの連衆が集った。

「しかし、何ですなあ、今日日《きょうび》、読み物はみな敵討物《かたきうちもの》ばかりですな」

乙因《おついん》が言った。連衆が話題にしているのは最近の出版事情である。

「雷太郎強悪物語《いかずちたろうごうあくものがたり》、あれはなかなか面白い。たいへんな評判のようですな」

祇兵《ぎへい》が言った。

「どうもわたしは敵討物は好きになれない。血なまぐさいし、殺伐として辟易《へきえき》する」

太笻《たいきょう》が首を振った。

「太笻さんはやはり洒落本《しゃれぼん》が好きなのでしょう」

梅夫《ばいふ》が揶揄《やゆ》すると、みな笑った。

「小田原屋さん、いかがです。太笻さんのために暖簾《のれん》を懸けて洒落本を出されては」

浙江《せっこう》が梅寿《ばいじゅ》に向って言う。梅寿は、日本橋に店を構える書肆《しょし》で、小田原屋というのはその屋号である。

「くわばら、くわばら。財産没収の咎に処せられたのでは元も子もないですからな」

梅寿が大仰に手を振った。

「それにこのご時世ではさすがに洒落本を書く者はいませんよ。かの京伝でさえも筆を断っていますからな」

「手鎖《てぐさり》五十日がよほど身にこたえたのでしょうな」

一茶がうなずいて言う。

「洒落本もさることながら、黄表紙《きびょうし》もまた受難ですな」

耕舜《こうしゅん》が口を挟んだ。

「黄表紙の作者は巧みにお上の非を暴《あば》き出しました。それを読んで庶民も笑って鬱憤《うっぷん》を晴らすことができた」

久しぶりに顔を見せた尾張藩士の李台《りだい》が言った。

「しかし、お上はそれもきびしく取り締った。喜三二《きさんじ》はご主君の命令で絶筆。春町《はるまち》は奉行所に呼び出されてそこで病没。琴好《きんこう》は江戸払い」

祇兵が指を折るようにして言った。

「お上も罪なことをなさるものですな。何でも春町は病死ではなく、きびしい折檻《せっかん》のために死んだということです。あれは松平定信さまの命によるものだと聞きましたよ」

李台は、同じ武士の身で無念な死をしいられた春町に同情した。

「書物にかぎらず、浮世絵の歌麿《うたまろ》や豊国《とよくに》までお咎めを受けるのですからやり切れませんなあ」

梅夫が言った。

「それはそうと、膝栗毛《ひざくりげ》は化物ですな。四年前に世に出て以来、あとからあとから続編が出て、いっこうに評判が落ちない。増刷に次ぐ増刷で、版木《はんぎ》が擦り減ってしまい、彫り直していると言いますからなあ」

一茶がしきりに感心して言う。

「たしかにあれは面白い。腹の皮がよじれる」

耕舜《こうしゅん》もうなずく。

「お上も、たいして薬にもならないが、毒にはならないと野放しにしているところがありますな」

太筇が言った。

やがて、執筆《しゅひつ》が選が終ったことを告げた。いい句が揃ったと言って成美は機嫌がよかった。その日の題は、「秋風」と「木《こ》の実」であった。一茶の三句が長点をつけられた。

焼柱《やけばしら》転げたなりに秋の風
笠紐にはや秋風の立《たつ》日哉
柴栗や馬のばりしてうつくしき

その年の三月四日、江戸は大火に見舞われた。芝車町《しばくるままち》から出火した火は、強風にあおられてまたたく間に広がり、八十余の藩邸、六十余の寺院、二十余の神社が焼けた。人も千二百余人が焼死、あるいは溺死した。

「春の大火は、まさに阿鼻叫喚の地獄であった。その惨状の跡がまだそのままに残っている。ともすると、このような景を詠むと重くなる。だからといって軽く詠むのも不謹慎だ。その点、一茶さんの詠みぶりは天《てん》賦《ぶ》のものというべきでしょうな。転げたなりに、とさらりと詠んで、何とも言えないあわれを醸《かも》している。あとの二句も一茶さんの真骨頂というべき句です。ことに柴栗の句が面白い。天高く馬肥ゆる秋。よく肥えた馬が勢いよくばりをする。なんとも爽快だ。それを、うつくしきと言い切ったところがよい。芭蕉翁の句にも、〈蚤虱馬の尿《ばり》する枕もと〉、という句がありましたな。この句は、翁の句に勝るとも劣らない」

成美は、一茶の句をほめた。

一茶が家に戻ると、家主の太兵衛と顔を合わせた。太兵衛は、今夕一緒に酒を飲もうと言った。夕方を待って一茶は家主宅を訪れた。馳走に泥鰌汁《どじょうじる》と里芋の煮物が出た。

「うまい。わたしは泥鰌汁がことのほか好きでしてな」

一茶は、いとの料理をいつもほめる。いとはそれが嬉しく、一茶が来るのを楽しみにしている。

「何杯でも召し上がれ。たくさん作ってありますから」

「どうぞご遠慮なく」

太兵衛が一茶に酒を注いだ。

「久米三郎のことでは、いろいろとお力添えをいただきありがとうございました。お陰さまでわたしども
は後顧の憂いがなくなりました」

「それはよかった。久米三郎さんとはその後お会いになっていますか」

「倅はめったに来ませんが、これが時折堀江町に行っては、何やかやと届けています」

「勘当を解いたのですから、いっしょに住むようにしましょうよ」

いとが眉を寄せて太兵衛に訴える。

「急ぐことはない。久米三郎には久米三郎の魂胆があるのだ。気のすむようにさせてやるさ」

「そのようなのんきなことをおっしゃって、久米三郎がこのまま独り立ちして戻らなくなったらどうなさ
るおつもりですか。ねえ、一茶先生もそうお思いになられますわね」

いとが一茶に加勢を求める。

「久米三郎さんはきっとこちらに戻ってこられますよ」

一茶が言った。

「なぜそうだと言い切れるのかしら」

一茶を頼んでいたいとは、恨みがましく一茶の顔を見た。

「久米三郎さんを信じてあげるべきです。久米三郎さんは、勘当を解かれても、まだ自分を許すことができないのですよ。けれども、そのうちにきっと自分を許せるときが来ます。そうすればきっとこちらに戻ってきます」

一茶が言った。

「そうだ。先生がおっしゃるとおりだ」

太兵衛がうなずいた。

「それはいつのことでしょうか。久米三郎も二十七ですよ。早く戻ってきて、嫁を取って安心させてほしいとお思いになりませんか」

いとは、太兵衛を責めるように言う。

「言われるまでもなく、わしもそれを考えている」

太兵衛がいとの勢いに押されてうなずいた。

「人は、結婚してこそ身が固まるものです。そうですよね、先生」

いとがまた一茶に加勢を求めた。

「さよう、さようですとも。わたしも根無し草なのは結婚できないからです」

一茶が自嘲した。

「先生は、結婚をお考えにはならないのですか。結婚したいとはお考えにならないのですか」

いとが真顔で一茶の顔を見つめた。父との約束が一茶の胸中をよぎったが、それを口には出さず、笑って言葉を濁した。

家に戻って一人になると、一茶は、いとが言った言葉にこだわった。同時に死ぬ直前に言った父の言葉が重くのしかかってきた。柏原に帰って嫁を取り、けっしてここから離れてはならぬ。その言葉を反芻《はんすう》しているうちに、しだいにそれが父の言葉なのか、それとも自身の内なる声なのか判然としなくなった。

秋が深まったある日の夕方、太三郎が血相を変えて一茶のもとにやって来た。

「父が死にました」

入って来るなり太三郎が言った。一茶は、一瞬、太三郎の言葉を呑みこめなかった。

「何と申した」

「父が死にました。今しがた、国から飛脚が届きました」

「平湖さんが。いつ亡くなったのだ」

一茶は、あの達者な平湖が死んだことが信じられない。

「六日前です。葬式には間に合いませんでしたが、明日の朝帰ります」

太三郎はそう言うと家にも上がらず帰っていった。

数日後、耕舜《こうしゅん》がやって来た。先日の随斎会で会ったとき、一茶が詩経《しきょう》を読みたいと話したので、手元にあったそれを持参したのだった。元武士であった耕舜は、漢学に長《た》けており、多くの蔵書があった。一茶が欲するものはほとんど揃っている。一茶は、先日借りた文選《もんぜん》の中の気に入った文章や漢詩の感想を述べたり、意味を問うたりした。しばらく漢籍の話をしたあとで、一茶が言った。

「先日、国の大切な連衆《れんじゅ》を亡くしましてな」

「それはご愁傷さまです」

「その者というのは、太三郎の親でして」

「太三郎さんのお父さまが」

「家も近く、親戚よりも頼りにしていた人です。それに、柏原ではかけがえのない俳諧仲間でした」

「いつぞや江戸においでになった平湖さんですね」

耕舜は、一茶の落胆ぶりを見て、その人物が一茶にとってどれほど大切であったかを察した。

「太三郎さんもお気の毒に。さぞかし気を落しておられることでしょう」

「太三郎が帰郷して、かやさんと結婚する旨を話したときは、それはそれは喜んだらしい。江戸で所帯を持つなら、何なりと力になると言ったそうだ。長男でありながら国を捨てた息子が不憫《ふびん》でならなかったのでしょう」

「太三郎さんは、かやさんと結婚できなかったのも、お気の毒でしたな」

「かやさんのことはようやくあきらめがついたようだ。この前、自分の結婚について占ってほしいと言ってきた。次の日に今度は結婚の望みが叶うかどうかを占ってほしいと言ってきた。やはり、所帯を持って国の者たちを安心させたかったのだろう」

一茶は、息子の結婚を見ずに死んだ平湖の無念さを思いやった。

父平湖が死んで帰郷していた太三郎が戻ってきた。太三郎は、父の死に目にあえず、葬式にも間に合わなかったことを悔やみ、自分を責めてひどく落ち込んでいた。一茶は、故郷の大切な同志を失ったことを悲しんだ。それもさることながら、太三郎の将来が案じられた。しばらく越前屋の居候をしてぶらぶらしていた太三郎だったが、かやと親しくなって心を入れ替え、所帯を持とうと決心して居候を止めた。平湖はそれを喜び、当面の援助を約束した。だが、かやは行方が知れず、父の平湖が死んでしまった。髪結いになるという思いも今は失せている。俳諧の面では才能も熱意も今一つだから、宗匠として生きていくことも考えられない。

「それで、これからどうするつもりだ」

一茶が聞いた。

「所帯を持ちたい。まっとうな仕事をして、所帯を持ち、世間並みの暮らしをしたい」

太三郎は、父を失った悲しみはともかく、将来に対する不安などなさそうに見える。そのようすを見ていると、一茶の方がよけい不安になる。

「何の仕事をするつもりだ」

「久米三郎さんのような仕事でもやろうかと考えています」

太三郎は、仕事の話もいっこうに熱が入っているようには見えない。

「伽羅《きゃら》の油《あぶら》を商うのか」

「久米三郎さんは、いずれ実家に戻るおつもりのようですから、そのときは商売道具も馴染みの客もそっくり譲ってくれると言っています」

「しかし、それはいつのことか分かっての話か」

「久米三郎さんはもうしばらく実家には戻らないつもりのようです」

「それではそなたが困ることになろう」

一茶がなお心配になってくる。

「平湖さんは何ぞ遺言してあったのか」

「いえ、父の死は急でしたから、遺言も残さず逝ってしまいました」

太三郎は長男でありながら故郷を捨てて出奔したのだから、もとより故郷に戻ることは叶わない身である。それに、父の遺言がないのだから遺産の相続もむずかしいはずである。ところが、太三郎が悩んでいるようすはさらさらない。一茶は、それが気になる。

「家族はみなわたしのことを心配してくれました。お婆《ばば》も、母も、弟も。分家を立てて家屋敷をやるから柏原に帰れと言いました。けれども断りました。すると、せめて江戸での暮らしの分は持たせてほしいというものですから、それだけは受け取ることにしました」

太三郎は、涼しい顔をして言う。すると、一茶は急に腹が立ってきた。腹立たしさが昂じて憤りが四方八方に向って噴き出した。太三郎のことを心配していたおのれが愚かしく思えてきた。父が死んで故郷を失っても何の憂いもなさそうに見える太三郎がいまいましくなってくる。出奔した太三郎を家族みなが心配しているのに引きかえ、継母と弟は父の遺言を反故《ほご》にし、まるで自分を疫病神《やくびょうがみ》のように忌《い》んで追い払おうとする。一茶の中で、いつの間にか太三郎に対する思いが消え、継母と弟に対する反発が強まっていった。

「桂国さんも勧国さんも、先生がいつ柏原に戻られるかと気に掛けておられました。ひたすら先生のお帰りを待っていると、くれぐれも申し伝えてほしいと言付かってきました」

桂国と勧国の消息を聞いたことで、一茶はいっそう故郷への思いをそそられた。

文化四年（一八〇七）の年が明けた。一茶は、須崎に初日の出を拝みに出かけた。いい初日を拝むことができたことで、一茶は気をよくした。何物にも妨げられることなく昇った大きな初日を眺めていると、胸のうちにふつふつと力が湧いてきた。今年はいい年になると思った。そう思ったあとで、いや、いい年にするのだ、と自分を奮い起こすように思い直した。一茶の胸のうちにあるのは、故郷の柏原であった。父が死んでから六年が経つ。その間、一茶は故郷に戻らなかった。だからといって故郷を忘れたわけではなかった。江戸にありながら、柏原の村方《むらかた》に伝馬金《てんまきん》を怠りなく納めている。これは、実家の半分の戸主が自分であることを世間にも継母と弟にも示すとともに、柏原への帰郷を諦めたわけではないということの意思表示のためであった。六年のあいだ故郷に帰らなかったのは、一つには遺産相続が容易に解決できる見通しが立たなかったからである。それと、もう一つには江戸の大御所的な存在である夏目成美のもとで今しばらく俳諧の修業を続け、天下に名を揚げたいという野心があった。一茶は、もはや自分の俳諧の道に迷うことはない。

そして、上総《かずさ》と下総《しもうさ》方面に確たる俳諧の地盤を作りおおせたという充足感がある。

帰りなんいざ。昇りゆく初日を見ながら、一茶は口に出して言った。遺産相続については、こちらには何ら非はない。非があるのは継母であり、弟である。正義は必ずや通る。今年こそは毅然たる態度で遺産相続の話し合いに臨み、父との約束を果たそう。そして、今度は信濃に俳諧の地盤を作ろう。その決意はもはや揺るぐことはない。

はつ春やけぶり立《たつ》るも世間むき
元旦も爰《ここ》らは江戸の田舎哉
沙汰なしに春は立《たち》けり草屋敷

その年の歳旦吟である。一茶は、これといった生業《なりわい》もなく、遊んで暮らしている。そのような自分にいささかの後ろめたさがある。世間では元旦は早朝から竈に火を入れて雑煮を煮るが、一茶は雑煮を煮ることもない。正月は家主の家に呼ばれて雑煮にありつく。一家を構えていながら正月に竈に火を入れないのでは、世間に物臭ぶりをさらけ出すようなものだ。竈に火を入れるのは、そういう思いを吹き払うためである。だが、一茶はそういう自分を恥じることはなく、あたかも一幅の絵を見るかのように自分を眺めている。一茶は、障子を開けて外の景色を眺めた。空は晴れわたっている。軒先の矢竹の青色がすがすがしい。庭の梅の木は蕾が少し膨らんで、いくぶん赤みを帯びている。垣根の外の通りは静かである。竪川《たてかわ》の上を都鳥《みやこどり》が悠々と飛び交う。その遥か彼方に富士山が見える。おだやかな本所の元旦である。この草屋敷には訪れる人もなければ、沙汰もない。はからずも「沙汰もなし」という言葉が浮んだが、一茶はその言葉に敏感に反応した。

すると、にわかに俗念が湧いてきた。六年間何の沙汰も寄越さない継母と弟に対する憤りがいちどに噴き出した。沙汰を待っていたのでは前に進むことは叶わぬ。沙汰はこちらからすべきものなのだ。一茶は、自分を責め、鼓舞した。

穏やかな正月を迎え、今年は良い年になるという予感を抱いた一茶だったが、一月が過ぎたある日の夜明け方に、明るく光る物が江戸の空を東から西に向って飛んだ。人々はそれを見て不祥事の前触れだと噂して恐れた。はたして、それ以来江戸市中は乾燥した日が続き、烈風が吹き荒れる中、大火事が相次いで発生した。その月の終りに、両国の回向院《えこういん》で幸手不動尊《さってふどうそん》の出開帳《でかいちょう》が行われた。江戸入りした一行の隊列は江戸庶民の度肝を抜いた。一茶もその異様な行列を見物した。千人を超えるかと思われる講中《こうじゅう》が幟《のぼり》や錫杖《しゃくじょう》を持って前《ぜん》駆《く》に立ち、それに兜巾《ときん》と篠懸《すずかけ》を身に着けた山伏が大勢続く。その後に、大きな斧を担いだ山伏が法螺《ほら》を吹きながら続く。そのあとにも大勢の山伏が、厨子や神宝《じんぽう》を担いで続く。江戸庶民たちは、前年江戸入りした琉球人の行列にもまさると目をみはった。一行が江戸入りしてから数日後に開帳が始まった。一茶はご利益を得るべく、回向院へと出かけた。境内は文字通り立錐《りっすい》の余地もなく見物人で埋まった。境内には矢来が組まれ、その中で火が焚かれている。やがて山伏たちが列をなして呪文を唱えながら裸足で熾《おき》の上を渡っていく。見物人たちは、この荒行にまた度肝を抜かれた。一茶は見物人の間から火渡りを見物してから本堂の前に進み、人に揉まれながら幸手不動尊を拝んだ。一茶は、合掌しながらしばし瞑目《めいもく》したが、不動尊にすがるのではなく、自らの力で遺産相続の解決をするという祈誓を立てた。

一茶は、相変らず、上総《かずさ》と下総《しもうさ》方面の巡回を怠らなかった。流山《ながれやま》の双樹《そうじゅ》のもとを訪れたのは二月に入って間もない頃であった。あいにく双樹は多忙で歌仙を巻くことは叶わなかったが、わずかな暇を見ては一茶のいる離れにやって来て挨拶した。

「せっかくおいでいただきましたのに、何のお相手も出来ませず、ご無礼いたしております。ですが、どうぞ、ごゆるりとなさってくださいまし」

双樹は何度も頭を下げてあわただしく引き下がっていった。しばらくすると、また双樹が顔を出した。どうしても出かけなければならない用事が出来たと恐縮して言う。

「実は、一つお願いがございまして」

双樹が揉み手をして言う。

「ついぞこの間、椿説弓張月《ちんせつゆみはりづき》が出ましたね」

「馬琴の読本《よみほん》ですな」

「お読みになりましたか」

「いや、まだ読んでいない」

「なんでも、これまでにない雄大な構えで、波瀾に富んでいてとにかく面白いと申します」

「そうらしいですな」

馬琴の椿説弓張月が世に出たのは年が明けて間もない頃だった。それはたちまち評判を呼んでよく売れていた。

「お手数をおかけしてはなはだ恐縮ですが、それを購入して送って頂きたいのです。これはお代です。それとこれは路銀の足しにどうぞ」

双樹は、そう言って包みを差し出すと、そそくさと離れから出ていった。双樹が忙しそうにしているので、一茶は、双樹邸を辞した。それから布川《ふかわ》へと向った。一茶は、布川の月船のもとを頻繁に訪れている。富裕な船問屋の主である月船は、豪奢な離れを建て、一茶にそれを供していた。月船自身は俳諧にはあまり熱心ではなかったが、しばしばそこに長逗留した。この度も十日あまり滞在し、土地の俳諧人たちと交流して江戸に戻った。

ある日、太三郎が一茶のもとにやって来た。一茶は、一茶園月並の投句の選をしているところだった。選をしている一茶は気が立っていて取りつく島がない。それで、太三郎は用心して話しかけるのを憚っている。何をするでもなく、煙草を吹かしたりして時を過ごす。一茶は、それが気になって選をする心が乱れる。しばらくして、一茶の選が一区切りつき、両手を挙げて大きなあくびをした。それから縁側に座っている太三郎を見やった。何もしないでぶらぶらしている太三郎を見るといらついてくる。

「句は出来ないのか」

一時は殊勝に句作りに励んで句を持参したが、このところそれもなく手ぶらでやって来る。

「この頃、どうも句が降りてきません。一頃は見るにつけ聞くにつけ、勝手に句が降りてきましたが、今はまるで句が降りてきません」

太三郎は悪びれもせず煙草を吹かしながら言う。

「句は降りてくるものではない。心に映ったり浮かんだりする景情を詠むものだ」

一茶は、そのことを事あるごとに太三郎に言い含めている。

「それは分かっております。しかし、先生は句は作るものではない、成るものだとおっしゃいました。ですから、無理やり作るのをやめて、句が降って来るのを待つことにしました。成るも降るも同じことでしょう」

太三郎は、一茶に言われれば言われるほどかたくなになる。あたかも石に水をかけるように、一茶の言葉は沁みない。

「成ると降るは違う。成るというのは、練りに練ったうえで、おのずから句が調《ととの》うことを言うのであって、何もせずとも天から降ってくるということではない」

「練りに練るというのでは作るということと同じことではないでしょうか」

太三郎が言い返す。

「俳諧の道はけっして安易なものではない。内に絶えざる鍛錬というものがなくてはならない。句調わずんば舌頭に千転せよとは芭蕉翁の戒めだ。芭蕉翁は、命を削って旅をし、鍛錬を怠ることがなかった。句というものは、何もしなくても天から降ってくるものではない」

太三郎と一茶は、話すほどに隔たりが大きくなる。

「ところで、品川宿の大女の話をご存知ですか」

俳諧の話が始まると、一茶はいよいよくだくだしくなるので、太三郎は辟易して話題を変える。

「うわさによりますと、この間、品川宿の旅籠屋《はたごや》にとんでもない大女の飯盛り女が来たということです。

「対丈《ついたけ》が六尺七寸あるといいますから大した女ですよ」

太三郎が煙草を詰め替えた煙管《きせる》をくわえて深く煙を吸った。

「化物だな」

一茶も煙管に煙草を詰めて言う。

「ところがさにあらずなのですよ。駿州府中《すんしゅうふちゅう》から来た若い女だそうですよ」

「おおかた男が化けているのであろう」

「いえ、れっきとした二十歳そこそこの若い女で、なかなかの器量だといいます」

「対丈が六尺七寸もあって器量がいい女などいまい」

「それがいるのです。現にその旅籠屋はその飯盛り女を目当てに客が押し寄せて大繁盛しているということです」

旅籠屋が大繁盛していると聞いて、一茶も半分ほんとうかもしれぬという気になってきた。

「どうです、その旅籠屋に行って、大女をこの目で見てみませんか」

太三郎が一茶をそそのかすように水を向けた。

「女の化物など見たくはない」

一茶は、心と裏腹なことを言って顔をしかめた。世間のさまざまな出来事を文に物している一茶にとって、正直なところ、大女の飯盛りに興味をそそられた。だが、遊惰《ゆうだ》な太三郎に同調することは一茶の矜持《きょうじ》が許さなかった。

青葉の季節になって間もなく、耕舜《こうしゅん》が病気で死んだ。無二の親友を失った悲しみは深く、一茶は耕舜を偲ぶ一文をしたためた。

耕舜先生挽歌

柳沢勇蔵という人は、根も葉もない讒言《ざんげん》にあって、仕官していた武家から追放された。ふたたび仕官するのを不本意だと思ったのだろうか、葛飾《かつしか》の竪川《たてかわ》のほとりに住まいを構え、名を瀧耕舜と称して寺子屋を開いて生業《なりわい》とした。私はその住まいから橋を三ツ四ツ隔てた所に住んでいたが、隣家よりも親しく交わり、花の頃はいつも連れ立って歩きまわり、月が美しい秋の夜はともに筵《むしろ》に腹這いになって月を愛でた。夏は一つの蚊帳に入り、冬は一つの夜具に足をくるんだ。一日会わなければ百日も会わない思いがした。十年余りの親交は、節度を保ち、あたかも川の水がさらさらと流れるような潔白さであった。夜となく昼となく、飽かず語らい、ともに楽しみ、ともに嘆いた。

だが、この人は、二月中頃、にわかに病に臥し、日増しに顔がむくんできた。枕もとに座ってひたすら神仏に祈り、一日でも早く恢復したなら、真間江《ままえ》の穴足《あなあし》に行こう、隅田川の夕涼みに行こう、と言って力づけようとしたが、医師尚玄の薬も日増しに効かなくなり、四月十六日、いつもより落ち着いているように見えたが、死後のことを言い残して、眠るように息を引き取った。

思えば、この人とは、いかなる宿縁があったのだろうか、親交厚く、たがいを頼みとした。私は、田舎修業からの帰りには、必ず立ち寄って旅の疲れを癒したものだ。よもや、この人に先立たれるという憂き目を見ようとはゆめ思わなかった。まことに沖の舟が梶を失ったように、寄る辺なき思いがする。

空しい世の習いである。

此《この》次《つぎ》は我身の上かなく鳥

（高橋訳）

耕舜は、一茶にとって掛け替えのない親友であり、たがいに切磋琢磨する仲であった。この一文から、耕舜の過去が垣間見られる。耕舜は、さる武家に仕官していた。だが、心無い者の讒言によって主家から追放された。耕舜の家族のことについては何も語っていないから、妻子がいたのかどうかは分からない。国に妻子がいて、単身で江戸詰めをしていたのかもしれない。一茶はこの年数えで四十五歳である。耕舜の正確な年齢は分からないが、妻子がいたと考えても不都合はないだろう。そうだとすれば、耕舜は、国の妻とは縁を切って江戸に残り、寺子屋を開いたとも考えられる。ともあれ、一茶は耕舜と十年来親交を結び、ともに四季の風物を愛で、夜となく昼となく、世事や文事を語らい、ともに楽しみ、ともに嘆いた。だが、耕舜は病に臥してから二か月後にあえなく死んだ。一茶には思いだにしない耕舜の早逝であった。

ある日、一茶は成美亭を訪ねた。その日は月並会の日ではなかったが、常連の浙江《せっこう》が来ていた。いつもの広間で一茶と浙江が話をしていると、成美が顔を出した。手には書付らしいものが握られている。

「乙因《おついん》が死んだ」

一茶と浙江は、成美の言葉を呑みこめなかった。

「太笻《たいきょう》から手紙が届いた。名古屋の連衆《れんじゅ》から、乙因が死んだことを聞いたらしい」

乙因が伊勢参りに出たのは三月半ばのことだった。そのことは一茶も浙江も、むろん成美も知っていた。太笻が伊勢参りに出かけたのは、乙因に刺激されたからであった。

「乙因が死んだのは三月二十五日であったらしい」

「二か月も前に」

浙江が絶句した。

「戻らないのは、悠々と諸国を巡っているからだろうと思っていたのですが」

一茶も乙因の死が信じられず、思わず合掌した。

「名古屋に着いて三日後に病に見舞われ、それから四日経って死んだそうだ」

「お気の毒に」

浙江も合掌した。しばらく乙因を偲んで話をしているうちに、追善歌仙を巻くことになった。

家ならばかうは伏すまい夏の草　成美
涼みの夕べ月の見どころ　一茶
雨の山其の儘《まま》ほしき心して　浙江
そろりと門をくぐるみそ売り　美
正月はとある小藪も見事也　茶
菫《すみれ》と言へば腰の軽さよ　江

成美は、万葉集の旅の歌を踏まえて乙因の客死を悼み、冥福を祈った。一茶も浙江も成美の発句に心を重ねてともに乙因の冥福を祈った。だが、句が重くなっては死んだ者は後ろ髪を引かれる思いだろう。脇は一茶が詠み、伏している姿を夕涼みをして月を眺めるようすにさらりと転じた。浙江は、せっかく月の名所で涼んでいるのにあいにく山は雨である、だがその雨は久しぶりの雨とてありがたい思いもするると詠んだ。一茶の見事な転に誘われて、その後の付句は追善の歌仙にふさわしく総じて軽く流れていった。だが、中ほどまで進んだとき成美のもとに来客があったことで中断し、半歌仙となった。

長雨の季節が明けた。一茶は、長雨の旅の難儀を考え、両総方面への旅から遠ざかっていた。だが、それが明けて暑くなると、それもまた億劫で旅心はいっこうに動きださない。日の当る縁側に出ることを避けて、部屋の中で自堕落に団扇であおぎながらぼんやり外を眺めている。そこへ太三郎がやって来た。太三郎は、座り込むとすぐに煙管に煙草を詰めながら言った。

「品川宿に行ってきましたよ」

「どこぞ旅でもしてきたのか」

故郷以外は滅多に旅に出ない太三郎が品川宿に行くとは何事かと、一茶はいぶかしんだ。

「そうではありませんよ。例の大女を見るためです。鶴屋という旅籠屋なのですが、噂通り大変な込みようでした」

「わざわざ化物を見に旅籠屋に泊ったのか。あきれたものだ」

「化物だなどと、滅相もない。たしかに形《なり》は大女ですが、まれにみる器量よしでしたよ。色も白いし、ほかの飯盛り女など比べ物にならないくらい立ち居振る舞いが上品です。客はこの女を見るために泊るのですから、この女のもてなしを受けられない客は怒りだします。かわいそうに、ほかの飯盛り女たちはお手上げの体ですよ」

太三郎は、煙草の煙を深く吸い込んで言う。

「対丈《ついたけ》が六尺七寸もある女を抱く者がいるものか」

一茶は、吸った煙をぷっと吐き出す。煙草の煙を吸うよりも吐くことを楽しんでいるように見える。

「さすがに、わたしには出来ませんでしたが、けっこう夜もその女は客に持てているようです」

品川宿の大女の話をしたあとで太三郎が言った。

「ところで、七回忌はいつですか」

「七月十五日だ」

今年は弥五兵衛の七回忌に当る。一茶は、あらかじめ仙六から父弥五兵衛の七回忌の日取りを知らされている。弥五兵衛が死んだのは六年前の五月であったが、寺の都合で先延ばしになったということである。

「仙六さんと遺産相続の話をなさるのですか」

「そのつもりだ」

「もし、円満に話がついたとしたら、やはり柏原に帰られるのですか」

「けっして円満に話がつくことはあるまい」

父が死んでから六年経つ。その間、一茶は一度も柏原へは帰っていないし、手紙すら出していない。もしかすると、仙六も継母も、遺産相続のことは諦めたものと思い込んでいるかもしれない。となると、話はまったくの振出しに戻る。それを思うと、一茶は故郷へ向う心が重くなる。

一茶が江戸を発って柏原に着いたのは、弥五兵衛の七回忌の二日前であった。以前は、名所旧跡を巡りながらの旅であったから、江戸から柏原まで十日以上もかかったが、物見遊山の気分にはなれず、ひたすら故郷を目指して歩き続けたため、江戸を発ってから六日目に故郷入りした。だが、柏原宿に入るとさすがに足が重くなった。いつの間にか、たそがれていく奥信濃の東の空に月が昇っていた。一茶は立ち止まり、月を眺めた。十三日の月だ。赤く濁ってけだるそうな月であった。満ち足りぬその形もうとましかった。空は晴れているが、月の前にも後ろにも雲がある。やがて、後ろから迫ってきた雲が月を呑みこんでいった。はじめは透けていた月の影が見えなくなった。すると辺りが急に暗くなった。一茶の脳裏を不吉な予感がよぎった。一茶は、動きの鈍い雲を憎んだ。この雲さえ過ぎればふたたび月が現れる。一茶は息を呑んで雲の動きを見つめた。しばらくすると、雲の後部がしだいに明るくなってきて月が透けてきた。そして、吐き出されるように月が出た。だが、後ろの方からやってきた雲がまた月を呑みこんだ。その後ろにも雲が続いていて切れそうにない。一茶は、薄暗くなった街道を実家に向って歩き出した。

実家の庭に入ると、左手に狭い畑がある。そこに茄子や隠元豆《いんげんまめ》が植えてあるのが見える。一茶は、立ち止って畑を眺めた。六年前、父弥五兵衛はこの畑で倒れた。それから一茶は納屋《なや》のほうに目をやった。そこには仙六の姿があった。一茶は納屋に向って歩いていった。草の臭いが強くした。仙六は、馬に草を与えようとしているところだった。

「今帰ったぞ」

一茶が声を掛けた。

「兄さ、来てくれたんか」

仙六が顔を上げた。

「手紙がないもんで来ないかと思っていただよ」

その顔にはあからさまに困惑の色が出ていた。仙六は、自分が来ないものと思い込んで、形ばかりの法要の知らせを送って寄越したのだ。一茶は、そうは問屋が卸さないぞという気になった。

「先に入っているぞ」

一茶はそう言い残して納屋を後にした。家に入ると、さつが竈《かまど》で煮炊きをしていた。

「只今帰りました」

一茶の声にすぐには返事がなかった。土間は薄暗くて、さつの顔はよく見えなかったが、束の間の沈黙からさつの思いが伝わってきた。

「あれ、弥太郎さかえ。帰ってきなさっただか」

これが久しぶりに帰った者を迎える挨拶かと、一茶はあきれ、腹立たしさを覚えた。一茶は茶の間に上がり、旅の疲れを癒すべく煙草を一服吸った。仙六が、裏口から草を抱えて入って来て馬に餌をやった。土間の一角に馬屋があり、そこで馬を一頭飼っている。しばらくして仙六が家に上がると、さつが三脚の膳を出した。稗飯に漬物、野菜の煮物、それに野菜がいっぱい入った汁だった。誰ものを言わず飯を食った。過酷な仕事を終えた身をかろうじて養う二人分の飯を今日は三人で食う。一茶にとってはさほどでもないことだが、仙六とさつにとっては身も心もたえがたい。

飯を食った後、囲炉裏端に向き合って一茶と仙六が煙草を吸った。二人とも話の糸口がつかめず、寡黙だった。

「和尚はやはり塩崎から来るのか」

一茶が聞いた。

「いや、明専寺の和尚が来る」

「明専寺から」

一茶にとってそれは意外なことであった。父弥五兵衛の葬式の時には塩崎の康楽寺の住職を呼んだ。以前、柏原の明専寺の住職が若くして死んだあと、新住職の就任を巡って檀家を二分する騒動が起こり、本山の措置によって多くの檀家が明専寺から離れて塩崎の康楽寺預かりとなった。一茶の実家もそのとき明専寺の檀家から離れた。

「斧右衛門《おのえもん》さが二年前に死んだで、檀家を離れていた者はみな明専寺の檀家に戻ったんだ」

斧右衛門は明専寺檀家総代の任にあった人物で、明専寺の騒動で檀家を離れた多くの者は、やむなく斧右衛門に従ったという経緯がある。

「それはよかった。事あるごとに十里も離れた塩崎から和尚を呼ぶのでは不都合であろうからな」

「檀家を離れた衆は、斧右衛門さが死んでみなほっとしただよ。一人残らず明専寺の檀家に戻った」

「それはそうだろう」

一茶がうなずいた。

「それで、明専寺はその後落ち着いたのか」

一茶が聞いた。

「先の和尚が死んでから二年後に、未亡人のミエさは下山田の徳正寺から聟を迎えただよ。それが今の和尚さ。ミエさと和尚は仲がよくて、男のおぼこが生まれた。だども、今の和尚もおぼこも、先は幸せになるとは思えねえ」

仙六はにわかに多弁になった。片付けものを終えたさつも囲炉裏端に来て繕《つくろ》い物を始めた。

「それはどうして」

一茶がさらに聞いた。

「ミエさに聟を迎える時、先の和尚とミエさとの間に生まれたサチが成人したら、聟を迎えて、その聟を新しい和尚にするという取り決めがなされただよ」

「それでは、今の和尚は、ゆくゆくは子を連れて出ていかなければならないということか」

「そうなるだよ」

「なぜそのような筋の通らぬ約束がなされたのだろうな」

一茶には、仙六の言うことが理不尽に思えて呑みこめなかった。

「あのときは、あれこれと面倒なことが絡《から》んでいて、そうでもしなければ収まりがつかなかったのさ」

「面倒なこととは」

一茶は、つい仙六の話に引きこまれた。

「太三郎さのことよ」

繕い物の手を止めてさつが口を挟んだ。

「和尚が死んで、寺にはお婆《ばば》と後家さんと、それに女の子の三人だけになったのさ。すると、ほどなく太三郎さが後家さんのもとに夜這いしているといううわさが立ったのさ」

さつは吐き捨てるように言ってまた針を刺した。

「太三郎さが後家さんのもとに通っていたのはほんとうだった。後家さんはなかなかの器量よしだで、つい太三郎さも夢中になっただろうよ。そこで、檀家頭の斧右衛門さは、後家さんと太三郎さを一緒にさせて寺から後家さんを追い出し、新しい和尚を迎えようとしたのさ。ところが、本陣のご隠居が仲人になって、下山田の徳正寺から聟を迎えてミエさと結婚させたのさ」

仙六が一気にしゃべった。

「太三郎さのせいで、村中が大変な騒動になって、えらく迷惑したさ。檀家頭の斧右衛門さは、怒って檀家の半分を連れて明専寺の檀家から抜けてしまったのさ」

さつが苦々しく言う。

「それでこの家も檀家から抜けたというわけか」

「そうさよ。斧右衛門さには義理があるだで。こんなことになる元を作ったのは、太三郎さよ。そこで村中から憎まれて、太三郎さは村を出ていったのさ」

さつは、太三郎のせいで弥五兵衛の葬式には目と鼻の先にある明専寺の住職を呼ぶことが出来ず、十里も離れた塩崎から住職を呼ばなければならなかったことを今も根に持っているようだ。

「斧右衛門さへの義理で明専寺の檀家を抜けたものの、みな葬式や法事のたびにほとほと困っていただよ。二年前の暮れに斧右衛門さが死ぬと、翌年の春にはこぞって明専寺の檀家に復したのさ。それで、お父の七回忌にも明専寺の和尚を呼ぶことができるというわけさ」

仙六もさつも明専寺の檀家に復したことをこの上もなく喜んでいるようだ。一茶は、二人の饒舌を素直に聞くことができなかった。それが二人の底意を巧みに隠蔽するために仕組まれた罠のように思われた。仙六もさつも、懸命に話題を核心から逸らそうとしている。そう思うと、一茶はその手には乗ってはならぬと用心した。

明専寺の檀家騒動の話が尽きると、めいめいが寡黙になり、場が白んだので一茶は下座敷に戻った。下座敷は茶の間の西側の部屋で、南に面している。一茶は、以前帰郷した時もこの部屋で過ごした。さっきの仙六とさつの度を越した多弁が一茶の頭から離れない。考えれば考えるほど、そこに籠められた二人の底意が見えてくる。二人ともこちらに話をさせたくないのだ。自分たちも話をする気などさらさらないのだ。しかし、そうはさせない、今度こそ、言うべきことは言い、決着をつける。一茶は虚空に向って眦《まなじり》を決した。だが、この先待ち受けている多難を思うと心が重くなった。すると、柏原宿に入ったときに見た月が思い出された。雲から出た十三日の月は、すぐに雲に隠れた。間もなく出た月はまた雲に呑みこまれた。雲はいくつもいくつも続いていた。一茶は溜息をついた。それから矢立《やたて》を取り出して句日記帳に書きつけた。

たまに来た故郷の月は曇りけり

翌日、一茶は桂国を訪ねた。桂国はいつものように離れにいた。月中庵は、耳を聾せんばかりの蟬の声の中にひっそりと静まりかえっていた。

「いつお着きになられたのですか」

三年前の桂国の手紙に、長く臥していた妻が死んだと書いてあった。子がいない桂国は、妻に先立たれてひとりになってしまった。今は、ほとんど離れで過ごしているようだ。だが、桂国は思いのほか元気そうに見えた。

「昨日の夕方に着きました」

「おやおや、お疲れも取れないうちに早々においでくださいまして、まことに恐縮でございます」

桂国は、一茶が帰郷していの一番に訪ねてくれたことが嬉しかった。

「三回忌にはお帰りになるかと心待ちしておりましたが、お帰りにならなかったので寂しい思いをしました」

一茶の事情など関わりのない桂国は、一茶を迎えた喜びでいっぱいである。一方、抜き差しならぬ事情を抱えこんでいる一茶は、三回忌のことについては触れたくなかった。いつかは故郷に帰ると思いながらも、父が死んだあとさつと仙六を相手にひどい諍《いさか》いを起して去ったことを思うと、三回忌に帰郷する気にはなれなかった。

「俳諧は相変わらず精進なさっておられるようですな。この頃の桂国さんの句は秀句ぞろいです」

隠居した桂国は、江戸の一茶のもとに句を送り、添削をしてもらっている。句を送るときは、いつも過分な点料を添える。

「ですが、平湖さんが亡くなられて、胸に大きな穴があいてしまったようで、いまだにその穴を埋めることができないでおります」

平湖が死んだのは昨年の秋である。平湖は、桂国にとっては掛け替えのない俳諧仲間であった。

「中風《ちゅうぶ》であっけなく亡くなられまして。ひとり取り残された気がして寂しくてなりません」

桂国は、肩を落として深い溜息をついた。

「平湖さんが亡くなられたのは寂しいかぎりですが、これから、この柏原に大勢の俳諧仲間を作りましょう。そうすれば、平湖さんもきっと喜んで見ていてくれましょう」

一茶が落ち込んでいる桂国を慰めるように言った。

「さよう、さようですな」

一茶のその言葉で、桂国はすこし力を取り戻した。

「それにしても、この月中庵というのはなかなか気の利いた庵号ですな。桂は月にある木といいますから、桂国さんがいるここはつまり月中ということになりますな」

一茶は、庵号の謎解きをして感心した。

「ここは連衆《れんじゅ》が集る場所としては最高です。ぜひ、桂国さんが中心になって、柏原の俳諧を盛り上げてください」

「滅相もない。やはり柏原の俳諧は一茶先生に盛り上げていただかないことには」

桂国は、大仰に手を横に振った。

「ところで、先生は、こちらにお帰りになられるおつもりに変りはございませんか」

弥五兵衛の三回忌にも帰らず、六年ものあいだ帰らなかったのだから、桂国が心配するのも無理からぬことであった。

「故郷に帰って嫁を迎えるというのが、父との約束でしたから、必ずや帰ってきます」

「それを聞いて安心いたしました」

桂国は、心底安堵して表情をゆるめた。

「しかし、遺産相続の決着をつけることは容易ではありません。帰郷はまだ先のことになりそうです」

一茶のほうは、その話に移るとやはり滅入ってくる。

「仙六さんが承知しないのですか。さつさんも」

桂国のゆるんだ表情がまたくもった。

「わたしを疫病神のように思いこんでいますから」

一茶は冗談めかして笑おうとしたが笑えず、顔が強張った。それが事実であるだけに、口に出すと重くなる。

「腹を割って話し合えば、きっと決着を見ますよ。わたくしも微力ながら、なんなりとお力になりますから。どうか柏原に帰ることをあきらめないでくださいまし」

桂国は、せっかくつかんだ喜びを逃がすまいとするかのように、一茶につよく言った。

「それはともかく、法事が終りましたら、ぜひ歌仙をお願いいたします。勧国も喜びましょう。三吟で、平湖さんの追善ということで」

一茶はその日、桂国と半日ほど積もる話をして月中庵を辞した。

翌日、小林家で弥五兵衛の七回忌の法事が行われた。施主は仙六で、住職は明専寺の秀栄であった。本家の当主弥市をはじめ、隣保や村内の縁者が集った。一茶は施主の仙六の横に座ったが、参列者はみな仙六に挨拶をし、一茶のほうには形ばかりの礼をするだけで声を掛ける者はいなかった。たまたま目が合うと、まるで申し合わせをしているかのようにすぐに目をそらした。本家の当主弥市までがそうだった。村人からすれば、十五で村を出た一茶はけっして近しい者ではなかったから、挨拶をしようにも話の取っ掛かりがなかった。ましてや弥五兵衛の三回忌にも顔を出さなかったのだから、胡散臭《うさんくさ》さを覚えるのも無理はない。そのうえ、さつが遺産相続をめぐってよからぬことを触れ回ったこともあり、一茶に対する村人の目は冷たかった。

法事が終っても、一茶はすぐに江戸に戻るわけにはいかなかった。法事よりももっと大事なことがあったからである。だが、一茶も仙六も、そしてさつもわざとそれを避けていた。一茶がさつになにがしかの金を渡してあるので、飯は出すが、たがいに腹の中を探り合うだけでほとんど言葉を交わすことはなかった。法事が終って数日後、一茶は故郷でのいたたまれない思いを句日記帳にしたためた。

外に出れば、はゝきゞを分《わけ》るがごとくしる人の俤《おもかげ》をうしなひ、内にいれば、茨の中にやどるやうにとがくしく、さらに故郷のさまはなかりけり。

（外に出ると、遠くからはあるように見え、近づくと見えなくなるという帚木《ははきぎ》のように、もはや知る人の俤もなく、家に入れば茨の中にいるようでたえがたい。ああ、昔のやさしい故郷はどこにもない）

帚木は、信濃にあるという伝説の木で、遠くから見るとあるように見えるが、近くに寄って見ると見えないという。遠くから故郷を偲んでいると、物心がつく前に死んだ母や亡き母に代ってかわいがってくれた祖母、そして最期におよんで過去を詫び、我が子の将来のことを一心に考えてくれた父のことを忘れることがなかった。だが、故郷に来てみれば、大切な人々は今はいないということを思い知らされる。一方、家に入れば仙六とさつの無言の呵責《かしゃく》が待っているのであった。

八月に入って間もなく、一茶は野尻の湖光宅を訪れた。湖光もまた、一茶の帰郷を待ちわびている一人であった。湖光は、筋向いの関之《かんし》を呼びに使いをやった。関之も湖光に劣らず、一茶との再会を心待ちしていた。関之はすぐにやって来た。

「一茶先生とお会いするのは、六年ぶりですかな」

関之が言った。

「弥五兵衛さんが亡くなられた年でしたから、そういうことになりますな」

湖光も感慨深げに一茶の顔をしみじみと見た。

「弥五兵衛さんの三回忌にはお帰りになられるかとお待ちしていたのですが、残念でした。恐れながら、先生を恨み申しました」

関之は、桂国と同じことを言った。

「あの時はほんとうに落胆させられました」

故郷には自分の帰りを待っている人がいる。そう思うと、一茶は傷ついた心が癒されるのだった。

「以前、先生は、きっと故郷に帰るとおっしゃいました。わたくしどもは、そのお言葉を信じて、ひたすらお帰りを待っているのでございます」

「さようですとも。先生がこちらにお戻りになられたら、信濃の俳諧は一気に垢抜けすることでしょう」

湖光と関之の言葉は少しも他意がない。ひたすら一茶の帰郷を望むばかりである。二人の言葉に触発されて、怨念や憎悪におさえつけられていた望郷の思いがふつふつと湧いてきた。すると、闇の向うに一筋の光が差してきた。それから話がはずみ、一茶は江戸のことを話し、湖光と関之は旅の話などをした。しばらく談笑したあとで、湖光が言った。

「渋湯《しぶゆ》温泉はいかがですか。とてもいい温泉場ですよ」

湖光と関之は、しばしば渋湯温泉に行っている。

「そうそう。ぜひおいでなさいまし」

関之もつよく勧める。

「渋湯温泉は、一度寄ってみたいと思っていましたが、あの近くまで来ますと、故郷を思う心が逸って、つい寄らずに来てしまいます」

渋湯は、草津から山を越えて北国街道に出る途中にある。善光寺から北国街道を通って柏原に入るときは、中野から奥のほうに入って寄り道することになる。

「そうそう、可候《かこう》さんが先生にお会いしたがっておられます。先生がこちらにおいでの節はぜひ知らせてほしいと言われております。すぐに手紙で知らせておきましょう」

数日後、可候を交えての四吟歌仙が実現した。それからほどなく、一茶は渋湯温泉に出かけた。湖光と関之にそこで落ち合い、一緒に温泉に浸かり、土地の風流人を交えて俳席を催した。

一茶が故郷入りしてから一か月が経った。一茶は、近郷の縁者を訪ねたり、あちこちの名所旧跡を訪ねたりして日を過ごした。どこに行っても、江戸住まいの俳諧宗匠として歓迎され、なにがしかの金を手にすることができた。だが、家の中は相変らず重苦しかった。百姓の家人と顔を合わせるのは晩飯時だけだった。その晩飯は遅かった。三人とも黙って飯を食い、飯を食い終ると、仙六とさつは囲炉裏端に寝転んでいびきをかいて寝てしまう。寝てばかりいるのは、昼の重労働で体が疲れているからなのだが、一茶には、話をすることを避けるための狸寝入りをしているとしか思えなかった。一茶は、茶の間から下座敷に下がった。座敷には月の光が差していた。一茶は縁側に出た。十四日の月が高く昇っていた。今日は雲がなく、月が澄んでいる。一茶は、しばらく月を眺めたあとで座敷に戻り、句日記帳に書きつけた。

思ひなく古郷の月を見度き哉
寝にくくても生れ在所の草の花
古郷や又あふことも片思ひ
秋の夕親里らしくなかりけり
たま〳〵の古郷の月も涙かな

数日後、一茶は小布施《おぶせ》の六川《ろくがわ》を訪れた。小布施はまだ未踏の地であった。小布施にかぎらず、十五で柏原を出て長年離れていた一茶には、奥信濃一円に門人はほとんどいない。俳諧宗匠としてこの地で生きていくためには、相応の連衆《れんじゅ》の獲得が必要だ。六川は、越後椎谷藩《えちごしいやはん》の飛び地である。一茶が未知の地を訪れる折は何らかの伝《つて》に頼ることが多い。だが、その伝がない場合は庄屋を訪ねる。寺を訪ねることもある。それは挨拶をするためでもあり、一宿を請うためでもある。むろん、揮毫《きごう》を与えたり、俳席をともにしたりすることによって、なにがしかの金を得るためでもある。その日一茶が訪れたのは大庄屋《おおじょうや》の屋敷だった。大庄屋は俳諧に熱心で、俳号を夏蕉《かしょう》といった。その息子もまた俳諧に熱心で、俳号を白也《はくや》といった。一茶は、夏蕉から梅松寺の住職が俳諧に執心であることを聞かされ、さっそく寺を訪れた。住職の俳号は知洞《ちどう》といった。知洞は、一茶の訪問をことのほか喜び、すぐに親しい連衆を呼んだ。こうして、一茶は、一日の内に多くの連衆を得ることとなった。

一か月余りが過ぎたが、肝心なことについてはさつと仙六のほうからも一茶のほうからも切り出さなかった。腹の中には、双方とも言いたいことが鬱積していて、今にも噴き出しそうであった。それが噴き出せば家の中は修羅場になりかねない。それが分かっているからたがいに口を利かずにいた。だが、一茶にはあせりがあった。さつも仙六も黙っていることが得策であった。しかし、一茶はどうにかして談判しなければ道は開けない。

一茶は、夕飯が終ると、さつが立たないうちに懐から一両を出してさつに差し出した。さつにとっては大金であったが、別段ありがたがるようすも見せず、それを懐に入れた。

「今日はどこに行ってきなさっただか」

仙六が聞いた。

「六川《ろくがわ》だ」

「小布施まで行きなさっただか。小布施の誰に会いなさっただか」

村を滅多に出ることのない仙六は、一茶の行き先が気になる。

「大庄屋《おおじょうや》と梅松寺の和尚に会ってきた」

「大庄屋さまに。大したもんだ、兄さは」

仙六は目を丸くして言う。仙六にしてみれば、大庄屋は雲の上の人である。そのような雲上人をふらりと訪ねて大金を得てくる。そのようなことができる兄が誇らしく思える一方で、妬ましくもなる。

「よく遠くまで歩いているだな。いったいどこまで行くつもりかえ」

さつの言葉には棘がある。

「兄さはどこまででも行きなさるさよ。それが仕事なんだ」

仙六の心には、なお兄に対する尊敬の念が広がっている。

「弥太郎さが仕事をするのは江戸がいちばんだろうさ」

さつは、仙六を睨んで言う。すると、仙六ははっと我に返ったように顔をこわばらせて一茶の顔を見つめた。

「おれは、ここで暮らすことに決めている」

一茶が言った。それを聞くと、さっきまで仙六の心の中に広がっていた誇らしい気持ちも尊敬の念もうらやむ思いも瞬時に消えた。

「ここで暮らす。それはどういうことかえ」

さつがけわしい顔で言う。

「お父の遺言どおりこの家で暮らす。嫁も取るつもりだ」

一茶が言った。

「待ってくれ、兄さ」

仙六が血相を変えて言う。

「お父の遺言でも、おらはそれだけは呑めねえ」

「そうさや。遺言といっても、もう正気ではなかったんだ。正気でもねえ者が書いたものなど信用できねえ」

さつも目をむき出す。

「お父は正気だった。以前のお父のほうがまともではなかったのだ。お父は、最後になってようやくそのことに気づいたのだ。そこで、家屋敷と田畑をお前とこのおれに公平に分けて残そうと思ったのだ。それは親としてもっとも賢明な配慮というべきものではないか」

一茶は出来るだけ冷静に言った。

「いったいどこが公平だか。今ある田畑の大方は、仙六とおらが汗水垂らして耕したものだ。何で草一本引かねえ弥太郎さに分けなけりゃあなんねえだ」

さつの怒りがますます昂じてくる。

「そうさよ。お父はやっぱり正気ではなかったんだ。そうでなければこんな理屈の通らねえことは言うはずがねえ。村の衆だって、こんな遺言を残したお父をみな笑っている」

仙六が口を尖らせて言う。一茶は、以前、さつが村の人々に、一茶が不当に家屋敷を乗っ取ろうとしていると言いふらしたのを思い出した。そのことがあって、村の人々から後ろ指をさされ、白い目で見られた。村人の目は、あのころと変っていない。会う人会う人が冷たい気がする。さつは、今も同じことを触れ回っているに違いない。そう思うとにわかに気持ちが重くなる。

「お父が正気だったかどうかを話してもしょうがない。おれが持っている遺言状は、間違いなくお父が自分で書いたものだ。字を見るがいい。少しも乱れてはいない。お前たちはおれが書かせたものだと疑っているようだが、それは勝手な思いこみだ。遺言状に書いてあることは、間違いなくお父の意思だ。お父の意思は、お前たちだって守らなければならない」

一茶も、しだいに声が荒くなる。

「兄さこそ勝手な思いこみだ。お父は、最後に兄さのことにばかり情《なさけ》をかけたんだ。それでおれらのことなど何も考えられなくなったんだ。いったい、お父はおれらのことを何だと思っていただか」

仙六の怒りが弥五兵衛にも向けられていった。

「そうさよ。いちばん苦労を共にしたおらほうのことを粗末にするなど、人の道に外れたもいいところだ」

その夜の談判は、たがいにあげつらうばかりで、結局不調に終った。案の定、事態はよりいっそう悪くなった。同じ屋根の下で過ごしながら、たがいに物も言わなくなった。

野尻、湯田中、渋湯、六川などには門人ができたが、肝心な膝元の柏原には思うように連衆は増えなかった。平湖は故人となり、主な連衆といえば桂国、勧国兄弟くらいなものであった。それは、必ずしも柏原の文化が後れているからというわけではなかった。村人にとって、一茶は何となくうとましく、近づきがたい存在であった。一茶もまた、何とはなしに村人に心を開くことができなかった。

とんぼうの赤きは人に追《おは》れけり

桂国と勧国だけはよく風流を共に楽しんだ。歌仙を巻くこともあった。九月も終わろうというある日、一茶は月中庵を訪ねた。奥信濃は霧が多い。九月に入ってからは毎日のように霧が出た。その日も深い霧が立ち込めていた。

又しても晴《はれ》そこなふや山の霧

「仙六さんとの話は進んでいますか」

桂国が言った。そのことはずっと気に掛かっているが、一茶のほうからはいっこうに話そうとしない。話さないということは事態がうまく進んでいないのだと察しがつく。そう思うといっそう気がかりだ。

「それがなかなか」

一茶が言葉を濁らせた。

「そうでしょうな。この種の話はむつかしいものです。それぞれに言い分というものがありましょうから」

一茶は、不機嫌そうに黙り込んだ。桂国は、自分の言葉が一茶の気に障ったのではないかと気をもんだ。

「何かお力になれることがおありでしたら、何なりとおっしゃってください」

代々本陣を勤める中村家は、村人の信望が厚く、村内の利害にかかわる諍《いさか》いがあったりするとその仲裁をする。そういう家柄である。

「それはありがたいことですが、この事はやはり当事者同士で話をつけるべきことですから」

一茶は、かたくなに桂国の厚意をはね返した。

「いや、話し合う余地などないのです。父は、明白に遺言を書き残しているのですから、仙六がこれを守ればそれでいいことなのです」

弥五兵衛の遺言については、一茶から聞くまでもなく、さつが村中に触れ回っているので誰もが知っている。村人は、さつの口から聞いたことを信じきっているから、おのずとさつと仙六の肩を持つ。だが、桂国は一茶にも同情の念を禁じえない。

「それで、先生はこのまま柏原にいらっしゃるおつもりで」

それは桂国の願望である。

「そうしたいのだが、どうにも埒《らち》が開かない。ここはいったん江戸に戻ろうと思います」

一茶が言った。

「さようですか」

桂国が肩を落す。

「しかし、けっして諦めたわけではありません。柏原に帰るという思いは変りませんから」

「そうですとも。きっとそうなさいませ。わたくしも、先生のお力になるという思いは少しも変りませんから」

桂国は、一茶の固い意思に少し力を得て言った。外の霧は晴れそうもなく、時折吹く風にあおられて動いた。

それからまもなく、一茶は江戸に戻った。柏原を発って六日後に江戸に着いた。両国に着いた頃は日が暮れていた。一茶は、両国橋の袂《たもと》の屋台で蕎麦を食った。食べ慣れた江戸の蕎麦であったが、やはり信濃の蕎麦の味が忘れられなかった。相生町の家主宅の前まで来ると、障子の灯りが見えた。一茶は、帰宅の挨拶をしようと家主の家に寄った。

「今お帰りですか。いつお帰りになるのかと思っておりました」

太兵衛の言葉はどことなく冷たかった。一茶は、帰省する前に大方の事情は話してある。だが、いつ戻るかということまでは言っていなかった。それは自分にも分からなかった。うまく事が運べばそのまま故郷に留まってもいいという思いがどこかにあったことは確かである。三か月も音沙汰がなかったのだから、太兵衛はやきもきしていたのだろう。

「例の件は、うまく話がついたのでございますか」

太兵衛が聞いた。

「それがなかなかでして」

一茶は曖昧な言い方をした。

「さもありましょうな。その種の争いごとはむずかしゅうございますからな」

太兵衛は、同情するというより、一茶の動向がいっこうにつかめないことにいらだっているように見えた。

「それで、帰郷は諦めなさるおつもりですか」

太兵衛はそこがいちばん知りたいところであった。

「いいえ、わたしはけっして諦めはしません。どんなことがあっても必ず柏原に帰るつもりです」

一茶は、力をこめて言い返した。だが、太兵衛には、それが容易に叶うとは思えず、地主から貸家の管理を預かる身として、これから先も貸家が長く空けられるのではないかと、心配せずにはいられなかった。

その翌日、一茶は成美亭を訪ねた。成美亭は客もおらず、静かだった。足が不自由な成美は、一茶が旅に出ると帰りが待ち遠しくてならない。

「長いご逗留でしたな。さぞかし、故郷でのんびりと羽を伸ばして過ごされたのでしょうな」

成美が羨望といくばくかの恨みを籠めて穏やかに笑った。江戸で生まれ、江戸しか知らない成美にとって、奥信濃という故郷を持つ一茶がうらやましく思われる。父の遺言のことも、遺産相続のことが思うようにいかないことも、一茶は成美に話してある。しかし、蔵前の札差《ふださし》を業とする富裕な成美には、一茶が当面する骨肉相食《あいは》む遺産相続のことなど想像だにできない。成美は、いつものように旅の句を所望した。一茶は、懐から句帳を取り出して差し出した。成美はそれを手に取ると貪るように読んだ。うなずいたり、首をひねったり、笑ったりする成美を眺めながら、一茶は茶を飲み、茶菓子の金鍔《きんつば》焼きを食った。成美は、ある部分に差しかかるとうなったかと思うと笑いだし、声を出して読み始めた。

「今井の渡りをわたりて、安源寺に入《い》る。大木牛をかくして、際《きは》ゆく駒の影もやどらぬ程なる森有り。小《せう》内八幡宮《ないはちまんぐう》といふ。今日はとし毎《ごと》の祭りなりとて、遠近こぞりて群集《ぐんじゅ》す」

成美は、そこまで読むとまたうなずいた。

「荘子を俤《おもかげ》にした趣が面白い。鬱蒼とした境内の風情が髣髴とする」

それから、成美は句を玩味するようにして読みあげた。

草花をよけて座るや勝角力《かちずまふ》

「この句はいいですな。力士が相撲に勝ってほっとして座ろうとすると、可憐な草花が咲いていた。力士はそれをよけて座った。そのやさしさがいい。しかし、このやさしさは一茶さんの心のやさしさでしょうな」

成美が一茶の句を読むときは、句の奥にある心を読む。しかも、正確に読む。一茶にとって、それが嬉しくもあり、励みにもなる。だから、句を詠むときはどこかで成美を意識しているところがある。だが、柏原で詠んだ月の句の心までは成美には読めなかった。

たまに来た古郷の月は曇りけり

「せっかくの故郷の月が雲っていたのは残念でしたな」

そう言って成美は同情した。だが、一茶はそれで満足であった。むしろ、安堵した。成美は、奥信濃の秋を詠んだ一茶の句を一句一句味わい、実家の事情について触れることはなかった。

数日後、太三郎がやって来た。太三郎は、一茶が三か月も帰らなかったことをさして気に掛けているようすもなかった。桂屋のことを二言三言聞いただけで、一茶の事情についてはあれこれ聞こうとはしなかった。

成美には抜き差しならぬ家の事情を知られたくなかったが、同郷の太三郎に無関心でいられることには不満であった。

「話はつかなかった」

一茶は、自分のほうから切り出した。太三郎は、煙管に煙草を詰めながら顔を上げない。

「仙六は話にならん。父があれほどしっかり遺言を残したのに、それを反故《ほご》にするというのだから」

一茶は、やり場のない憤懣が噴き出す。

「それはそうでしょう。仙六さんの気持ちはよく分かります」

どうやら、太三郎は、遺産相続が首尾よく運ぶとは端《はな》から思っていないらしい。十五で江戸に出てきた一茶が、今さら故郷に戻れる道理はないと思っているのだ。それに、一茶の言い分よりも仙六の言い分に加担しているらしいのが一茶にはがまんならない。一茶は、太三郎を責めても詮無《せんな》いこととは思いながら、いっそうやり場のない憤懣がつのっていった。太三郎は、うまそうに煙草を吹かしながら、観てきたばかりの歌舞伎芝居の話をした。実家から仕送りがあり、何の苦労もない太三郎は、この頃歌舞伎芝居に夢中で、芝居小屋に入り浸っている。贔屓《ひいき》の役者の演技のことなどを延々と話したが、一茶の耳には入らなかった。

故郷のことが一茶の頭から離れなかった。一日中そのことが張りついて句を詠むどころではなかった。一茶の魂はすでに故郷に戻っている。あとはこの身が戻っていくだけだ。それを妨げているのは弟の仙六であり、継母のさつだ。理不尽なのは彼らのほうだ。理不尽なものに屈服するのは愚の骨頂だ。一茶の中に怒りがつのり、すさまじい力で故郷へと駆り立てた。

一茶は、矢も盾もたまらなくなり、柏原から戻って一月も経たずして、ふたたび帰省することにした。家主に出立の挨拶に行くと、きっと戻るのかと念を押された。一茶は、どのような結論になろうとも、必ず戻ってくる旨を約束した。一茶は、朝早くに相生町の借家を発った。本郷まで歩いたところで茶店で休んだ。だが、茶も喉を通らない。頭の中で重いものがぐるぐる回って、何も考えられない。このようなことではうまく話をつけられるはずがないと一茶は自分をおさえようとした。だが、頭の中の重いものはいっそう速度を増して回り続ける。一茶は、とうとうそれに負けて、そこから引き返した。相生町に戻ると、家主に見つからないように用心して借家に入った。そして、息をひそめて借家で一日を過ごした。だが、じっとしていると、また帰郷の思いがどうしようもなく昂じてきた。夜になってもほとんどまんじりともせず、故郷への定住のすべについて思いを巡らせた。どれほど考えても、やはり仙六と継母に談判をすること以外には方法がないというところに落ち着いた。そう腹を括《くく》ると、力が湧いてきた。やはり故郷に行かなければならない。それも早く。遅きに失することがあれば取り返しがつかない。一茶は自分を鼓舞した。かくして、翌日の未明、一茶はあらためて相生町の借家を発って故郷へと向った。

信濃は深く雪に埋もれていた。雪の上に容赦なく雪が降り続け、空も四囲の山もかき消されて見えない。宿場を貫く道の真ん中は、行き交う馬橇《ばそり》で固められているが、人の通る部分は歩くのも難儀だ。街道の両側の家はみな雪囲いで覆われて灯も見えない。一茶が柏原に着いたのは夕刻だった。家に入ると、仙六とさつが囲炉裏端で藁仕事をしていた。一茶は、雪を払って上がり込み、囲炉裏端に座った。仙六もさつもだんまりを決めこんで黙々と藁仕事をしている。だが、二人の沈黙はある意味で饒舌だ。一茶はともするとその多弁な沈黙に負けそうになる。だが、一茶にとって沈黙することは二人の思う壺にはまることを意味する。言葉で難局を打開するほかはないのだ。

「いろいろ考えたのだが、やはり腹を割ってよく話しあうことが肝心だと思って戻ってきた」

一茶が言った。仙六もさつも黙ったままだ。

「仙六、お前の言い分も聞くつもりだ。お前はどうしたいのか、どう思っているのか聞かせてくれ。そのうえでおれの考えも言いたい」

二人の無言が一茶の言葉を拒絶する。一茶は、しだいにいらだちが昂じて言葉が荒くなってくる。

「とにかく、これはれっきとしたお父の遺言状だ。お前もこれに従わなければならないことは分かるだろう」

一茶は、遺言状を入れてある懐をたたいて言った。柏原に来るときは必ずそれを持参する。

「おら方《ほう》の言い分ならもう何べんも言った。それは変らねえ」

我慢できないと言わんばかりにさつが顔を上げて言った。

「そうさよ。今さら言うことなどねえし、兄さから聞くこともねえから」

仙六も突慳貪《つっけんどん》に言う。

「それではいつまで経っても埒《らち》が開かない。話しあえば折合のつくところも出てくるというものだ」

一茶は、極力声を抑えて言ったが、言葉が咽喉につっかえた。

「なんぼ話したってても同じだ。埒など開くはずがねえし、おら方は開かなくたっていい」

「そうさよ。弥太郎さが無理難題を引っこめないかぎりは埒など開くはずがねえ」

仙六もさつも、話せば話すほどにいきり立つ。埒が開くのを望むどころか、二人で必死に埒をおさえている。一茶は、仕方なく囲炉裏端を離れ、ひとまず下座敷に下がった。

翌日も雪は降り続けた。家囲いと降り積もった雪のために、家の中は光が差さず昼でも真っ暗だ。囲炉裏の火だけが頼りだから、一日中火を絶やさない。立ちこめる煙がおびただしい煤《すす》になって天井から垂れ下がっている。仙六とさつは囲炉裏端から離れない。一茶は、下座敷に火鉢を据え、行燈《あんどん》の明かりを頼りにそこで過ごしている。

帰郷した翌日、一茶は外に出た。茶の間を抜けるとき、手仕事をしている仙六とさつは顔も上げなかった。どこへ行くとも聞かない。一茶も何も言わず家を出た。雪が激しく降っていた。街道を荷を積んだ馬橇が勢いよく走る。馬の頭にも背中にも雪が積っている。道の両端を笠に雪を積らせて、旅人が身をすくめながら行き交う。一茶は、用心しながら道の端を歩いていった。すれ違う村人は、一茶と分かると。みな顔を背けて通り過ぎる。村人は一茶のことは知っているが、ほとんどの者は関りがなかったし、それに悪いことばかりが耳に入っていたから、触らぬ神に祟りなしというのがほんとうのところだった。一茶は、本陣の中村家も、桂国の月中庵も、訪ねるのが何となく億劫《おっくう》だった。久しぶりの故郷を見たいと思っても、降りしきる雪に遮られて見えない。街道から外れて歩こうとすると途方もない雪の深さは檋《かんじき》も用をなさない。一茶は、諏訪神社の方に向って歩いていった。だが、街道から続く参道も深く雪に埋もれていて踏み入ることは出来なかった。一茶は、そこから引き返して家に戻った。

雪の日や古郷人《ふるさとびと》もぶあしらひ
かじき佩《は》いて出でても用はなかりけり

下座敷に籠ったままの一茶は、火鉢を抱えて考えこんでいた。どうにかして事態を打開するためには、具体的な提案が必要だと思う。仙六と継母が呑むか呑まないかが問題なのではない。差し詰めこの家をどう分けるか。父は、家も土地も半分に分け与えると言った。そして、土地についてはどこをどちらに与えるかということを明らかにしている。家については南側半分を一茶に与えると言い残している。とすると、縁側のついたこの下座敷が一茶のものになる。北側の仏間と寝間のついた上座敷が仙六のものだ。茶の間の南半分は一茶のものだ。囲炉裏は仙六側にあるが、自分は囲炉裏はなくても支障はない。土間に据えてある竈は二つあるからこれは二人で分ければいい。場合によっては共用にしてもよい。馬屋は土間の北側だからちょうどいい。父もきっと頭の中で同じようなことを考えて、家を南北に分けて二人に分与しようと考えたのだろう。一茶はそう考え、あらためて下座敷を見回した。自分が落ち着くべき場所はここだと思うと感無量であった。この家の半分が自分のものとすれば、妻を迎えても十分ここで暮らしていける。仙六と継母とも一緒に暮らせないはずがないと思えてきた。何はさておき、かたくなになっている仙六と継母の気持ちをほぐすことだ。一茶はそう考えてふたたび話しあうことにした。

「なあ、仙六、おれも無理難題を押しつけるつもりはない。話を聞いてくれ」

一茶は、囲炉裏端に座りこんで仙六に話しかけた。藁沓《わらぐつ》を作っている仙六は手を休めることなく藁を編む。

「お父はこの家を半分にするようにといい残した。南側半分がおれのもので、北側半分がお前のものだ。

北側には馬屋もあれば仏間もある。寝屋もある。茶の間は半分にする。この囲炉裏はお前のものだ。おれが所帯を持っても、支障がないだけの広さがある。それに、お前とおれは血を分けた兄弟ではないか。同じ屋根の下で暮らして何が悪い」

一茶ができるだけ声を抑えて言った。

「ここで所帯を持つってか」

さつが吐き捨てるように言う。

「この家は仙六とおらのものだ。勝手にうぬの家だと思われては迷惑だ」

「そうさよ。兄さ、この家を半分にすることなど出来ねえ。いや、するつもりはねえから」

仙六が藁沓を編む手を止め、一茶を睨んで言った。

「おれは小林家の長男だ。十五で江戸へ出されたが、別に咎《とが》があってこの家から追放されたわけではない。お父は死ぬ前にはっきり言った。江戸に出しはしたが、将来は家に戻らせるつもりだったと。必ずこの家に戻って所帯を持てとも言った。おれはきっとそうすると約束した」

一茶が言った。

「その話は先にも聞いた。それを聞いていた者はほかには誰もいねえ。そんなことは信じられねえ。おおかた弥太郎さが言わせたか、もしかしたら、そんなことは言わなかったかもしれねえ。それは誰にも分からねえ。確かめることも出来ねえ。死人に口なしというから」

さつが目を剝《む》いて言い返す。

「兄さが何と言おうと、この家を分けることなど出来ねえ」

仙六が藁沓を編み続けながら言う。

「とにかく、この家は仙六とおらのものだから、これからは一切寄りつかないでくれろ」

「兄さ、お母の言うとおりだ。ここはおらとお母のものだから、もう寄りつかねえでくれ。話も一切聞くつもりはねえから」

懸念していたこととはいえ、一茶は、二人から絶縁まで言い渡されてしまった。そのことがあってから、仙六もさつも一切口を利かなくなった。そのまま実家に留まることは針の筵《むしろ》に座すにひとしかった。居場所を失った一茶は途方に暮れた。一茶は、ひとまず身を寄せるべき所を考えた。渋の湯田中《ゆだなか》も小布施の六川《ろくがわ》も野尻も、そして柏原も、信濃における知友はみな風流を共にする仲間ばかりである。今のこの惨めな顔を彼らに晒すことなどとうていできない。さりとて、このまま実家に留まることは忍びない。それもさることながら、江戸に戻るための路銀の捻出も考えなければならない。さんざん考えたすえに思い当ったのが可候《かこう》だった。

可候は、この年名字帯刀を許されたほどの家柄の主で、上水内郡《かみみのちぐん》三水村《さみずむら》毛野《けの》の豪農である。母は、昨年の秋に死んだ平湖の妹である。可候の弟は、高山村紫の春耕《しゅんこう》で、寛政十年に一茶が久しぶりに帰郷した折、この春耕のもとに立ち寄っている。あとで春耕からそのことを聞かされた可候は、一茶に会えなかったことを惜しんで江戸の一茶に手紙を送った。それがきっかけで、文通するようになり、今に続いている。一茶が可候と初めて顔を合わせたのは、父の七回忌のために帰郷した折であった。一茶はこの時、野尻の湖光や関之《かんし》と俳席を催した。可候は、この二人と俳諧仲間でもあったことから、野尻までやって来て俳席を共にした。

「このような時節においでなさったのは何かご用がおありで」

一茶の事情など知るべくもない可候の挨拶だった。

「年のせいか、故郷の雪がいたく恋しくなりまして」

一茶は、笑いで嘘を隠した。

「さすが風流人は違いますなあ。雪の中で暮らす者はみな雪を恨みますものを、わざわざ遠くから雪が恋しいと言っておいでなさるのですから」

可候は、一茶が数奇《すき》の権化《ごんげ》のように思えて、こうして対座していることに無上の喜びを覚えた。可候は、江戸のことや俳諧のことなどについて多くを問い、一茶の話に一々うなずきながら聞いた。しばらく話をしたあとで、可候は短冊を差し出して揮毫《きごう》を請うた。短冊は三枚あった。一茶は、可候が用意した硯と筆で短冊に句を書いた。

古郷や餅につき込む春の雪
江戸じまぬきのふしたはし更衣《ころもがへ》
艸花をよけて居《すは》るや勝《かち》角力《ずまふ》

一句目と二句目は江戸で詠んだ句である。三句目は先の帰郷の途上で詠んだ句で、成美にほめられた句である。この句は一茶自身も気に入っている。

「この句、よろしゅうございますなあ。餅は、雛の節句の餅でしょうな。春の雪が優しくもありめでたくもある。餅に搗《つ》きこむというところが、一茶先生ならではの詠みぶりですなあ」

可候は、しきりに感心してありがたがる。一茶は、江戸にありながら、魂は常に故郷に飛んでいく。十五まで暮らした信濃の風景は色褪《いろあせ》ることはない。むしろ鮮明になっていく。心の中の故郷に思いを馳せていると、苦しくなるほどに胸が痛む。そのような思いの中で成ったのがこの句である。

「先生は、長く江戸におられながら、まだ馴染まないところがおありなのですか」

可候が二句目の句を読んで聞いた。

「やはり、わたしにとっては信濃がほんとうの故郷ですから。身は江戸にありながら、心はいつも信濃にあります」

可候はその言葉が嬉しかった。勝角力の句は可候もほめた。

「ところで、太三郎さんはお元気でおられますか」

一通り俳諧の話をしたところで可候が聞いた。可候は太三郎の従兄である。太三郎が江戸に出たことも、その経緯も耳に入っている。江戸に出たあとのことまでは詳しくは知らなかったが、一茶のもとに出入りしているということは知っている。

「太三郎さんなら元気です。この頃はようやく俳諧に本腰を入れるようになりました」

「さようですか。先生のお近くにいてご指導を受けられる太三郎さんがうらやましい」

それが可候の偽らざる心であった。

「あれほど達者だった伯父がこんなに早く逝ってしまうとは思ってもおりませんでした」

「ほんとうに惜しいことでした。平湖さんは、わたしにとっては、かけがえのない故郷の俳諧仲間でしたから」

昨年の秋に死んだ平湖は、可候の伯父である。

一茶は、可候の手厚いもてなしを受けて四日ほど逗留し、降りしきる雪の中を江戸へと戻っていった。

心からしなのの雪に降られけり

年の瀬が詰まってきた。その日、一茶は、浅草観世音の年の市に出かけた。市は、貴賤、老若男女が入り混じって賑っていた。一茶は、小さな松飾と福寿草の鉢を買った。帰りに隅田川に沿って歩いていくと、両国橋の袂で放生亀《ほうじょうがめ》を売る男がいた。三四匹の亀が吊るされている。男の足元の籠の中にも何匹か亀が入っているようだ。吊るされた亀は寒さのせいかほとんど動かない。男は道行く人に声を掛けるが、先を急ぐ通行人は振り向かない。吊るされて死んだように動かない亀を憐れに思ったが、一茶も結局通りすがりの人になってその場を離れた。

年の暮亀はいつ迄釣るさるゝ

仙六が江戸に出てきて一茶のもとを訪ねたのは翌年の二月初めのことであった。柏原宿と近隣の宿場が起した川東道《かわひがしみち》を巡る訴訟は膠着《こうちゃく》状態にあり、各宿場が協力して継続的に江戸に出て評定所に訴えていた。そのため、村の有力者が出府する。その度に村内の者は当番で随行しなければならなかった。仙六が江戸に出てきたのはそのためであった。仙六がそのついでに一茶を訪ねたのは、実は明専寺《みょうせんじ》の住職から諭《さと》されたからであった。明専寺は、小林家の菩提寺である。住職は、小林家の遺産相続を巡る争いのことをよく知っており、心を痛めていた。この度仙六が訴訟人の一行に従って出府するということを聞いた住職は、仙六を寺に呼んで話をした。

「この度、江戸に行かれるそうですな」

住職が言った。

「へえ、順番が回ってきましたんで」

「それはご苦労さんです。ところで、弥太郎さんには会ってこられるつもりですか」

住職の口から思いがけず兄の名前が出たことで、仙六は当惑した。

「いえ、訴訟のために行くだで」

「会うつもりはないと」

「おらだけが勝手な振る舞いをすることは許されないことですから」

「遺産相続のことでそなたと弥太郎さんが仲違《なかたが》いをしていると聞いている。せっかく江戸に出る機会が与えられたのだから、会ってきなされ」

「仲違いというより、兄さが一方的に無理なことを言っているだけでごぜえます、和尚さま」

仙六が目を剝《む》き出す。

「そうかな。弥五兵衛さんは遺言状を残していると聞いているが」

「それは兄さが書かせたものです。おらには何の相談もなしにです。だから承服出来ねえのです」

「遺言状は誰の手ですかな」

「手はたしかに父のものでも、兄さが書かせたものだから信用は出来ねえのです」

「それはお前さんの思いこみかもしれませんぞ。とにかく、弥五兵衛さんが自身で書いた遺言状なら、それが物を言うことになる。それがある以上、お前さんと弥太郎さんがよく話しあって折り合いをつけることが肝心だ。村の衆の中には、お前さんとさつさんが、遺言状を反故《ほご》にしていると陰口をたたいている者もいる。弥太郎さんも国に帰りたいという切実な思いがあるようだし、そう思うのも道理だ。人の心情を無《な》みして我《が》を通そうとするのは非道というものです」

住職は、諄々《じゅんじゅん》と諭した。住職の話を聞けば聞くほどに仙六は言い返す言葉を失った。

一茶は、仙六が前触れもなく突然にやって来たことに驚いた。夢かと思った。

「川東道の訴訟のために来ただ」

仙六が言った。川東道の訴訟が長引いていることは一茶も知っている。四年前の一月には柏原の桂国もそのために出府し、一茶のもとを訪れた。訴訟のことや故郷のことなど、差し障りのないことを話したあとで仙六が言った。

「兄さ、お父の遺言のことだが、一度よく話したいと思うだが」

一茶は、あれほどかたくなに拒んでいた仙六の口からその言葉が出たことが信じられなかった。いよいよ夢かと思う。

「今年は、お婆《ばば》の三十三回忌法要がある。それには兄さも来てくれろ」

「お母は同意したのか」

一茶が聞いた。

「お母はやはりそれは呑めねえと言っている。けど、おらが何とか説得してみようと思っている」

一茶は、仙六に下心があるのではないかと構えた。

「お前はお父の遺言のとおりにするというのか」

「それはすぐには。だが、よく話をしてえとは思っている」

仙六は煮え切らない返答をしたが、一茶には一縷《いちる》の望みがつながった気がした。それにしても、仙六のこの変わりようはどうしたわけかと一茶はいぶかしく思った。裏に何かがあるのではないかと怪しまずにはいられない。

「実は、江戸に出る前に、明専寺の和尚さまから呼ばれて寺に行っただ。そしたら、和尚さまは、お父の遺言は守らなければならねえと、きつく言われただ」

仙六は、一茶の内心を察したように言う。

「和尚さまがきっとそう言われたのか」

「和尚さまと約束したで、兄さとよく話をしてえんだ」

「分かった。お婆の三十三回忌には必ず帰る」

意外な救いの手が差し伸べられたことが分かり、一茶は闇の中に光明を見た。

春が過ぎ、江戸の空にも時鳥《ほととぎす》が渡ってきた。祖母の三十三回忌法要は七月九日に行うと仙六から知らせが届いた。一茶は、今度こそ仙六と円満に遺産相続を決着させ、柏原で暮らせるようにしようという意思が固まった。そして、それが成就するような気がした。そうなると気になるのは一茶園月並のことである。江戸を離れるとなると、祇兵《ぎへい》の手を借りてこれを維持することは不可能である。さりとて、自分一人でこれを続けていくことはとうていできそうもない。ここはひとつ撤退するよりほかはない。一茶は、それを話すために祇兵のもとを訪ねた。一茶園月並は一茶が主宰しているが、自身は選句をするだけで、投句の受付も刷物《すりもの》の手配も祇兵が引き受けている。

「刷物のほうは二三日のうちには上がってきます。此度《こたび》の投句はどれも精彩を欠いておりましたな」

「そのとおりです。選句もいささか退屈でした」

「上がってきたらすぐに発送しておきますから」

「そのことでひとつ頼みたいことがあります。実は、来月故郷に帰ります。もしかすると長居することになるかもしれません。そういうわけですから、一茶園月並は一応ここで区切りをつけたいと思います。つきましては、その旨を各所に知らせていただきたい」

祇兵にとってそれは寝耳に水であった。一茶は、連衆《れんじゅ》に遺産相続のことを話していない。故郷に永住するつもりだということも言っていない。

「二三か月ほど空《あ》いたとしても差支えはないでしょう。何もここで区切りをつけなくても」

一茶園月並の一切を引き受けている格好の祇兵は、そのわずらわしさから逃れたいと常々思っていたが、一茶の話が唐突であったため思わず引き止めにかかった。

「場合によっては、江戸に戻らないことになるかもしれないのです」

祇兵はいよいよあわてた。

「江戸を引き払うということですか」

「いろいろとむずかしいこともありますが、出来ればそうしたい。とにかく、一茶園月並の終了をお伝えいただきたい」

祇兵は不満であったが、一茶には何やら固い決意があるらしいことを察して頼みを聞き入れた。

一茶は、祇兵宅を出るとその足で成美のもとに向った。肉親間の遺産相続争いについては、むろん成美にも話していない。ただ、ゆくゆくは故郷に戻って俳諧の指導に当りたいという思いは話してある。

「祖母の三十三回忌がありまして、来月の初めに国に帰ります。法要は七月ですが、ゆっくり旅をしながら帰郷するつもりです」

「それは結構ですなあ。時節もいいですから、きっといい旅になりましょう」

成美は、自由に旅ができる一茶をうらやんだ。

「此度《こたび》は草津街道を行くつもりです」

「天下の名湯草津へ。いいですなあ。しかし、渋峠はなかなかの難所と聞いていますが」

「天上を行くような高みですからね。しかし、この時節ではもう雪もないでしょう」

先の数回にわたる帰郷は余裕がなく、物見遊山どころではなかったため、北国街道をあわただしく往復した。だが、一茶には、仙六の話を聞いたことで展望が開けてきた。一茶の頭の中では、宿願の故郷定住が半ば成就している。

「その高みからの眺めとやらはさぞかしすばらしいものでしょうなあ。土産話を楽しみにしておりますぞ。して、江戸へはいつ頃帰られるおつもりで」

「もしかすると、向うに留まることになるかもしれません」

将来はそういうこともあるかもしれないと聞かされていたとはいえ、成美はそれを聞いて動揺した。だが、すぐに冷静さを取り戻した。

「向うで俳諧の指導者になるというのが一茶さんのかねてからの思いでしたからな。きっと一茶さんのようなすぐれた指導者を迎えられることを、国の人々は喜ぶことでしょう。随斎会から一茶さんがいなくなるのは寂しいですが」

成美は、そう言って一茶の帰郷を予祝した。

「わたしは江戸を離れることがありましても、成美先生には、これまでと変らず、ご指導を賜りとうございます」

それは一茶の本心であった。成美は、一茶にとって掛け替えのない存在であった。双方の作風は対照的で、まるで異質なものであったが、成美は連衆《れんじゅ》の中の誰よりも一茶を買っていた。一茶にとって、成美がいてこその俳諧であった。賛辞はもちろん、きびしい斧正《ふせい》も励みとなった。

帰郷のことは、家主の太兵衛にもきちんと話しておく必要があった。一茶は翌日、家主の家へ行った。家主の太兵衛は、先祖のことも息子を勘当した過去のことも包み隠さずに一茶に話している。そのこともあって、一茶も人には知られたくない自身の事情を大方話してある。

「それで、法要のついでに弟さんと遺産相続の話をつけるおつもりなのですな」

帰郷の事情を聞かされた太兵衛が言った。

「ほんとうは話をするまでもないことなのですが、何しろ弟も継母も頑迷なものですから」

「その話の決着をつけるお覚悟なわけですね。それが決着を見たとなりますと、お国に定住なさるおつもりなのですね」

太兵衛が念を押した。

「父の遺言通りに決着すればそのつもりです」

「話がまとまらない場合はまた江戸に戻られるおつもりで」

「やむをえません」

太兵衛は、小さくうなり、腕を組んでうつむいた。

「以前にも申しあげましたが、地主からは貸家を空けることがないようにと言われております。もし、長くお帰りにならないときは、場合によってはほかの人に貸すことになりますがよろしいですかな」

太兵衛は、つよく念を押した。

「承知いたしました」

一茶はそう言わざるを得なかった。

「万が一そうなりました場合は、家財道具はこちらのほうで処分させていただきますがよろしゅうございますな」

むしろ、故郷に定住することを心に決めている一茶にはそのほうが好都合のようにも思えた。

一茶が江戸を発ったのは五月二十五日であった。先を急ぐ旅ではなかった。祖母の法要は七月九日だから、それまでには十分な日数がある。中山道を北上し、名所旧跡を巡りながら寺社、庄屋、豪農家に宿を請い、各所に俳席を重ねながら旅を続けた。草津には旧知の白鷺《はくろ》がいた。白鷺は温泉宿の主である。温泉好きな一茶は、そこに一か月滞在した。渋峠越えは天気に恵まれ、天空からの絶景を楽しんだ。峠を越えて信州の湯田中《ゆだなか》に着いたときはまだ日があった。湯田中は以前野尻の湖光と関之《かんし》に誘われて遊んだ地である。その日も、門人希杖《きじょう》の温泉宿に泊った。翌日、希杖の温泉宿に連衆が集って歌仙を巻き、酒食が饗された。それが終ると、一茶は主に勧められるままに昼風呂に入った。

柏原に入った一茶は、宿場の店で米と味噌醤油を買った。実家で過ごすとはいえ、独立した所帯を持つ覚悟であったから、三度の食事は自分で仕度する必要がある。さつと仙六に遠慮することはないが、頼りにすることは出来ない。さつも仙六もまだ野良仕事から戻っていなかった。一茶は、二人が戻る前に夕飯の支度をし、先に食事を済ませておこうと考えて竈に火を入れた。飯が炊きあがるころになってさつが戻ってきた。

「先に竈を使わせてもらっている」

一茶が言ったが、さつの返事はなかった。

「畑の茄子をもらった。ささげも少し」

さつはやはり返事をせず、ことさらに鍋釜の音を荒立てた。

「あとで銭は払う」

一茶も、さつのあからさまな振舞いに腹が立ってきた。一茶は、夕飯の支度を終えると、さっさと膳に載せて下座敷に運び、ひとりで食事をした。

しばらくして仙六の声がした。仙六はすぐに下座敷に顔を出した。

「兄さ、帰っただか」

さつと違って、仙六の声は穏やかだった。とはいえ、その声にはやはり困惑が籠っていた。

「ああ、世話になるよ」

一茶のほうにも腹蔵するものがあるだけに言葉が重くなった。

「まあ、ゆっくりしてくれろ」

仙六はそれだけ言うと茶の間に戻っていった。

一茶は、さつと仙六の食事が終える頃合いを見計らって茶の間に出て囲炉裏端に座った。

「いつ江戸を発ったのかえ」

「五月の二十五日だ」

「ずいぶんゆっくりの旅だな」

「草津から渋峠を越えてきた」

一茶が煙管に煙草を詰めながら言った。

「いいな、兄さは。おらも一度でいいから草津の湯に浸かってみてえ」

仙六は、自由に旅ができる一茶がうらやましくてならない。

「いつか一緒に行ってみるか」

「行ってみてえが」

仙六にとっては物見遊山の旅は夢物語だ。

「二月にはせっかく江戸に出てきたのに、どこも案内できずに残念だったな」

「仕方がねえよ。あの時は物見遊山で行ったわけではねえだから。だけど、けっこう道中は珍しいこともあったし、江戸の賑わいも見た。おらには面白い旅だった」

仙六は、道中に見た珍しいものや仲間のしくじりのことなどを話して笑った。一茶は、仙六の多弁の裏にある心が気になって笑えなかった。さつは夕食の片付を終えて囲炉裏端に戻っても無言で藁仕事をした。

翌日、一茶は菩提寺の明専寺《みょうせんじ》を訪れた。一茶は、幼いころこの寺の境内で遊んだ。広い境内は昔と変らないが、人は変っている。一茶がよく知っているのは先々代の住職だ。だが、その住職は今はいない。先代の住職はその長男であったが、二十八歳の若さで死んだ。その後継を巡って村を二分する争いが生じたことは一茶も知っている。奇しくも、一茶はそのときたまたま江戸から帰郷していたからだ。当時、明専寺は住職の後継争いの渦中にあったわけだが、長く故郷から遠ざかっていた一茶にとってそれは関心の外にあった。ともあれ、先代に先立たれた未亡人の聟に迎えられたのが現在の住職である。一茶は、父の七回忌のときにこの住職と一度顔を合わせているが、仙六が施主を務めたこともあり、会話らしい会話を交わしていない。

その日は晴れて暑かった。一茶は庫裡《くり》に通された。庫裡は涼しかった。外の庭に鬼百合や桔梗の花が咲いている。萩もある。

「祖母の三十三回忌ではまたお世話になります」

一茶が挨拶した。

「遠いところからご苦労さんでしたな」

きれいに剃った住職の頭が涼しげだった。

「かなさんといいましたかな。お婆《ばば》さまのお名前は」

「さようでございます」

「三十三回忌と申しますと、ずいぶんと前にお亡くなりになられたわけですな。一茶さんは覚えておいでですか」

「はい、よく覚えております。わたしが三歳で母に死なれたあと母代りになって育ててくれましたから」

「それはそれは、懐かしく、お大切なお婆さまですな」

住職の言うとおりであった。物心つく前に母が死んだため、一茶には母の記憶がない。あるのはきつい継母の仕打ちから自分を守ってくれた祖母のやさしさである。住職と話をしていると、一茶に挨拶をして少年が廊下を通り過ぎた。住職によく似ていた。

「ご子息ですか」

「ええ、長男です」

「おいくつになられました」

「十歳になります」

「利発そうなお子さんで、ご住職もご安心ですね」

「なかなか。この寺にもいろいろと事情がありまして」

住職は何やら含みのある笑いを見せたが、一茶は住職の心の内は分からなかった。そのとき、住職の妻が茶を運んできた。その姿からも仕草からも身重であることがすぐに分かった。

「おや、おめでたでございますか」

一茶が言った。

「はい」

住職の妻は、微笑み返し、慎《つつ》ましやかに目を伏せた。この住職の妻が、かつて太三郎と情を通じ、村を二分する騒動を引き起したミエその人であった。一茶は、一方では太三郎を憐れみ、一方では幸せそうなミエを目の前にして安堵した。

「十年も経って、また思いがけず子宝を授かりました」

ミエが出ていったあと、住職はそう言って笑った。

「外でもありませんが」

一茶が声を改めて言った。

「仙六が二月に江戸に出てきましたときに、ご住職からお諭《さと》しのお言葉を頂戴したことを伺いました。わたしにとりましてもお言葉はありがたく、恐縮いたしました」

「いえ、こちらこそ差し出がましいことを申しまして恐縮です。実は、一茶さんと仙六さんとのことにつきましては、何かとわたしの耳にも入ってきます。どちらかの肩を持つというわけではありません。身を粉《こ》にして働いて今の小林家の財を築いてきた仙六さんの気持ちも、長男でありながら早く江戸に出された一茶さんの気持ちもよく分かります。お二人のことは、他人がとやかく言うべきことでもありませんし、また言ったとしてもどうにもならないことです。ですから、ともかく、二人でよく話し合って、たがいに納得し合えるところを探すようにと、そのように申したのでございます」

住職の言葉には、檀徒《だんと》に対する厚い思いがにじんでいた。ことに自分の気持ちを遺憾なく察してくれているところに一茶は感謝し、力を得た気がした。だが、同じように仙六に対しても理解を示しているところに不満を覚えずにはいられなかった。

「それに、一茶さんは、江戸で高名な宗匠であられると伺っております。もし、その一茶さんがこちらに戻られましたなら、俳諧をたしなむ当地の風流人たちはさぞかし喜ぶことでしょう」

住職は、穏やかな顔で言った。

「江戸では、わたしの句は鄙《ひな》ぶりの句と笑われております。笑われても、わたしには鄙ぶりの句しか詠めません。やはり、わたしの心はいつもこの奥信濃にあります」

「拙僧は、無風流でして俳諧はやりませんが、そのお気持ちはよく分かります」

その言葉で、一茶はいよいよ我が意を得た思いがして帰郷の思いがいっそう堅固なものとなった。一方、住職の思いとは裏腹に、仙六とさつに対する敵愾心《てきがいしん》がつよくなっていった。

それから二日後、一茶は柏原の新田仁之倉《にのくら》の宮沢家を訪れた。宮沢家は母くにの実家である。その日は、徳左衛門の父の十七回忌法要であった。宮沢家は、代々村役人を務める家柄で、その日も主だった村役たちが列席した。施主の徳左衛門は、くにの兄の子で、一茶の従兄《いとこ》に当る。くには早くに亡くなったので、小林家と宮沢家は疎遠になっているものの、同じ村内なので冠婚葬祭の折は行き来している。だが、長く故郷を離れていた一茶が宮沢家の法要に参列したのはこれがはじめてである。徳左衛門は、父弥五兵衛の葬儀にも法要にも参列しているが、一茶はほとんど言葉を交すこともなかった。その徳左衛門が、法要を終えたあとで一茶に話しかけた。

「本日はご列席いただき、まことにありがとうございます」

徳左衛門は、丁重に頭を下げたあとで続けた。

「弥太郎さんは、ご実家にお入りになられたのですか」

小林家の遺産相続を巡るいざこざのことは、徳左衛門も聞き及んでいた。弥五兵衛が死んだあとは、仙六が小林家の当主の役を務めて冠婚葬祭に参列していた。それが、仙六ではなく一茶がやって来たのだから、徳左衛門がそう思うのも無理からぬことであった。

「そのつもりで戻ってきたのですが」

一茶は曖昧に答えた。

「やはり、仙六さんとの話の決着がつかないわけですな」

徳左衛門は、一茶が触れられたくない部分に容赦なく触れてきた。

「決着も何もありません。父の確たる遺言があるのですから、これを反故《ほご》にしようとする弟がけしからんのです」

一茶の怒りが言葉を荒らげさせた。

「しかし、この類《たぐ》いの諍《いさか》いはなかなかむずかしいものですからなあ」

一茶の遺産相続争いは、徳左衛門にとっては所詮他人事である。

疎遠になっているとはいえ、縁戚筋の徳左衛門である。一茶は、腹蔵しているものを吐露し始めた。

「いくら話しても仙六と継母が相手では埒《らち》が開かない。田畑も家屋敷も、半分はわたしのものです。それを二人が勝手に我が物にしている。許せない。わたしは、伝馬役金《てんまやくきん》も払っています。この弥太郎は、すでにれっきとした柏原の村民です。あの家に入ることは何の遠慮もいらないのです。

父は言いました。わたしを家から追放しようとしたわけではないと。心ならずも、わたしを江戸に出したことを悔い、最期になってそのことを詫びました。そして言いました。きっと故郷に戻って来いと。そして、この家に戻って嫁を迎えよと。わたしは、それを父に約束したのです」

徳左衛門は、怒りをあらわにして言いつのる一茶の顔をじっと見つめて聞いていた。

「なるほど、どうやら、この争いは弥太郎さんのほうに分があるようですな。よろしい。力になりましょう。何なりとこの徳左衛門に言ってくだされ。弥太郎さんの一存ではなかなか決着がつかないでしょうからな。とにかく、弥太郎さんは、柏原に戻るという考えは固いということですな」

徳左衛門が念を押した。

「それはもう、身は離れていても、魂はいつも柏原にあります」

一茶は、地獄で仏に会ったような気がした。

法要の日が来た。施主は仙六である。仏壇のある上座敷と一茶が起居している下座敷を仕切っている襖《ふすま》が取り払われて、親類縁者と近隣の者が並んだ。明専寺の住職の読経が終ると、お斎《とき》の席が整えられて参列者はあらためてその席に着いた。施主の仙六は、酒を注ぎながら座を一周すると、また徳利《とっくり》を持って座を回った。一茶は、自分が微妙な立場にあることを思って、座を回るのは憚《はばか》られた。だが、自分はこの家の住人だという思いを奮い起し、徳利を持って座を回っていった。仙六には屈託なく話していた参列者たちは、一茶が前に来ると口を閉ざし、黙って盃を差し出した。一茶も話の接ぎ穂がなく、挨拶ともつかぬ言葉を二言三言口にするだけだった。本家の当主である弥市ですら、一茶に対しては無口であった。

「弥市さんには何かとお世話になりますが、なにとぞよろしくお願いいたします」

一茶のその言葉には、重く、複雑な思いがこもっていた。弥市のほうも、聞かずともその思いは十分に分かっている。

弥市にとっては、一茶と仙六の間は厄介なものであった。仲裁に入りようにもあまりにもわずらわしく、手をこまねいているというのがほんとうのところだ。さらに言えば、本家としては仙六が分家を継ぐべきだという思いがある。仙六が父弥五兵衛の手足となって今の田畑を切り開いてきた姿を見ている。一方、一茶は早くに故郷を離れ、この地とは無縁の暮らしをしてきたのだ。どう考えても、ここに来て家屋敷と田畑を仙六と半分に分けろというのは虫がよすぎる。にもかかわらず、一茶はまだ決着を見ないうちから家に戻ってきて居座っている。仙六に同情せずにいられない。ひるがえって考えてみれば、何食わぬ顔をして居座っている一茶がうとましくさえ思えてくる。他人の前で内輪話をするわけにもいかず、弥市は黙って一茶の酒を受けた。

その日は宮沢家の徳左衛門も参列していた。

「本日はご参列いただきましてありがとうございます」

一茶は、初めて表情を緩めて挨拶した。

「いや、こちらこそ先日はありがとうございました」

徳左衛門も笑顔で礼を述べた。

「またゆっくり伺いたいと思っております」

一茶はつい大きな声で言った。

「いつなりと」

徳左衛門も機嫌よく返した。その日、一茶にとって心を許せる者はこの徳左衛門のみであった。

その夜、一茶は祖母のことを思った。母は一茶がまだ物心もつかないうちに死んだ。祖母のかなは親代わりになって、残された乳飲み子の面倒を見た。一茶は、その苦労を何度もかなから聞かされた。一日中負ぶい、襁褓《むつき》を替え、腰を折って乳や薬を乞い歩いたという。むろん一茶にはその記憶はない。かなの記憶が鮮明になるのは、継母さつが来てからのことだ。さつは、継子《ままこ》の一茶にはつらく当った。弟の仙六が生まれるといっそうつらく当った。一茶は子守をさせられ、仙六が泣けば泣かせるなと叱られ、襁褓が汚れたといっては叱られた。そのようなとき、いつもかばい、慰めてくれたのがかなだった。母の記憶がない一茶にとっては、かなが母の記憶である。祖母の記憶を辿《たど》っていると涙を禁じ得ない。その夜、一茶は祖母を偲ぶ文をしたためた。

おのれ三歳の時、母のおやハみまかりぬ。老母不便《ふびん》がりて、むつきのけがらはしきもいとはず、明暮背に負ひ、懐に抱きて、人に腰を曲げて乳を貰ひ、又首かしらを下げて薬を乞ひつゝ育《そだて》けるに、竹の子のうき節茂き世中《よのなか》も知らで、づかく〴〵伸びける。しかるに八歳といふ時、後の母来りぬ。其母、茨《いばら》のいらく〳〵しき行迹《かうせき》、山おろしのはげしき怒りをも、老婆袖となり、垣となりて助けましませバこそ、首《かうべ》に雪をいたゞく迄、露の命消え残りて、古郷の空の月をも見め。誠にけふの法筵《ほふえん》に逢《あふ》ことのうれしく、ありがたく、かくいふけふをさへ老婆の守り給ふにや。

秋　風　や　仏　に　近　き　年　の　程

（わたしが三歳のとき、母は死んだ。老いた祖母は不憫がって、汚れたおむつもいとわず、一日中おんぶし、胸に抱いてくれた。あるときは腰を折って人から乳をもらい、あるときは頭を下げて薬をもらって育ててくれた。幼かったわたしは世の中のきびしさも知らず、ずんずん大きくなっていった。わたしが八歳のとき、継母が来た。その継母は、茨のようにとげとげしく当り、山下ろしのようにきつく怒った。そのようなとき、老いた祖母は鎧《よろい》の袖となり、壁となってかばい、助けてくれた。それがあったからこそ、わたしは頭が白くなるまで生き長らえ、懐かしい故郷の月を眺めることができる。こうして今日の法要に臨むことができることはまことに嬉しく、ありがたく、それさえも祖母が守ってくれているおかげだと思えてならない。

秋風が身に染みる。わたしも今は亡き祖母の齢《よわい》に近くなってきた）

一茶は、書き上げた文を二度読み返した。読んでいるとおのずから涙が出て頰を伝った。

数日後のことである。一茶は、いつものように夕方になってさつが戻る前に畑の野菜を採って夕飯の支度をした。さつが戻って来るなり一茶に言った。

「畑のものを採らないでくれ」

すごい剣幕だ。

「盗ったわけではない。銭は払う」

一茶にとっては聞き捨てならない言葉だ。

「銭などいらねえ。毎日畑のものを採られたのでは、おら方が食うものが間に合わねえ」

一茶は返す言葉がなかった。

翌日、一茶は外へ出た。宿場外れまで来ると見すぼらしい百姓家が点在している。みな野良仕事に出ていて、家にはどこも人がいなかった。地蔵堂の横にあった四軒目でようやく人に会った。老婆だった。目は皺の中に埋もれており、すっかり腰が曲がり、身がひどくちぢんでいた。

「畑のものを譲ってもらいたいのだか」

一茶が言った。老婆は、怪訝《けげん》そうに一茶を見上げた。

「野菜を少しばかり譲ってもらいたいのだが」

一茶が繰り返した。老婆は一茶の顔を窺った。それから頭の先から足の先まで見た。老婆が黙っているので耳が遠いのかと思い、一茶は大きな声で言った。

「野菜を少し譲ってほしいのだが」

「野菜かえ」

老婆は、思いがけずしっかりした声で言った。それから、家の横にある畑のほうへ歩いていったかと思うと、茄子を三つと葉物を一つかみ持って戻ってきた。

「これを持っていきなされ」

老婆が曲がった腰を伸ばすようにして差し出した。一茶は巾着《きんちゃく》から一文銭を三枚取り出して老婆に渡そうとした。すると、老婆は驚いたように首を振った。

「どうぞ受け取ってくだされ」

一茶が銭を無理に握らせようとしたが、老婆はかたくなに受け取ろうとしない。

「畑のものは売り物なんかではねえもの」

「大事なものをただでもらうわけにはいかない」

一茶も負けられないという気持ちになった。

「なあに、明日になれば、茄子はまた大きくなるし、葉も食いきれねえのだから」

老婆は事も無げに言う。一茶はむりやり銭を老婆に握らせた。老婆は困った顔をして銭を握った。

「おめえさまは見かけねえ人だがどこの人かえ」

老婆が聞いた。

「怪しいものではない」

「そんなこたあ、お前さんの顔を見ればわかるさ」

老婆が笑った。

「わたしは柏原の生まれだが、わけあって十五歳で江戸へ出た。けれどもやはり故郷が恋しくて戻ってきたんだ」

「そうかえ。んだば、これはありがたくもらっておくわ」

老婆はそう言うと拝むようにして三文を受け取った。

「ちょっくら待っていなされ」

老婆はそう言うと家の中に入り、卵を二つ持ってきて一茶に差し出した。

「これ、持っていきなされ」

「こんなものをもらってはすまない」

一茶が恐縮して受け取るのをためらった。

「なあに、明日になればあれがまた産んでくれる」

老婆が顎で指すほうを見ると、三四羽の鶏が土を穿《ほじく》って餌を漁《あさ》っていた。

「では、ありがたく頂戴する」

一茶は卵を懐に入れた。

「ところで、ばあさんはひとり暮らしかい」

一茶が聞いた。

「いや、倅《せがれ》と孫がいる。もう一人孫がいるだが、この子は奉公に出ているだ」

老婆は、曲がった腰を一生懸命伸ばして言う。

「また野菜をもらいに来てもいいかい」

「いつでも来るがいい」

一茶は、老婆を見ているうちに祖母のかなのことを思い出した。しだいに目の前の老婆がかなに見えてきてつい甘える心が出た。

翌日の夕方、一茶が外の厠《かわや》に行こうと土間に下りると、さつが竈に火を入れて煮炊きをしていた。普段はたがいに顔を合わせることを避けている。話もしない。一茶が黙ってさつの横を通ったとき、さつが言った。

「薪がすぐに無くなって困ってるだ。おら方《ほう》は、薪《まき》を伐る暇もねえのだから」

さつは銭を払っても承知しないに決まっている。ひたすら追い出そうとする魂胆なのだ。一茶はその手は食わぬと意を固くする。そして、外に出たその足で村外れの百姓家に向った。

百姓家の家に入ると、一茶は、台所にいる老婆に昨日の礼を言った。囲炉裏端に二人の男が座っていた。一人は煙草を吹かし、もう一人はごろりと横になっている。

「また何か欲しいのかえ」

老婆が言った。

「いや、今日はひとつ頼みたいことがあって」

煙草を吹かしている男がじろりと一茶を見た。頬から顎にかけて無精髭が生えていたが四十半ばに見えた。

「桂屋の近所の者です」

一茶が男に言った。

「弥太郎といいます。長く江戸に出ていましたが、この度戻ってくることになりまして」

同じ柏原に生まれ育った者同士ではあったが、顔見知りの仲ではなかったし、たがいの記憶にもなかった。

「頼みというのは、薪伐りのことです。わたしは江戸暮らしが長いせいで、力仕事はからきしだめになりまして。年のせいもありますが」

「薪を伐る」

男が突然やって来た人物を見定めるべく一茶を見つめた。このようなあばら家に来るような人物には思えなかったからである。

「一人で煮炊きをすることになったのだが、そのための薪が必要でして」

「そのための薪を伐るということか」

「さようです。自分の山がありますので、そこから薪を伐って家まで運んでほしいのです。山は作右衛《さくえ》門山《もんやま》にあります」

「そういうことなら倅にやらせる。やい、平吉、起きろ。聞いただか」

男が横になっている若者に言った。

「ああ、聞いてるだよ」

若者がむっくり起き上がった。まだ少年の面影を残している若者だった。

「駄賃はその都度払います。さっそく明日運んでもらいたいのだが」

一茶が言った。

「ええよ」

少年の声は素直だった。

「困ったことがあったら、また来るがええ」

一茶が家を出るとき、後ろから男が言った。

その翌日、若者が薪をいっぱい背負って一茶のもとに届けに来た。若者は名を平吉といい、父親の名は市助、祖母の名はたねといった。この三人と出会ったことで、一茶はひとまず胸を撫《な》でおろした。これで、さつに文句をつけられずにどうにか暮らしていける。

夕方、野良仕事から戻ったさつが、納屋の軒下に積んである薪の山を見て一茶に聞いた。

「あの薪はどうしたのかえ」

さつの言葉には、目論見《もくろみ》が外れたことに対するいらだちが滲んでいた。

「作右衛門山の木を人に頼んで伐ってもらった。あの山もお父がこのおれに残してくれたのだから文句はあるまい」

さつは一瞬口をつぐんだあとで言った。

「誰に頼んだのだえ」

「誰に頼もうとこっちの勝手だろう」

一茶は、いまいましげなさつを見ていると溜飲が下がる思いがした。

「地蔵堂の向うの平吉に頼んだ」

市助の家は村外れにあり、その少し手前に地蔵堂があった。

「あそこのばあさんから野菜も譲ってもらった」

一茶は、片意地を張っているさつに対して、純朴なあの一家の善意を見せつけてやりたいという思いに駆られた。

「あの水呑百姓かえ。水呑百姓に頭を下げてすがりつくとは、落ちたもんだの」

さつは、一茶が少しもこたえていないことが腹立たしくなってきた。そればかりでなく、一茶が何か企んでいるのではないかと疑心暗鬼になってきた。いちど疑い出すとたちまちその疑念が膨らんでさつを不安に陥《おとしい》れた。

その夜、さつが仙六に言った。

「弥太郎さは、水呑百姓の市助のところに泣きついているらしいだよ」

「お母が何か言ったのか」

仙六は、驚くようすも見せない。

「茄子も菜っ葉も採るなと言っただよ。薪も使うなと言ってやっただよ」

「いくら何でもそれはひどいでねえか」

「何言ってるだ。こっちがいい顔してれば、弥太郎さはこのまま居ついてしまうでねえか」

さつが仙六を睨みつけた。

「仕方がねえよ。お父がはっきり遺言したのだから」

「おめえは、弥太郎さといっしょにこの家で暮らすというのかえ」

「ああ、おらはそれでもいいと思っている」

仙六は、さつと同様に、何が何でも父の遺言どおりにはすまいと思っていた。だが、明専寺の住職に諭されてからその思いが少しずつ変ってきた。それは兄に歩み寄ったというよりも、住職との約束が掣肘《せいちゅう》となっているからだった。

「弥太郎さは、水呑百姓の市助を小作にする魂胆なんだ。きっとそうに違いねえ」

「仕方がねえよ。兄さは鍬など持てねえのだもの」

「そんなことはさせねえから」

さつは、仙六にも矛先を向ける。

翌日の夕方、一茶は夕飯の支度に手間取って遅くなった。そこへさつが野良仕事から戻ってきた。まだ竈を使っている一茶を見てさつが言った。

「今日はご馳走かえ」

「今すぐに終えるから」

「まあゆっくりとなさるがいいさ」

さつの言葉には一言一言に棘がある。

「ところで、弥太郎さは手回しがいいのう」

夕飯の支度が遅いのに手回しがいいとはどういうことか。一茶はさつが皮肉を言っているのだと思った。

「あの平吉を使用人に雇うつもりかえ」

さつの言葉は毒を含んでいることは分かるが、言わんとしているところが呑みこめない。

「もうすっかり地主気取りで、水呑百姓の市助を小作人にしようとしているのだろうが。われは鍬も取らねえで、遊んで暮らせるとはずいぶんけっこうな身分だわな」

さつがたっぷり嫌みをこめて言う。だが、皮肉にもその言葉は一茶に光明をもたらした。一茶は、そのようなことは思いだにしなかった。遊んで暮らせるというのはともかくとして、そのとおりにすればいいのだ。平吉ももう一人前だ。田畑をあの二人に任せれば何の心配もいらない。一茶は、仕度のできた膳を運んでさっさと下座敷に引き上げた。

ある日、一茶は野尻の湖光宅を訪れた。すぐに関之《かんし》もやって来た。

「すっかり落ち着かれましたか」

遺産相続を巡るいざこざの委細を知らない湖光が言う。湖光も関之も、一茶が帰省してからまもなく二か月が経とうとしているのだから、このまま故郷に落ち着くものと思いこんでいる。一茶のほうも、風光明媚な野尻に来ると諸々の憂さが消えていく気がする。その日は秋晴れで、座敷から野尻湖と斑尾山《まだらおやま》がきれいに見渡された。挨拶めいた話をした後で、一茶は懐から俳文を書きつけた懐紙を取り出して両人に見せた。それは、つい先日、七月五日の夜にしたためたものであった。その日は戦国の武将宇佐美定行《うさみさだゆき》の命日であったことから、非業の最期を遂げた古人を偲んで筆を執ったのであった。

「なかなかの名文ですな」

「さすがですな。格調が高い」

湖光も関之もほめた。

「宇佐美定行は、稀有《けう》の忠臣というべきですな。主君景虎《かげとら》の命を受けて長尾政景《まさかげ》を誅《ちゅう》したうえに、それを私怨《しえん》によるものと見せかけて、主君の名が汚されることを避けたのですから」

関之がしきりに感心する。

「景虎は、政景の謀反を恐れて定行に討つことを命じたのですが、命を受けた定行は主君を諫《いさ》めたと言います。だが、景虎は意をひるがえさなかった。やむなく私怨を装って、政景もろとも水中に飛び込んだわけです」

一茶が言った。

「先生はやはり政景が溺れて死んだ場所はここ野尻湖だとお考えですか。政景が船遊びをして溺死したのは、越後《えちご》の琵琶池《びわいけ》だとも言われています。定行は越後の琵琶島城《びわじまじょう》の城主でしたからね」

湖光が腕組みをして首をかしげる。

「そのような見方もある。しかし、定行は野尻城を居城とした折もあったわけですから、政景をここに招き、船遊びに誘って船中で組みついてもろともに水中に沈んだというのはほんとうでしょう。琵琶島に墓があるのが何よりの証拠です」

一茶が言った。

「あの琵琶島は、古くは島全体が城で、琵琶島城と呼ばれていました。定行は越後の琵琶島城の城主でもあったと言いますからややこしいですな」

関之がいささか混乱をきたして首を振った。

「しかし、琵琶島に定行の墓があり、真光寺に政景の墓があるのですから、やはり二人が溺死したのは野尻湖ということになりますかな。ところで、いかがでしょうかな。今日は定行と政景を偲んで、その旧跡など尋ねましょうか」

湖光がようやく納得したようすで提案した。

「結構ですな」

一茶がすぐに賛成した。

「懐古の情に浸りながら酒を酌むのも乙ですね」

関之も乗った。

三人は、すぐに仕度をして旧跡探訪に出かけた。湖光の旅籠屋から歩いてほどなく真光寺に着いた。秋晴れのもと、寺の境内からは奥信濃の五山がよく見えた。眼前には野尻湖が広がっている。三人は、本堂に詣でてからその横を通って墓地に通じる坂を上って行った。その途中に政景の墓があった。

「この墓石は、もとは湖畔にあったと言います」

墓石に手を合わせてからつくづくと眺めて関之が言った。

「そうそう。ところがこの墓石の前を馬に乗って通りかかると、必ず落馬したそうな」

湖光が言う。

「それでここに移されたというわけですな」

一茶がそう言って上がすぼまった四角い墓石を撫でた。

「しかし、そのようなことがあるものでしょうかな」

関之がいぶかしがる。

「いや、現に墓石がここに移されているからには、それはほんとうに違いない」

一茶にとって、伝承、伝説、故事の類いに疑念を持つことは禁物である。それらは、理屈が介入するとたちまち色褪せて消え失せてしまうから懐古の情の妨げになる。

縹緲《ひょうびょう》たる湖水は秋の日を受けて光り、四囲の山々は早くも秋色に染まりだしている。

「定行の霊は、あの琵琶島に眠っているというわけですな」

湖光が言った。

「そして、政景の霊はここに眠っている。指呼《しこ》の間《かん》ですなあ。ともすると、二人の霊はあくがれ出て出会うということもありましょうな」

関之が言う。

「満月の夜など、下の境内に罷《まか》り出て、二人で舞を舞ったりして遊んでいるかもしれませんな」

湖光が言った。

「湖の色も琵琶島もあわれだ」

一茶は、湖面を眺め、懐古の情に耽って我を忘れた。

それから三人は坂を下りて野尻城址へと向った。道々秋の草花が咲いていた。道に大きく垂《しだ》れている萩が木通《あけび》の蔓で結《ゆわ》えてあったりした。野尻城は、戦国の武将によって築かれた山城であった。急な斜面に獣道のような踏み跡がある。そこを辿っていくとやがて小屋が見えてきた。小屋の横から煙が立っている。関之がようすを見に行くと、炭焼夫の小屋だった。そのすぐ上が城址だった。埋もれかけた石垣や空堀《からぼり》が、そこがかつて城であったことを物語っていた。山頂を巡るように老松が立っており、高い梢が風に吹かれて蕭々《しょうしょう》と鳴っていた。かつては善光寺平まで見渡された山頂は、今は生い茂った木々に遮られて眺望がきかない。平坦な城址には秋の草花が咲き、昼ちちろが鳴いて懐旧の情をそそる。

「ここらで一献とまいりましょうか」

松の根元に座ると、湖光が持参した酒食を出した。一茶と関之もそれにならった。湖光宅で用意してくれた酒食をめいめいに持参している。

「箸を」

関之がそう言って立ち上がると、一茶と湖光も立ち上がって秋草の茎で箸を作った。

「落葉を焚こう」

一茶が言った。

「〈林間酒を煖《あたた》めて紅葉を焼《た》く〉。結構ですな」

関之がうなずいて口ずさんだ。

「白楽天《はくらくてん》ですな」

湖光も興じてきた。関之が下の炭焼小屋から火をもらってきて、掻き集めた落葉に火をつけた。青白い煙を立ち上らせて小さな炎が揺らめいた。三人は、盛り上がった松の根に座り、あえかな炎を眺めながら竹筒《ささえ》の酒を飲み、秋草の茎で作った箸で破子《わりご》の肴をつついた。

草の露人を見かけてこぼる、か　一茶
山箸《やまばし》は桔梗かるかや女郎花、
牛追ひが結んで置《おき》し萩の花　湖光
火を貰ふ小屋もありけり萩の花　関之

変りやすい山の天気は、いつのまにか雲が湧いてあたりの山々を隠していった。そして、みるみる空が暗くなったので、三人は急いで山を下りた。

平吉が薪と野菜を持ってきた。薪の調達だけでなく、諸々の用事を引き受けてくれるので一茶は重宝している。それに、ちょうど江戸に出たときの一茶と同じ年頃ということもあって情が厚くなる。一茶は、無学の平吉が不憫に思われてならない。将来は小作人にするという思いもある。そこで、まずは平吉に手習《てならい》をさせようと考えた。

「平吉、手習を始めてみないか」

一茶が言った。平吉は、一茶の突然の言葉にうろたえた。

「おらみてえなもんには、手習など」

「そのようなことはない。手習は誰にでもできる。それに、手習をすれば面白いことがいろいろあるものだ」

「おらには、手習をする暇も銭もねえもの」

平吉は尻込みをする。平吉にとって、手習など雲の上の存在である。

「暇などいくらでもあるものだ。銭のことは心配無用だ」

そう言って、一茶は用意しておいたものを平吉の前に差し出した。

「硯と筆と墨がある。紙もある。これをお前にやる。それから、これはいろは文字だ。まずはこれから始めるのだ。この手本のとおりに書いてみるがいい」

さっきまでうろたえていた平吉の目が輝いた。

「ほんとうに、ほんとうにこれをもらっていいだか」

「ああ、ほんとうだ。持っていくがいい。徐々に、読み書きそろばんも教えてやろう」

喜ぶ平吉を見て、一茶も目を細めた。

その翌日、一茶は仁之倉の徳左衛門宅を訪れた。母くにの実家である宮沢家は、くにが早く死んだこともあり、小林家とは疎遠になっていたが、むしろそれがさいわいして、一茶にとっては気を許せる場所になっている。四歳上の従兄《いとこ》の徳左衛門は、親身になって話を聞いてくれるため、一茶にとっては頼りになる人物である。どんな話も聞いてくれるし、常に味方に立ってくれるから一茶は心強い。

「仙六とは話がついたか」

徳左衛門が言った。一茶が宮沢家を訪れるのは、たいていは家族に対する不満を吐露するためである。そのせいもあって、徳左衛門のほうもしだいに小林家の遺産相続を巡る争いの渦中に巻きこまれていった。

「仙六は、大方その気になってきているのですが、継母のほうがどうにも納得しないのです」

一茶がすがるように言う。

「さつさのほうは何とでも言わせておけばいい。仙六が納得すればそれでいい」

徳左衛門は落ち着き払って言う。そう言われると、一茶もその気になってくる。

「しかし、仙六が納得しているからといって、曖昧なまま放置するのはよくない」

「と言いますと」

一茶が思わず身を乗り出す。

「どうも歯がゆい。どっちも自分のいいように思いこんでいる。臭いものに蓋をしている」

徳左衛門の言葉が図星なだけに、一茶の気持ちは徳左衛門にもたれかかる。

「どうすればいいのでしょうか」

「弥太郎さんが、言うべきことをはっきり言うことです。そして、仙六の気持ちをしっかり確めることです。もちろん、下手な妥協はしないことです」

徳左衛門が言った。一茶は、その言葉に力を得て宮沢家を辞した。

一茶は、その夜茶の間に顔を出した。仙六もさつもいつものように囲炉裏端に寝転んでいびきをかいていた。

「仙六、起きてくれ」

眠りを妨げられた仙六が不機嫌な顔をして起きた。

「仙六、おれもこれからのことをよく考えなければならない。そのためにも、お前の考えを確めたいと思っている。まず、おれの考えを言う。おれは、お父と約束したとおり、柏原に帰る。そして、ここで暮らす。来春からはおれの田んぼと畑を作っていくつもりだ。だから、お前もお父が言い残したことを守ってもらいたい。いつまでもいがみ合っていたのではお互いのためにならない。今一度、お父が残したこれをしっかり確めたいのだ」

一茶は、懐から弥五兵衛の遺言状を取り出して広げた。寝ころんだまま目をつぶっていたさつが、むっくり起き上がって言った。

「田んぼと畑を作るってか。その手で鍬を持つつもりかえ」

「おれは鍬は持たない。おれにはおれの生業《なりわい》がある。田畑は小作に任せる。さいわい小作を頼む者のめどがついた」

「あの水呑百姓かえ」

「そうだ。市助も平吉もいいやつだ。あの親子に任せておけば心配はない」

「やっぱりな。大方そんな料簡《りょうけん》だろうと思っていたさ」

さつは吐き捨てるように言う。

「仙六、お前はどう思っている」

黙っている仙六に向って一茶が言う。

「おらの腹は決まっている、兄さ」

「それをぜひはっきりと聞かせてくれ」

「そのお父の遺言は、やはり守らないといけねえと思うさ」

仙六は低い声で言った。

「うぬは何言うだ。気でも狂ったかえ」

さつが仙六に目を剝《む》く。

「お母、おらは和尚さまに呼ばれて言われたんだ。遺言は遺言だから、守らないといけねえって。兄さと仲よくやるようにって。遺産の相続でいつまでももめているのはご先祖さまに申し訳が立たないことだって」

さつはそれを聞くと何か口ごもった。

「では、この遺言状に書いてあることは、お前も受け入れるというのだな」

「ああ、それでいいさ。田畑を小作に任せようと、兄さの勝手だ」

仙六は、一茶に対してというより、自分を諭すかのように下を向いたまま言った。

「これでよい。これからは同じ屋根の下で、たがいの領分を犯すことなく、気持ちよく暮らしていこうではないか」

ひとり一茶だけはせいせいとして茶の間を出た。

一茶は、仙六と話がついたことをまずは本家に知らせるべきだと考えた。そこで仙六を伴って本家を訪れた。本家の当主弥市は、分家の遺産相続の諍《いさか》いを煩わしく思っている。そのことは一茶も分かっている。顔を合わせるごとにまともに目を合わせようとしないし、事あるごとに仙六の肩を持つ。だからこそ、遺産相続のことは決着したということをはっきり示す必要がある。さもなければ故郷に戻って安心して暮らすことは叶わない。仙六は、本家に行くことを渋った。兄に対して遺産分割について承諾したものの、なお不満と後悔がある。本家に行って決着したという話をすれば、もはや取り返しがつかない。とはいえ、今さらあとには引けない。

「遺産分割につきましては、いろいろとご心配をおかけしましたが、よく話し合いまして、この度円満に合意いたしました」

一茶が言った。仙六は、その言葉を耳にして憤懣やるかたなかった。

「仙六、それでいいのだな」

下を向いたままの仙六を見て弥市が言った。

「兄さの言うとおりだ」

仙六は、あわてて顔を上げた。

「ほんとうにそれでいいのだな」

弥市が今一度確めた。

「いいだ。それでいいだ」

仙六は、本心とは裏腹なことをはっきり言った。

「まあ、双方が了解したというなら、こちらがこれ以上口を差し挟むことではない」

弥市の顔にも腑に落ちないという思いがにじんでいたが、そう言うほかはなかった。

翌日、一茶は桂国の月中庵を訪れた。桂国は、上機嫌で一茶を迎えた。一茶も機嫌がよかった。一茶と桂国が茶を飲みながら大きな声で話していると、部屋の隅に置いてあるつぐらの中から斑猫《ぶちねこ》が出てきて身を大きく伸ばしてあくびをした。

「猫は気ままでいいですなあ」

一茶が言った。

「わたしも猫に劣らず気ままにしております。先生は気ままではないのでございますか」

桂国が笑った。

「気ままなくせに、いっこうに気ままではありません。いたずらに煩悩にもてあそばれているからかもしれません」

一茶も笑った。戯れに言ったつもりであったが、それがほんとうだと自覚した。

「先に飼っていた猫が急に死んでしまいましてな、どうにも寂しくてならず、この猫をもらってきました」

桂国が背中を撫でると、猫はするりとすり抜けて部屋から出ていった。

「こいつは不愛想でしてな、なかなか懐いてくれないのですよ」

桂国が猫のつれなさを託《かこ》つ。

「昼は膝の上に抱いて撫で、夜は懐に抱いて寝るのですが、嫌がりましてな。それに、よく寂しげな声で鳴きよる。ともすると逃げていきそうになるのですよ。ふと思いつきましてね、あのつぐらを作ってやったのです。するとめっぽう気に入ったと見えて、あの中に入って寝てばかりいます」

桂国が、いささか恨みがましく言う。

「荘子《そうし》にこんな話があります。ある者が美しい鳥を手に入れた。その者はこの上もなくかわいがり、美食を与えて育てた。ところが、鳥は少しも食べずに、三日経って死んだ。愚かな話ですが、よくありがちなことです」

一茶が言った。

「身につまされますなあ。人間は、自分の都合しか考えない生き物ということですな」

桂国が急に神妙になった。

「いや、桂国さんはそうではありませんよ。つぐらを作ってやったのですから。猫の心が分かったということです。その結果、いっしょにのびのびと、正真正銘の気ままさで暮らしているわけですから」

「そういうことになりましょうかな。猫を殺さずにすんでよかった」

桂国は機嫌を取り戻して笑った。

「ところで、先生の例の件はうまくいっているのでございますか」

例の件というのは言うまでもなく遺産相続のことである。桂国はそれが気になっている。

「ご心配をおかけしましたが、ようやく弟との話がつきました」

一茶が晴れやかな気持ちで言った。それを聞いて、桂国も顔をほころばせた。

「それはようございました。ということは、そのままご実家に入られるということで」

桂国には一茶が帰省して柏原に根を下ろすということが何にもまして嬉しいことであった。

その翌日、平吉が薪を運んできた。山で採れたと言って木通《あけび》の蔓で編んだ籠に入れて茸も持ってきた。

「いい占地《しめじ》だな。栗茸《くりたけ》もある」

一茶が茸を手に取って匂いを嗅いだ。どれも形がよくずしりと重い。

「今年は茸の当り年だで、いくらでも採れるだ。また持ってきますだ。食いきれねえなら、塩漬けにしておくといいから」

平吉がそう言ったあとで、懐から懐紙を取り出して一茶に見せた。

「これ、書いてみただ」

懐紙は、皺が寄らないように大事に折り畳んであった。一茶がそれを広げて見た。一画ごとに筆に墨を含ませたらしく、ゆがんだ太い文字がまるで生きているようにうねっていた。

「おら、初めて筆を持っただ。むずかしいけど、おもしれえもんだな。墨をすったのも初めてだ。熾《おこ》す炭と違って、ええ匂いがするだな」

一茶は、平吉の中に学ぶ力と学びへの志が眠っていると思った。それを目覚めさせることができれば、この若者の生き方も変るだろうと思われた。そう思っているうちに、先日野尻城址に上ったときに見た炭焼小屋のことを思い出した。一茶は、遺産相続をするにあたり、二つの山を手にしている。その山でこの若者に炭を焼かせるのもいい。一茶は、にわかに降って湧いた自らの考えに満足した。

「おれの山で炭を焼かないか」

平吉は、突然の一茶の言葉を呑みこみかねた。

「いや、お前が一人で炭を焼くというのがむずかしければ、お父と二人で焼くのもいい。まあ、ゆくゆくは小作をやってもらいたいと思っているが、田畑の仕事の合間に炭を焼くことだってできる」

平吉には、一茶の言うことが現実離れしていて夢語りにしか思えない。

「まあ、お父とも相談しておいてくれ。ところで、手習はなかなかいい。この調子で精進するがいい」

夢語りを聞かされたうえに、手習をほめられたことで、平吉は有頂天になり、自分が自分でないような気がした。

仙六と曲がりなりにも話がついたので、一茶は一安心した。ようやくこの地に戻り、この地に骨を埋めるのだと思うと心が晴れた。もう村人から白い目で見られることもない。後ろめたいことなど微塵もない。胸を張って往来を歩ける。そう思うと身も心も軽くなった。とはいえ、一茶には片をつけなければならない重要なことがあった。それは名主に申し出て人別帳に書き入れてもらうことである。これに記されることではじめて一茶は柏原の村民となる。一茶は、さっそく名主の嘉左衛門のもとを訪れ、仙六との遺産分割が滞りなくすんだことを告げた。

「では、遺産分割のことは円満に決着したというのですな」

名主が念を押した。小林家では遺産を巡って骨肉相食むような諍いをしていると聞いている名主は、半ば疑うような目をして一茶のようすを窺った。

「さようでございます。これまでの遺恨《いこん》はきれいに水に流して、これからは、同じ屋根の下で相睦まじく暮らしていこうと確めあったところでございます」

一茶は、ことさらに一家の和睦ぶりを示した。

「では、戸主《こしゅ》はどなたということになりますかな」

名主がさらに念を押した。

「ひとつ家には住みますが、それぞれの戸《こ》を構えるということにいたします」

「ひとつ家に二つの戸を構えるというわけですな」

名主は合点がいかないという顔をした。名主の不信感を敏感に感じ取って一茶が言った。

「実は、父の遺命がございます。父は、亡くなる前にわたしに言いました。必ず故郷に戻り、嫁を取ってこの家で暮らせと。しかし、仙六にも仙六の思いがあります。ですから、こうするほかはございません。それから、父はわたしを十五で江戸に出したことを詫び、故郷に帰っても困らないようにと、家屋敷と田畑の半分を分け与えると遺言しました。そして、父はみずからの手で遺言状を書き残しました。それがこれでございます」

一茶は懐から弥五兵衛の遺言状を取り出して名主に差し出した。名主はそれを手に取って見た。

「これは当人の自筆に相違ないのですな」

名主が言った。

「相違ございません」

「なかなかの筆ですな」

名主が弥五兵衛の筆跡をほめた。

「それが正気で書いた何よりの証拠でございます」

「いかにも」

名主が得心したようすを見せた。

「それではこう致しましょう。この遺言状をもとにして、当方で取極一札《とりきめいっさつ》を作りましょう。それに両人と親類代表の印を捺《お》したうえで村役人宛に提出する。それでいかがかな」

名主が言った。一茶はそれに異存はなかった。むしろ、名主が一札を書いてくれるなら、きっと公平を期したものになるだろうと内心安堵した。一茶が同意すると、名主はしばらく預かっておくと言って弥五兵衛の遺言状を納めた。

その夜、一茶は名主のもとに行ってきたことを仙六とさつに話した。仙六は、一言の相談もなく一茶が名主のところに行ったことが不満であった。自分に都合のいいことばかり言ってきたのではないかという疑念が湧く。さつはもとより一茶が家に入ることをよしとしない。

「名主さんからは、戸主は誰になるかと聞かれたので、それぞれに戸を構えると言っておいた。お前もそれでいいだろう」

「ああ、それでええよ」

仙六はそれを聞いて少し安心したようだ。

「名主さんは、そのために取極一札を作ってくれるそうだ」

一茶は、それに二人と親類代表の印を捺して村役宛に差し出すことになったことを話した。仙六はそれに反対しなかった。

それから数日後、一茶と仙六は名主の嘉左衛門から呼び出された。二人のほかに、立会人として本家の弥市も一緒に呼び出された。嘉左衛門は、みずから書き上げた取極一札を読みあげた。それには、弥五兵衛が残した遺産分割の内容がそのまま記されていた。そして、その後に次のような文言が書いてあった。


右之赴《みぎのおもむき》、村役人 幷《ならびに》 親類立会《たちあひ》、紛失物迄相済候上《あひすみさうらふうへ》ハ、双方共《とも》、已来彼是六ケ敷義申間敷候《いらいかれこれむつかしきぎまうすまじくさうらふ》。然る上ハ、遺書抔等《などとう》と而出《ていで》シ候共《さうらふとも》、可為反故《ほごとなすべく》、此上《このうへ》兄弟・親類共睦敷仕《ともむつまじくつかまつり》、百姓相続《あひつづけ》仕可申候《つかまつるべくまうしさうらふ》。若異変《もしいへん》申者有之候《まうすものこれありさうら》ハゞ、村役人、急度取斗《きつととりはからひ》、相背申間敷候《あひそむきまうすまじくさうらふ》。仍而為取替証文《よりてしようもんをとりかはすをなすこと》、如件《くだんのごとし》。


（右のこと、村役人並びに親類が立会い、紛失物まで吟味したので、両人は今後あれこれと厄介なことを申し述べないこと。以後は、遺書など持ちだしても無効とする。しかして、兄弟・親類が仲よく百姓を続けていくこと。もし、これに反するようなことを言い出す者がいれば、村役人が厳重に対処して、この取り決めに反することがないようにする。よって、取交した証文はこの通りである）

そこには、遺産相続を巡って諍いを起している小林家に対するきびしい戒めと、両者を仲裁しようとする周到な配慮がこめられていた。

「弥太郎さんも仙六さんも、これに異存はありませんな」

取極一札を読みあげると、名主が言った。

「恐縮に存じます。委細承知いたしました」

一茶にしてみれば、父の遺言がそのまま保障されたのだから、むしろ名主の仲裁に感謝したいところであった。実を言えば、そのことばかりに気を取られて、肝心な名主の諫《いさ》めの文言はほとんど頭に入らなかった。

「仙六さんも異存はありませんな」

名主は、頭を下げたまま ものも言わずに畏まっている仙六に念を押した。

「もったいないお言葉で、異存などあるはずもごぜえません。お言葉どおりに、これからはみなで仲よくしていきてえと思っております」

仙六にしてみれば、遺産分割についてはすでに話がついていることなので、あらためて異議を申し立てる気はなく、これからは仲睦まじくせよという名主の戒めがこたえた。

「弥市さんは、お二人の言葉をしかと聞き届けられましたな」

名主は、弥市にも念を押した。

「へい、両人の言葉をしかと聞き届けました。以後、親類として両人ともこれに反することのなきよう見守ってまいります」

弥市は、長いこと悩まされた分家のごたごたがようやく決着したことで、望外の喜びであった。

「念のため写しを作っておきましたゆえ、これにもめいめいが印をおしていただきたい」

名主に言われるままに、三人は自分の名前の下に印をおした。

「では、写しは大事に取っておいてくだされ。それから、この遺言状は不要となりましたゆえ、当方が預かります」

名主はそう言って、取極一札といっしょに弥五兵衛の遺言状を納めた。

この取極めにより、一茶は、正式に四石七升余の田と一石五斗余の畑、それと三か所の山を手にした。これは、村においても中流ほどの百姓に相当するものであった。さらに、家屋敷の南半分、世帯道具一式、夜具一式まで相続に含まれていた。

一茶は、ようやくつかんだ幸運を自分だけの胸に秘しておくことができなかった。それを打ち明けることのできる相手は、徳左衛門を措《お》いてほかにいない。一茶はさっそく仁之倉の徳左衛門のもとを訪れた。

「ようやく落着しましたか」

徳左衛門も喜んでくれた。

「これが名主さんが書いてくれた証文です」

一茶が懐から証文を出して徳左衛門に見せた。徳左衛門はそれを手に取ると吟味するように読んだ。

「これは、弥太郎さんの完璧な勝利ですな」

「さようです。だいたい、これまで父の遺言状を認めようとしなかった仙六と継母のほうが理不尽だったのです」

完璧な勝利だと言った徳左衛門の言葉を聞いて、一茶は有頂天になった。

「それで、これからはどうなさるおつもりか」

徳左衛門が聞いた。

「わたしはもう鍬を持つことは叶いませんから、田畑は小作人を雇ってやっていくつもりです」

「結構なご身分になられましたな。田畑は人に任せて、遊んで暮らせるというわけですな」

徳左衛門は、皮肉とも羨望ともつかぬ言い方をした。

「遊んで暮らすつもりはありません。曲がりなりにもわたしは江戸の俳諧師です。これからはこの信濃の地で俳諧の連衆《れんじゅ》とともに俳諧の道を進んでいくつもりです」

一茶は、無為の徒になると言われたような気がしていささか自尊心が損なわれた。

「ところで、これですべてが収まったとお思いですかな」

徳左衛門の目が急に変った。完璧な勝利に酔っていた一茶は、虚を突かれて徳左衛門の表情を窺った。

「さように思いますが、まだ収まっていないと言われるのですか」

一茶は、徳左衛門の意中を測りかねた。徳左衛門は、すぐには答えなかった。何かを目論んでいるようだった。

「弥五兵衛さんの遺言が認められたということは、この遺言状が書かれた時点で遺言状にある田畑と家屋敷、その他のものはすでに弥太郎さんの所有であったことが認められたということです。そう考えると、むしろ、仙六とさつさのほうに重大な咎があったということになる」

一茶は、徳左衛門の言わんとしていることがまるで腑に落ちなかった。

「いいですか。弥五兵衛さんが亡くなったのは七年前です。その七年のあいだ、仙六とさつさは、弥太郎さんの田畑を耕し、弥太郎さんの持ち分である家半分にも住み続けてきたわけです。ということは、二人は、七年分の小作料と家賃を弥太郎さんに払わなければならないということになる」

一茶は、あまりにも苛烈な徳左衛門の言葉に耳を疑った。

「その額はおおむね三十両は下らない」

村役をも勤める家柄の徳左衛門は計算高い。とはいえ、三十両という大金に一茶は恐れを感じた。もし、それが妥当な金額だとしても、一介の百姓である仙六にそれを突きつけるのは酷だ。

「それでは、名主さまが書かれた文言に背《そむ》くことになりますからできない相談です」

一茶は、徳左衛門に気圧《けお》されながらも言い返した。

「いや、その心配はない。たしかに、名主さまの文言には、今後は取極めに反することがないようにする、という文言が入っている。しかし、それはあくまで遺産相続の一件について言っているだけの話ですから、小作料と家賃の請求は、何らこの取極めには抵触しない。それどころか、これは至極もっともな要求です」

徳左衛門の言うことは道理だと一茶は思った。そう思うと同時に、徳左衛門にあらがう気が失せた。すると、一度は解消した仙六とさつに対する積年の恨みが噴き出してきた。

「弥太郎さん、いいですか。不当なのは仙六とさつさのほうです。とりわけ、さつさが弥太郎さんに冷たく当ることがなかったら、長男の弥太郎さんが家屋敷を継ぐことになったはずです。むろん、江戸に出て辛酸《しんさん》をなめることもなかった。それに、向うが七年前に弥五兵衛さんの遺言どおりにしていれば、弥太郎さんは、国に帰って自分の家に住み、小作料も手にすることができた。にもかかわらず、二人は勝手に遺言状を反故にした。今になって遺言を認めるというなら、これまでの小作料と家賃を払って当然ですよ」

煮え切らない一茶を焚《た》きつけるように徳左衛門が迫った。

一茶は、恐ろしいものを抱え込んだ気がした。だが、これまで全面的に信頼し、頼りにもしてきただけに、にわかに手の平を返すように背《そむ》くことはできず、徳左衛門の言うとおりにすることを約束したのだった。

仁之倉から戻る道々、一茶の胸中には葛藤があった。わけても三十両という法外な金高《かねだか》が重くのしかかっていた。一茶自身は金銭を要求するつもりなど毛頭なかった。田畑と家屋敷さえ自分のものになればそれでよかった。それなのに、徳左衛門はなぜそのような金高を思いついたのか。一茶は、その点が不審であった。もしかすると、こっちのことよりも、徳左衛門のほうの何か抜き差しならぬ思惑がからんでいるのではないか。一茶の脳裏にふとそんな思いがよぎる。そう思ったあとで、一茶は何かを振り払うように頭を振った。徳左衛門の怒った顔が目に浮ぶ。なぜか、徳左衛門のことを思うのが怖かった。一茶は、思い直したように矛先を仙六と継母に向けた。すると力が湧いてきた。二人に対する憤りは、いつでも煽《あお》れば燃え上がる。

その夜、一茶は二人に話をしようと茶の間に行った。仙六もさつもいびきをかいて寝ていた。一茶が仙六を起した。仙六は目をこすって起き、不機嫌そうな目で一茶を見た。ただならぬ気配を感じてかさつも起きた。

「話がある」

一茶が切り出した。つい声がとがった。

「此度《こたび》は、名主さまの肝煎《きもいり》で、お父の遺言状どおり、遺産の半分はおれのものだということが認められた。ということは、お父が死んだ七年前に、すでにそれはおれの分であったということが認められたということだ。そのことに異存はないな」

一茶が仙六に確めた。

「ああ、異存などないさ」

一茶の意中を知るはずもない仙六は軽く答えた。

「とすると、お前は七年の間、おれの田畑を無断で使っていたことになる。そればかりではない、おれのものになったこの家の半分にも、無断で住んでいたことになる。そういうことになるな」

一茶がつよく念を押した。仙六は、言われてみればそのとおりだと思ったが、どこか釈然としなかった。だが、一茶に言い返すだけの言葉がなく、黙ってうなずいた。さつは、漠然とした不安に駆られて二人の話を聞いていた。いつもと違って神妙になっている仙六とさつを見ると、一茶は駄目押しをするように言った。

「世間では、田畑と家屋敷を借りるためには金を払うことになっている。おれだって、江戸で借家料を月ごとに払っている。ところで、おれの田畑の使用料と家賃の七年分は、ざっと見積もって三十両になる。これを払ってもらいたい」

仙六とさつは、一茶の言葉を呑みこみかねて唖然《あぜん》とした。ようやく正気を取り戻して激昂したのはさつだった。

「何言うだ。うぬは江戸でのうのうと暮らしていながら、今さら三十両払えだと。よく言えたもんだわな。気でも狂っただか」

「そうさよ。兄さ、何言うだ。名主さまの書付《かきつけ》には、今後あれこれと厄介なことを申し述べないことと書いてあったでねえか。兄さがそのつもりなら、おらは村役人方に訴え出る」

仙六の怒りにも火がついた。だが、一茶はさつと仙六が激するほどに冷静になっていった。

「それは無駄だ。あの書付は、あくまで遺産分割に関する取極めだ。田畑の使用料と家賃のことは、遺産相続のこととはまるでかかわりがない」

一茶のどのような言葉も、もはや仙六とさつには通じなかった。

「弥太郎さ、この家をすぐに出ていき。おらはもう弥太郎さといっしょに暮らすことはできねえ。そのつもりもねえ」

さつは目を剝いて言葉を荒らげた。仙六は、法外な金高を突きつけてきた一茶にたいして、怒り心頭に発し、肉親の情が消えた。目の前にいる一茶が、平穏な日常を脅かす魔物に見えてきた。

「そんな途方もねえことを言うなら、あの取極めは無かったことにする。兄さ、すぐにこの家を出ていってくれ。おらも兄さといっしょには暮らせねえ」

仙六がたいそうな剣幕で言った。

「いちど印を捺した書付は、反古にはできない」

「そう言いながら、兄さのほうが反古にしているでねえか。とにかく、おらはあの取極めには従わねえ」

「弥太郎さ、明日からは竈を使わねえように」

さつがきつく言った。それからは、一茶が何を言っても仙六とさつは耳を貸さなかった。一茶は、やむなくひとまず江戸に戻ることにした。

一茶は、十二月四日に柏原を出て、十六日に江戸に着いた。帰郷するために江戸を離れてから半年余りが経っていた。この度は、永住覚悟の帰郷であったから、江戸を出る時は感慨深いものがあった。だが、意を遂げることができずに舞い戻ってきた一茶にとって、隅田川の流れも、両国橋を行き交う人の群も冷たかった。何もかもがよそよそしかった。相生町の借家に着いてみると、驚いたことに家の中に人の気配がした。不審に思って声を掛けると、四十半ばと見える女が顔を出した。女は物乞いを見る目で一茶を見た。一茶は一茶で不審者を見る目で女を見た。

「失礼ですが、どなたでしょうか」

一茶が聞いた。

「ここの店子《たなご》ですが」

女はいぶかしげに言った。一茶は一瞬その言葉を呑みこみかねた。だが、すぐに我に返った。もしかすると、たいへんなことになっているのかもしれないと思う。一茶はあわてて家主宅の戸を叩いた。出てきた家主の太兵衛は、一茶の姿を見ると声を上げて驚いた。

「帰って来なさったかね」

家主はまるで亡霊でも見るような目で一茶を見た。

「もう、外の店子が入っているようですが」

一茶が言った。

「ええ、一茶さんがここを出られるとき、故郷に永住する覚悟だとおっしゃいましたので、もうお戻りにならないと思ったものですから。いえ、すぐに貸したわけではございません。三月ほど待ってみました。それでもお戻りにならなかったものですから、空店《あきだな》の札を懸けておきました。ほどなく借りたいという者が来まして、それで貸すことになったしだいでして」

太兵衛は、いく度も頭を下げて言い訳がましく言った。しかし、言われてみれば、太兵衛の言うことはいちいちもっともなことであった。

「それに、長く戻らない場合は他の者に貸してもよろしいかと念を押しましたところ、一茶さんは、それでよろしいと、たしかにおっしゃいました」

それもほんとうのことであった。もはや、太兵衛に非がないことは明らかであった。言うだけのことを言うと、太兵衛はいったん奥に入り、何やら手に持って戻ってきた。

「これは、一茶さんの家財道具一式代と、それから少しばかりのお詫びの印ということで。どうぞお納めくださいまし」

そう言って太兵衛は二両を懐紙に包んで差し出した。一茶はそれを受け取って太兵衛宅を出た。故郷を追われたうえに江戸の住まいを失った一茶は、やむなく成美のもとに転がりこんだ。

けふに成《なり》て家取《とら》れけり年の暮
行《ゆく》年《とし》を元の家《や》なしと成《なり》にけり

それから四年が経った。取極一札を交わしたにもかかわらず、ふたたび仙六と継母の二人との関係が険悪となって故郷を追われた一茶であったが、故郷への帰住の思いはいささかも変ることはなかった。あれから三度、柏原に戻って半分は自分のものとなった実家に入ることを試みた。一度目は翌年の五月であったが、家に入ることもかなわなかった。二度目はその翌年の五月であった。この時は名主の取り成しで家に入ったが、仙六とさつの冷遇に堪えきれず、宿場の旅籠屋に一泊しただけで江戸に戻ることを余儀なくされた。

古郷はよるもさはるも茨の花

三度目は今年の六月である。この時も家に入ることはかなわず、本陣の中村家に泊って江戸に戻ったのであった。一茶の帰住は八方塞《はっぽうふさ》がりの状態であった。だが、一茶はあきらめなかった。魂はすでに故郷に帰っていたからである。時を経るにつれて、望郷の思いはつのり、帰郷を妨げている仙六とさつに対する憎悪が増していった。帰郷のめどが立たず、いたずらに時が過ぎていった。ほどなく、桂国が江戸見物のため江戸に出てきた。八月のことである。ところが、桂国は病を得て宿所の旅籠屋《はたごや》で臥してしまった。知らせを受けた一茶は駆けつけて桂国の看病に当った。病状は思いのほか重く、一茶は寝ずに看病した。その甲斐あって、桂国は小康を保った。すると、一茶は、帰住の思いを切々と桂国に訴えた。

「うむ、なかなかむずかしいことですなあ」

一茶が実家から追い出された経緯をつぶさに承知している桂国は、腕組みをして上を向いた。

「しかし、何とかなるでしょう」

しばし天井を仰いだあとで、腕組みを解いた桂国が言った。

「わたしにとりましては、万策尽きたというところです」

信頼する桂国の言《げん》とはいえ、一茶はにわかには喜べない。

「そのようなことはございませぬ。万事は、けっして策が尽きるということはありません。思うところには、必ずや道があります」

かつては中村家の当主として問屋《といや》と本陣を取り仕切っていた桂国の言葉には重みがあった。一茶は、しだいに桂国が頼もしく思えてきた。

「どのような策があるというのでしょうか」

一茶がすがるように言った。

「わたしは隠居の身ではありますが、一茶さんのためなら微力を尽くしますよ」

「ありがとうございます。桂国さんだけが頼りです。して、その策とは」

一茶は桂国を急かした。

「やはり、まずは仙六さん、それにさつさんともう一度しっかり話をすることでしょうな。それでも埒《らち》が開かない場合は、然るべき人たちの力を借りることが必要でしょう」

「村役の方々のお力を借りるということでしょうか」

「さよう、身内同士で話がつかない場合は、名主さんはじめ、村役に頼むべきです」

「しかし、それは一度すんでいることです」

「いや、このようにもめているということは、まだすんでいないということです。そのすんでいないところを熟談する必要があります」

「熟談」

一茶は、桂国の口から出た言葉を口に出して吟味した。

「熟談しても埒が開かない場合は、まだ策がありましょうか」

一茶には、仙六とさつの二人とこれ以上談判することはかなわないと思われた。

「さようですな、もし、それもかなわぬとならば、江戸の御糾所《おただしどころ》に訴えることですな。しかし、それは最後の策でして、さすがにそこまで行かずに解決できましょう。とにかく、ここにいたのでは、いつまで経っても埒が開きませんよ」

「柏原に戻れとおっしゃるのですか」

「さようです。そうすればわたしも何かと微力を尽くすこともできます」

桂国は、そう言って胸を叩いた。桂国の言葉に力を得た一茶は、柏原に戻る決意を固め、今度こそ江戸には戻らないという覚悟で故郷に向った。十一月十七日のことである。

一茶は、ひたすら故郷を目指して北上し、江戸を発ってから七日目に柏原に着いた。その日は晴れていて、すでに深い雪に埋もれている故郷の風景が、眩しく一茶の目を射た。一茶は、実家の前を通り過ぎ、中村家に入った。中村家は、本陣と問屋を兼ねる大家《たいか》で、一茶がもっとも頼りとするところであった。それに、桂国も勧国も俳諧に熱心で、一茶の帰省を心待ちにしている。勧国は忙しいらしく、すぐには顔を見せなかった。一茶は、いつものように奥の間に落ち着いて勧国が現れるのを待った。女中が行燈《あんどん》に火をともし、部屋の大火鉢に火を入れた。炭はすぐに赤くなって部屋が暖かくなった。一茶は、中村家の奥座敷でくつろいでいると、諸々の俗念が消えておおらかな気持ちになる。

夕方になって、ようやく勧国が顔を出した。勧国は、長く待たせてしまったことをしきりに詫びたあとで言った。

「いつお着きになられましたか」

「先ほど着いたばかりです」

「では、どこへもお寄りにならずにこちらへ」

勧国は、一茶が実家へ入ることが容易でないという事情を知っていて、どこよりも先に自分を頼ってくれたことが嬉しかった。

「八月には、兄がすっかりお世話になりました」

勧国が礼を言った。兄の桂国は、去年の二月に江戸に出て、一茶の案内で植木屋を見物したり、寺院の開《かい》帳詣《ちょうまいり》に出かけたりした。そして、今年の八月にまた江戸見物に出かけた。だが、病に見舞われて逗留先の旅籠屋で臥してしまった。一茶から知らせを受けた勧国は、すぐに駆けつけ、桂国を連れて帰ったのであった。

「桂国さんにお変りはありませんか」

一茶が聞いた。

「それが、あの夏の病以来、どうもはかばかしくありませんで。気だるいと言っては臥すことが多いありさまでして」

勧国が表情をくもらせた。

「明日には伺おうと思っております」

一茶が言った。

「ぜひそうしてやってください。一茶さんのお顔を拝めばきっと兄も元気が出ましょう」

勧国が気を取り直して言う。

「今度こそは不退転の決意です。何があっても江戸には戻らないつもりです」

一茶が言った。

「それがようございます。お住いのことならご心配は無用でございます。ご実家との話がつくまでは拙宅にいていただいて結構ですから」

一茶が逗留してくれれば、勧国にとってはそれこそさいわいなのであった。

「なにぶん向うが頑迷でして、容易に話がつくとも思えません。しかし、負けてはいられません。そこでひとつ頼みたいことがあります」

「わたくしにできることでしたら何なりと」

「どこか適当な借家を捜していただきたいのです」

借家と聞いて勧国は不満そうに顔をくもらせた。

「借家ですか」

「決着までどれほどかかるか分かりません。そういうわけですからやはり借家が必要です」

「よく分かりました。捜してみましょう」

勧国は、あらためて一茶の決意の固さを知り、借家を捜す約束をした。ともあれ、一茶はしばらく中村家に身を寄せることになった。

翌日、一茶は月中庵を訪れた。桂国は、背中を丸くして炬燵《こたつ》に入っていた。夏に江戸で病に罹《かか》り、旅籠屋でしばらく養生して国に帰ったが、まだ恢復しきっているようには見えなかった。むしろ、いっそう気力が衰え、話しぶりにも生気が感じられなかった。俳諧に対する興味も失せていた。桂国はもはや頼るべき大樹ではなかった。

一茶は、事実上実家の財の半分を手中に収めている。来年の春からは、市助親子に田畑の耕作を任せることにしている。実家に入れる見通しはまるで立たないが、一茶は近郷を回り、門人獲得に努めた。その頃の奥信濃は俳諧が盛んで、力量のある指導者を求めていた。江戸帰りの一茶は、どこに行っても歓迎され、たちまち門人が増えていった。そういうわけで、定住できる住まいはないものの、日々門人のところを回れば、当面不都合はなかった。

古間《ふるま》、毛野《けの》、浅野の門人のもとを巡回して、一茶が中村家に戻ったのは十二月の半ばであった。勧国は一茶の帰りを待っていた。

「長いことお戻りにならなかったので、どこぞいいところに落ち着きなさったのかと思っておりました」

勧国が託《かこ》ち顔で言った。

「いいえ、わたしが帰るところはここ柏原のほかにはありません。ここに骨を埋めるつもりで戻ってきたのですから」

「それを聞いて安心いたしました」

勧国が笑って言った。

「ところで、借家のことですが、いいところが見つかりました。岡右衛門さんの離れです。ご隠居が昨年亡くなられて、そこがそのまま空き家になっておりまして。岡右衛門さんに頼みましたところ、快く承知してくれました」

一茶は、それを聞いて安堵した。

「ありがとうございます。ほんとうに助かりました」

一茶の家の事情は村じゅうに知れわたっている。そして、村人はみな仙六とさつに同情し、一茶を白眼視している。柏原も御多分に漏れず俳諧熱は盛んであったが、桂国と勧国の兄弟の外には一茶門に入ろうとする者はいない。村人はみな、一茶にかかわるのを避けているように見える。だから、一茶が自分で借家を捜すのは難しいことであった。

「すぐにでも入ってよいということです」

「ありがたい。これで新居で正月を迎えることができます」

こうして、一茶は岡右衛門の離れ屋に移った。十二月二十四日のことである。仮住まいとはいえ、ひとまず落ち着く先を得た一茶は、ようやく故郷に帰ることができたという実感をしみじみと嚙みしめた。必ず故郷に戻れと言い残した父の言葉を思い出した。そして、もう何があっても故郷を出るまいという思いをつよくした。万が一、仙六が折れずに実家に入れないことがあったとしても、ここを住処《すみか》にして暮していける。

一茶はその日の句帳に書きつけた。

是《これ》がまあ終《つひ》の栖《すみか》か雪五尺

年が明けてほどなく、一茶は近郷の門人宅を回った。半月ほど巡回して柏原に戻ってきても、やはり実家の敷居をまたぐことはかなわなかった。そこで、一茶は仁之倉の徳左衛門宅を訪れた。徳左衛門は、今は頼りとするに足る数少ない者の一人である。一月前に帰省したにもかかわらず、挨拶もしていなかったので、一茶は無音《ぶいん》を詫びた。

「それで、借家に入られたわけですな」

一茶から事の経緯を聞いた徳左衛門が言った。

「さようです。もう江戸には戻らないという覚悟で来ましたから」

「それは結構。しかし、自分の家があってそこに入れないとはいかにも理不尽ですな」

徳左衛門の表情がけわしくなる。すると、一茶の中にくすぶっていた仙六と継母に対する恨みが堰を切ったように溢れ出てきた。

「とにかく、弥五兵衛さんの遺言を守るという取極めを交わしたのですから、弥太郎さんは誰憚ることなく実家に入って当然です。それから、くだんの三十両も至極妥当な要求です。念入りに算出したものゆえ、このわたしが保証します」

「桂国さんは、いよいよ埒が開かなくなった場合は、江戸の御糾所《おただしどころ》に訴えるべきだと言われました」

「それも至極もっともなことですな」

桂国は、あくまで最後の手段として、つまり仮の話としてそう言ったのであった。それが徳左衛門によって現実の手段にすり替えられてしまった。そして、一茶もまた胸のうちで三十両の要求を正当化していった。

「まあ、向うがこちらの言い分を聞かずに先延ばしにするならそれもいいさ」

徳左衛門が煙管《きせる》を取り出して煙草を詰めながら開き直ったように言う。

「どういうことですか」

一茶は、妙に落ち着いてきた徳左衛門をいぶかしく思った。

「先延ばしにすればするほど、その間の穀物料も家賃も嵩《かさ》むだけのことさよ。弥太郎さんは何も痛くはないというわけさ」

それを聞いて、一茶はすっと肩の力が抜けた。

「それでも向うがだんまりを決めこむなら、桂国さんが言うように、江戸の御糾所に訴え出ると言って泡を吹かしてやるさ」

徳左衛門が勢いよく煙を吹きながら言う。すっかり心が軽くなった一茶は、徳左衛門宅に一泊し、翌日、実家へと向った。

一茶が表の戸を開けると、囲炉裏の火に当りながら藁仕事をしていた仙六とさつが一瞥したが、二度と顔を上げなかった。一茶は家の中に上がり、囲炉裏端に座った。三人は囲炉裏の火を囲んだまま黙りこんだままだ。だが、それぞれに腹蔵するものが抜き差しならぬものであるだけに、その沈黙は重かった。自在鉤《じざいかぎ》に吊るされた薬缶《やかん》に湯が沸いているが、さつは茶どころか白湯《さゆ》すら出さない。

「仙六、おれは明日江戸へ行く」

一茶が沈黙を破って言った。その言葉も仙六とさつは聞かぬふりをする。

「おれは御紀所にお前たちを訴える」

一茶が冷やかに言った。それを聞くと仙六とさつの手が止った。

「田畑もこの家も半分はおれのものだ。それは村役人にも届けてある。そのことはお前たちが何と言おうと曲げることは許されない。しかし、お前たちはおれの田畑で作物を作り、おれの山で木を伐り、おれの家に住んでいる。十年以上ものあいだだ。これを御紀所に訴えればどうなるかは分かるな」

一茶の話の途中から、藁を握るさつの手が震えて止まらなくなった。仙六も頬が引きつってきた。

「分かっているな」

何も言わないで震えている二人に一茶は念を押した。

「待ってくれ、兄さ」

仙六が泣きそうな顔をして言った。

「何もそんな無体《むたい》なことをせんでも」

さつが怯えた顔で言う。

「本家に中に入ってもらおう、兄さ」

憐れなほどにうろたえて仙六が言う。

「本家にはいちど中に入ってもらった。そして、取極一札《とりきめいっさつ》にも印をおしてもらった。今さら何を頼むことがあるというのだ。いいか、仙六。お前がやっていることは、明らかに不法だ。不法はお上に糺《ただ》してもらうほかはないのだ。言っておくが、おれのほうには、むろん何の非もない。だから、おれは何も恐れることはない。そういうわけだから、明日、江戸へ発つ」

一茶は、仙六とさつが狼狽しているのを見ると、自分でも驚くほどに舌が滑らかになった。

「兄さ、頼むだ。それだけは止めてくれ」

仙六がしがみつく。

「それでは、おれの要求を呑むというのか」

一茶がきつい言葉で言った。さつは、ぶるぶる震えてとうとう泣きだした。

「それは。三十両などおらにはとても払いきれねえ」

仙六も泣き顔だ。

「お前が払えるかどうかという問題ではない。肝心なことは、おれの方に非があるのか、お前の方に非があるのかということだ。それを裁けるのはお上だけだ」

一茶が毅然と言った。

「兄さ。江戸へ行くことだけは止めてくれ」

「それでは、こっちの言い分を呑むということなのだな」

一茶が強引に仙六から言質《げんち》を取ろうとした。仙六は窮して頭を抱えた。三人は、たがいの腹の中を探りながら黙りこんだ。沈黙を破ったのは仙六だった。

「兄さ、和尚さまに中に入ってもらおう。頼む。これからすぐに和尚さまのところへ行こう」

「そうさな。そうするがいいさ。な、弥太郎さ。そうしておくれ」

さつが一茶に向って手を合せて頼んだ。さつにとっては、明専寺の和尚は文字通り地獄で仏であった。一茶は、哀願する二人を突き放すことはさすがにしかねた。そこで一茶と仙六は、すぐに明専寺へと向った。

住職は、一茶と仙六のただならぬようすから来意をすぐに察したが、笑顔で二人を庫裡に迎え入れ、如才なく挨拶した。だが、一茶には、談笑する余裕はなかった。仙六はもとより畏まったまま無口で、住職への対応は一茶に任せた。

「実は、和尚さまにお願いがございまして、仙六と二人で伺ったしだいです」

一茶は、すぐに切り出した。遺産分割のこれまでの経緯、それに十余年間の穀物料と家賃のことを話した。そして、この話の決着がむずかしいので、江戸に出て御紙所に訴えるつもりでいると言った。住職は、うなずくこともなく、背筋を正して聞いていた。仙六はうつむいていたが、何度も上目遣いに住職の顔を窺った。

「よく分かりました」

一茶が話し終えると、住職はおもむろに言った。住職の言葉を聞くと、仙六がにわかにうろたえた。

「和尚さま、お願えだ。助けてくだせえ。おら、お白州《しらす》の上に座らせられるなどごめんだ。助けてくだせえ、和尚さま」

仙六が平身低頭して愁訴した。

「お前がお白州に座らせられるとはかぎらない」

一茶が冷然と言う。

「しかし、和尚さま、わたしの言うことは間違っておりましょうか」

一茶が住職に聞いた。

「あながち間違いだとも言えませんですな」

住職は冷静だ。

「するてえと、おらがやはり悪いということですか、和尚さま」

仙六だけが、いよいよ窮地に追いこまれる。

「ですが、いかがでしょうかな。他人のあいだのことならおっしゃることは通りましょう。しかし、これは仙六さんと一茶さんのあいだのことです。身内の情《じょう》ですな。それは、時には法をも超えます。一茶さんのほうからいくばくかの譲歩をするというわけにはいきませんかな」

住職が言った。

「むろん、その思いはあります。ですが、それは仙六の出方しだいです」

一茶がきっぱり言った。

「ごもっとも。では、仙六さんは、いちど交わした取極一札を守れないのはなにゆえかな」

住職がうつむいている仙六に言った。

「おらほうがあの取極めを守らないのではねえです、和尚さま。兄さがあの後でいきなり三十両を寄こせと言い出したから、おらはどうしていいか分からなくなっただけです。おらにはそんな大金など、払いたくても払えねえ。大事な田畑が半分になったうえに、またそれを売って払うなどしたら、おらは生きていけねえです、和尚さま」

仙六は、何度も言葉を詰まらせながら一生懸命訴えた。

「仙六さんの言うことももっともですな」

住職は、大きくうなずいた。

「それでは、仙六さんは、先の取極一札に異存はないというわけですな。それなら、一茶さんの三十両の要求をどうにかすれば、このことは収まりそうですな。一茶さん、いかがでしょうかな」

一茶は、いささか不満があったが、住職の言を無下にするわけにもいかなかった。

「では、仙六さんが一茶さんに十両払うということでいかがかな。一茶さんには一茶さんの勘定がありましょうが、拙僧に免じて要求を減じてもらえればありがたい」

一茶は、金高《かねだか》が三分の一になったことに不満が残った。一方、仙六にとっては十両といえども大金であったが、三十両と比べればずいぶん低い金高に思えた。一茶と仙六の胸の内には、まだそれぞれに思惑があったが、結局は住職の言に従うことにした。

さつは、気をもんで仙六の帰りを待っていた。囲炉裏の周りをうろうろしたり、土間に下りて動き回ったりしたが、何も手につかなかった。挙句のはてに、仙六の帰りが遅いことに腹を立て、ぐずぐずするなとか、早く帰ってこいなどと口走ったり、舌打ちしたりした。ようやく仙六が家に戻ると、さつが駆け寄った。

「どうなっただ。話がついただか」

さつがすがるようにして聞いた。

「ああ」

「やっぱり、弥太郎さは江戸へ行くってか」

浮かぬ顔をしている仙六を見て、さつは肩を落した。

「話はついただよ」

仙六は、家に上がって囲炉裏端に座ると言った。そして、明専寺の住職が示した案をさつに話して聞かせた。

「すると、その十両を払えばいいってことかえ」

さつが聞いた。

「そうだ」

「それを払えば、弥太郎さは御紐所に訴えることはしないってことかえ」

「ああ、そういうことだ」

「それでええ、それでええ」

江戸へ訴えられることをひたすら恐れていたさつは、一茶が御紀所へ訴えることを止めたと聞いたとたん安堵した。

「田畑も山もみな半分になる。家屋敷もだ。だが、それはお父の遺言だから仕方がねえことだ」

仙六は、さつを説得しているようでもあり、自分を納得させようとしているようでもあった。

「それでええ、それでええ」

あれほど邪険に一茶に当ってきたさつが、腑《ふ》が抜けたようになった。

「だが、十両も払わねばなんねえ。それもすぐにだ」

仙六が頭を抱えた。

「本家に助けてもらえばいい。弥市さに頼めば何とかしてくれるさ」

それを聞いて仙六も一安心した。

「だが、お母、これからは兄さと同じ屋根の下で暮らすことになるんだ。兄さは嫁を取ると言っているから、嫁も同じ屋根の下で暮らすことになる」

仙六はそのことが懸念された。

「そんなことは何も心配せんでええ」

仙六は、さつの変りように不安を覚えたほどだった。

住職の仲裁により、あらたに熟談書附之事《じゅくだんかきつけのこと》がまとめられた。これにより、先に交わした取極一札の財産分割に関する一切があらためて確認され、仙六の支払い分は、利息分など若干の上乗せがなされ、十一両二分とされた。この書附には、仁之倉の徳左衛門と本家の弥市が保証人として捺印し、さらに村の有力者銀蔵が立会人として名を連ねた。

一茶の長きにわたる遺産相続の争いがようやく決着を見た。父弥五兵衛が死んでから十二年が経ち、一茶はすでに五十を過ぎていた。宿望であった帰省がかない、家屋敷を手に入れ、晴れて柏原の住人になった一茶は、その翌年の四月に妻を迎えた。妻の名は菊といい、野尻宿の新田赤川の富農常田久右衛門の娘であった。菊は二十八歳で、一茶は五十二歳であった。この仲を取り持ったのは、常田家の親戚に当る仁之倉の宮沢徳左衛門である。一茶は、その半分がみずからの住まいとなった実家に隣家の者たちを呼び、ささやかな式を挙げ、酒を振舞った。

千代の小松と祝ひはやされて、行《ゆく》すゑ
幸有らん迚《とて》、隣々へ酒ふるまひて

五十聟天窓《あたま》をかくす扇かな

故郷に帰り、故郷に生きるという宿願が成就した喜びもさることながら、柏原に戻って嫁を迎えよという父の遺命を成し遂げ、若い嫁を迎えた五十聟の一茶は、老相があらわになった頭を扇で隠しながら、誰彼無しに酒を注いで回り、笑いを振りまいた。

一茶が結婚したことで、一つ屋根の下に四人が一緒に暮らすことになった。それぞれに戸《こ》を構えたのだから、二つの竈《かまど》を分けて別々に使うことにした。だが、時折、さつの方から一緒に夕食を食べようと誘ったりした。さつは別人のように穏やかになった。さつがそのように変ったわけの一つには菊の人柄があった。菊は気立てのいい女で、働き者であった。一茶は、かねて考えていたとおりに市助親子を小作人に雇って田畑を耕作させたが、菊は弛《たゆ》まず野良仕事に出た。家事も怠ることはなかった。仙六は仙六で、諸々のわだかまりが消えて耕作に勤《いそ》しんだ。

故郷に帰った一茶は、それから十三年を柏原で過ごし、この地で没した。その間は多難な一面もあったが、奥信濃に俳諧の地盤を築き、多くの門人を抱えた。一方では、江戸と両総の人々との交流を保ち、しばしばその地を巡った。かくて一茶の句日記帳は充実していった。

（完）

主要参考文献

人生の悲哀 小林一茶（日本の作家34） 黄色瑞華 新典社 一九八三年
小林一茶 小林計一郎 吉川弘文館 一九六一年
小林一茶――人と文学（日本の作家100人） 矢羽勝幸 勉誠出版 二〇〇四年
新訂 一茶俳句集 丸山一彦校注 岩波文庫 一九九〇年
一茶句集 玉城司訳註 角川ソフィア文庫 平成二十五年
一茶全集 第二巻 句帖Ⅰ 宮脇昌三、矢羽勝幸校注 信濃毎日新聞社 昭和五十二年
一茶全集 第五巻 紀行・日記・俳文拾遺・自筆句集・連句・俳諧歌 丸山一彦、小林計一郎校注 信濃毎日新聞社 昭和五十三年
一茶全集 第六巻 句文集・撰集・書簡 丸山一彦、小林計一郎校注 信濃毎日新聞社 昭和五十一年
信濃町誌 信濃町誌編纂委員会 昭和四十三年
《解説》一茶の生涯と文学 矢羽勝幸監修 一茶記念館 平成十六年
大系日本の歴史10 江戸と大坂 竹内誠 小学館 一九八九年
日本文学の歴史8 文化繚乱 中村幸彦、西山松之助編 角川書店 昭和四十二年
近世生活史年表 遠藤元男 雄山閣出版 一九八九年
武江年表2 齋藤月岑著 金子光晴校訂 東洋文庫 一九六八年
絵本江戸風俗往来 菊池貴一郎著 鈴木棠三編 東洋文庫 一九六五年

高橋政光　たかはし　まさみつ

一九四三年山形県上山市生まれ
静岡県富士宮市在住
俳人協会会員
湧同人
著書
松尾芭蕉上・中・下（角川学芸出版）
『Tapestry 芭蕉の世界』（角川フォレスタ）
源氏物語宇治十帖　浮舟（角川学芸出版）
ビー・ワンダー！（幻冬舎ルネッサンス）

一茶《いっさ》

著者　高橋政光

二千二十二年八月十日　初版第一刷発行

発行人　島田牙城
発行所　邑書林《ゆうしょりん》
611-0035　兵庫県尼崎市武庫之荘一丁目十三の二十
電話　〇六・六四二三・七八一九
ファックス　〇六・六四二三・七八一八
郵便振替　〇〇一〇〇・三・五五八三二
E-mail　younohon@fancy.ocn.ne.jp

印刷・製本　モリモト印刷株式会社
用紙　株式会社三村用紙店
定価　二千八百円（十%税込）

ISBN978-4-89709-921-7　C0093 ¥2546E